漫娱图书

好竹连山觉笋香
清风明月无人管

秋萍翠水傍山院，
落影窗前有所怀。

只是瞧今晚月色刚好，想同你灯下赏月。

沽酒煮茶

一个米饼 著

长江出版社　褐猩图书

目录

卷一 久相逢

第一章 重逢 —— 006

第二章 夜市 —— 026

第三章 威胁 —— 046

第四章 暗流 —— 066

第五章 真相 —— 085

卷二 平宅乱

第一章 做局 —— 106

第二章 茶会 —— 125

第三章 敬茶 —— 144

卷三 度余生

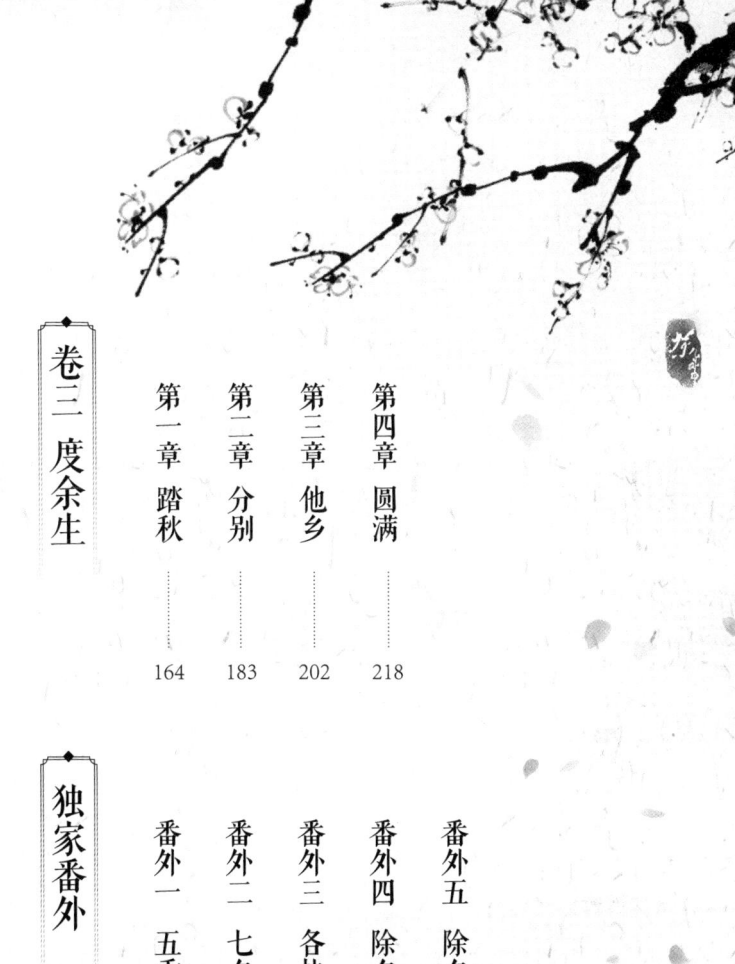

第四章 圆满 …… 218

第三章 他乡 …… 202

第二章 分别 …… 183

第一章 踏秋 …… 164

独家番外

番外五 除夕·岁岁年年 …… 258

番外四 除夕·轩窗泽雨 …… 253

番外三 各执己见 …… 248

番外二 七夕 …… 243

番外一 五香糕 …… 235

久相逢

卷一

付景轩抬眼,正好瞧见了一位少年站在山风里对着他笑。

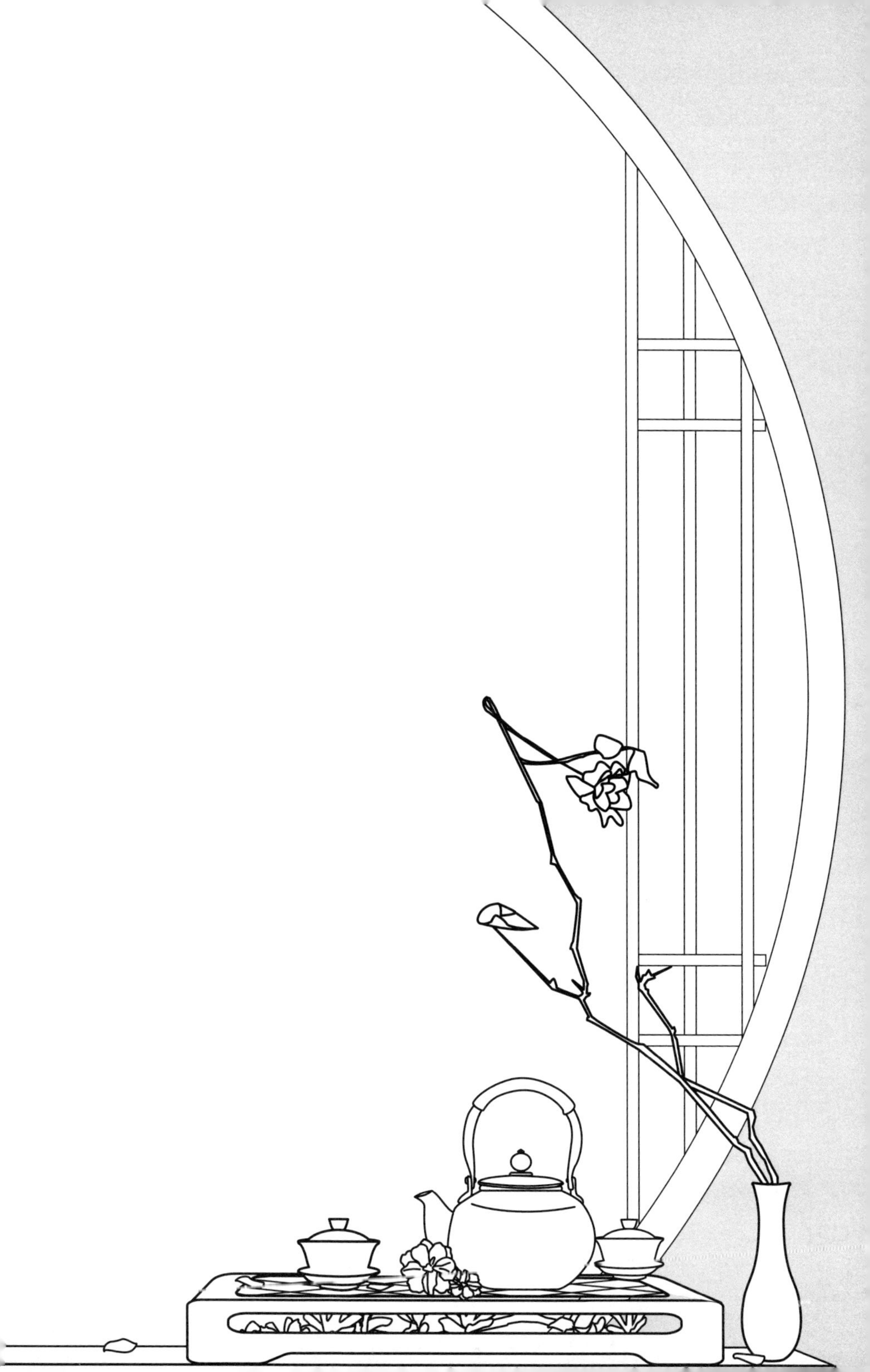

重逢 第一章

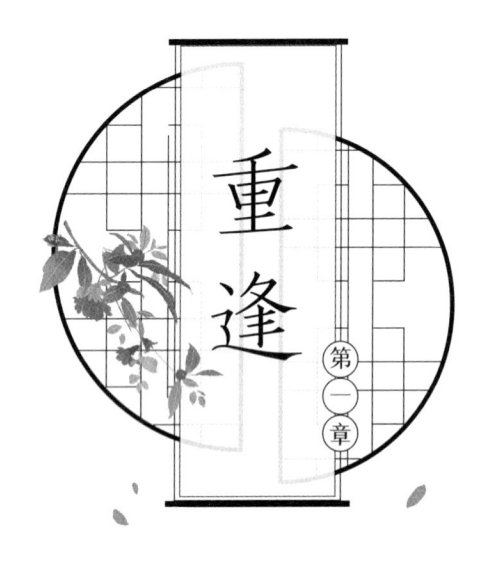

| 一 |

春日乍暖,梨花初白。

江陵府昨夜落了一场雨,淋透了各家各户门前的抱鼓墩儿。

天方微亮,长干巷路当间的罅隙里储着一汪汪灵泽甘露,清风一吹,朝晖泼洒,马头墙内的玉树梨花纷纷扬扬,混着淡淡清香,掉进了石板路上的浅水洼中。

"嗒嗒"的脚步声由远及近,穿着黑靴蓝褂的小厮踩着浸水的路,怀里揣了三五件锦缎长衫,顺着巷尾摸进了付家后院。

付家是江陵府有头有脸的大户人家,三代经商,做茶叶买卖,城外有茶田百亩,城内有良铺百家。家主付尚毅,佃户出身,十五岁娶了卖茶的程家小姐程惜秋,跟着老丈人走南闯北,生意越做越大。程小姐知书达理,蕙质兰心,唯有身子不好,成亲四五年都没能生下一儿半女,便亲自为付老爷说了两房妾室。一位姓柳,是付老爷走商路上碰到的红颜知己；一位姓刘，是山上佃户的女儿，收账期间被迫与付老爷春风一度。

先说这位柳氏，生得花容月貌、绰约多姿，哪怕如今已四十有三，依旧难掩眼中秋波。她进门五年为付老爷生了三个儿子，早已经从妾升为二夫人，掌管家中的大事小情。

同为妾室入门，柳氏过得风生水起，而刘氏却悲苦惨淡，她也为付老爷诞下一儿一女，却因不受宠爱，不会争抢，前些年便郁郁而终。

蓝褂小厮此时站在刘氏生前的院子里。这里距离后门不远，窗厅朝北，采光极差，没有亭台楼榭，也没有水系花鱼，几个晒茶的破竹筛子层层叠叠地摞在墙角，能瞧见里面嫩绿一片，像是放着刚采回来的嫩春芽。

蓝褂小厮迈上台阶敲了敲门："少爷，我回来了。"

话音方落，屋里走出来一个人。

那人身着玉色长衫，手持檀骨折扇，扇面绘着曲桥流水，扇骨雕着绿柳折枝，腰上佩挂半块白玉，玉上刻着月影长廊还有丛丛牡丹——此人不是旁人，正是付家二少爷，付景轩。

付二少爷身长鹤立，朗眉星目，一双桃花眼，笑也是笑，不笑也是笑。他由刘氏所生，同他母亲一样，不怎么受付尚毅的待见，却不像他母亲自艾自怜，在这一方小院儿活得逍遥自在。

"东西都拿来了？"

"一件不落，连条裤头都没给他剩下！"蓝褂小厮名叫三宝，跟在付景轩身边有小八年，麻利地从怀里扯出那几件衣裳。

付景轩点点头，看向墙角竖着的一堆细竹竿，三宝心领神会，立刻拿起其中一根，将白花花的裤头挂在上面，立在院子当间儿的石头缝里，任其迎风飘摇，"呼呼"作响。

付景轩十分满意，摇着扇子走出院门："走，少爷带你去看看笑话。"

每逢初一十五，付家都要齐聚一堂烧香祭祖，祈求风调雨顺、富贵平安。

程惜秋一袭紫灰长襦，头上簪了支鎏金雀钗，由付尚毅搀扶着迈进祠堂大门。她这几年身子越发不好，缠绵病榻，受不了风寒，整整一个冬天不曾出门。

"大夫人。"柳氏身着翡翠长裙，贵气逼人，抢了满堂风采，却不得不微微福身，跟旁人一样行礼。

程惜秋抬了抬手，让她起来，随后目光定在一角，终于露出了笑模样："景轩，双儿。"

付景轩迈步上前，身后还跟着一位二八少女，俏丽可人。这位少女也是刘氏所生，是付家的五小姐，付双儿。

双儿清瘦，相貌不如二少爷来得明艳张扬，怯怯地说："大夫人安好。"

程惜秋牵过她的手腕，微嗔道："又见外了，跟你们兄妹俩说了多少次，叫我大娘。"

柳氏闻声默默翻了记白眼，拉住付尚毅小声道："这么多年过去了，她还是没把我放在眼里，光是亲近老二老五，我那三个儿子可不见她有多喜欢。"

付尚毅五十有四，看似端正谦和，实际胆小怕事、优柔寡断，付家能有现在这番光景，全靠程老先生活着时顶天。老先生没了程惜秋管账，如今程惜秋身子越发差劲，柳氏就偏了心眼，她有三个儿子，这偌大家业，可一分一毫都不想落到旁人手里。

如今虽说是付家的生意，主事的还是程家小姐，付尚毅自知无能，又不想在柳氏跟前没脸，常年乱和稀泥，低声安抚两句，又道："怎么不见业儿？"

柳氏瞪他，故意大声："业儿前阵子去城东茶楼帮忙，整日送往迎来，忙得脚不沾地，回来还要挑灯夜读，说是要完成他爹儿时的念想，做个文人，折腾几日人都瘦了几斤，估摸昨晚又熬了一宿，睡过了时辰，不然我派人去叫他？"

这话飘进了所有人的耳朵，三宝忍不住捂嘴偷笑，被自家少爷扫了一眼，赶忙收声。

"算了算了。"付尚毅偏袒道，"业儿为我分忧，让他睡罢。"

他向来如此，这个反应也不足为奇。

付家祠堂端庄肃穆，红木八仙的供桌两侧摆着一对透雕太师椅，正中房梁上悬了一块匾额，上书"万物不争"——是程老先生留下来的家训。老先生种茶卖茶一辈子，临了把一生所得留给了女儿女婿，只求往后子子孙孙和睦安康，不争不抢。

只是和睦安康人人都想，但不争不抢，大多数人还没活明白到那个份上。

"付景轩——！你给我滚出来！"

三炷香还没点燃，凭空冒出一声震天的怒吼，十几口子齐齐回头，瞧见门外闯进了一个油头粉面穿着红粉肚兜的男人。

柳氏脸色巨变，只见付景轩从程惜秋身边走到厅前，接腔道："大哥找我有事？"

来人正是付家的大少爷付景业，一张糙脸坑坑洼洼，一身脂粉香气混着隔夜的酒臭令人作呕。他明显气昏了头，忘了今天是什么日子，冲上前揪住付景轩的衣襟破口大骂："你个狗东西！我今天弄死你！"

"欸？"付景轩极为淡定，展开折扇遮住口鼻，故意问，"大哥何出此言？"

"你还装傻充愣！"付景业额起青筋，"我那衣服是不是你派人拿的？锦娘可都跟我说了！"

付景轩一头雾水，冲着三宝问道："锦娘是谁？"

三宝立刻回答："听说花春苑的鸨妈就叫锦娘。"

"鸨妈？！"付景轩惊道，"大哥可不要胡乱冤枉人，我连花春苑大门朝哪儿开都不清楚，又怎么认识他们家的鸨妈？"

"胡扯！这几年我不去找你的事，你反而跑来撩拨我了？"付大少不知从哪儿扯出一条裤头，咬牙切齿道，"这是从你院里找到的！还说你不知道？！"

付景轩脸色不变，嫌弃地后退几步，合上折扇用扇柄挑起裤头，笑吟吟地当众晃了晃："这是大哥的？"

付景业怒火攻心，抬手就要挥拳，只听柳氏尖吼一声，提裙而来，一巴掌拍在他的脸上，打得他酒气全消，怔在原地。

"娘，我……"

"你什么你！也不看看今天是什么日子！祖宗面前也容你这样放肆？还不给我跪下！"她早想开口制止，碍于程惜秋目光阻拦，才拖到现在。

付景业心里不服，急着告状，无视柳氏阻拦跑到面色铁青的付尚毅面前："爹！不是你看到的这样，是付景轩故意害我！他趁着我外出应酬，派人偷我衣裳害我出丑！"

"应酬应到鸨妈床上了怎的！"付尚毅气急，一脚将付大少踹到门口，甩袖而去。

当家的走了，程惜秋冷眼旁观，少顷，也带着付双儿一同离开，付景轩跟着迈出门槛，对上柳氏剜他的眼神，那眼神对他恨入骨髓，像是要将他挖眼掏心。

"三宝。"

"欸！少爷您说。"

付景轩单手挽花，转着扇子，问道："你可见过花春苑的姑娘们？"

三宝说："见过见过。"

付景轩问："长得真美？"

三宝拽文："貌美如花！身姿摇曳！"

付景轩笑问："怎么个摇法？"

三宝细眼一眯，当即挺直腰身，迈起碎步，屁股一摇一摆地扭了起来。付二少爷朗声大笑，不再理会脸色煞白的柳氏，悠悠出门。

|二|

"娘！你怕他做什么？"付景业在祠堂受了辱，回到自个儿的房里换了身行头，气冲冲地质问柳氏，"今天明显是老二找碴，跟爹详细说明他又怎会怪我！"

"到底怎么回事？"柳氏冷静下来，坐在檀木圆凳上端起一杯热茶，撇了撇浮沫。

付景业一拳砸在桌子上，迁怒道："还不是你这些日子让我去茶楼帮忙！西南那位孙员外难得进城，要了一大批陈年老茶，我为了抬高价格才带他去花春苑喝酒，谁想到我一觉醒来挂在房间里的衣服不翼而飞，连裤头都给我扒了个干净！"

柳氏问："那你怎么知道衣服是付景轩派人拿的？"

"自然是锦娘说的，我听后震怒不已，本想去他院里揍他一顿，却见他把我裤头挂在竹竿上招摇暴晒！"

柳氏狐疑："衣服的事情，是那位锦娘主动说的？"

"当然。"

"她怎么说？"

"自然是如实交代，说是付老二派三宝前去威胁，破门而入抢了衣服，还诋毁我莽撞无能，只会冲动行事！"

柳氏"啪"的一声放下茶碗，茶汤洒在华贵的衣裙上也不理睬，指着付景业骂道："我看你真真是莽撞无能！跟你说了多次收敛脾气！多维护关系！如今连个老鸨都不帮你！你叫我如何给你争抢家业！"

付景业犟道："锦娘怎么没有帮我？她不是把事情都跟我说了？"

"说说说，说什么！你爹经商又不为官！他一个商户儿子哪来的本事破门抢物！再说花春苑的打手杂役全都死了怎的？任凭三宝那小鸡崽子来去自如？！付二公子常年流连花鸟鱼市，这江陵府小一半人见他面善，他可比你会做人得多，你怎知不是锦娘与他勾结，故意激怒你，让你失了理智冲进祠堂？"

付景业被她说得一头雾水，仔细想想确实不对，一早醒来锦娘就堵在门口跟他告密，按常理来讲没看护好客人的财物可是她的过失，能瞒着最好，瞒不住也要先找身衣服给他遮挡！哪有随手给他一件肚兜的道理？

付景业咬碎一口银牙，转身就走，柳氏站起来问："你去做什么？"

"当然是找付老二对峙！"

柳氏气昏了头，上前扯住他的耳朵，恨铁不成钢道："我怎么生了你这么个莽撞玩意儿！现在且让人耍得团团转，等我百年之后你还不得让付景轩给玩死！"

付大少抢下自己的耳朵吼道："那怎么办！就任由他耍着我玩怎的！"

柳氏踱步思量："别看付景轩面上风轻云淡，实际却是个无利不起早的主儿，突然找碴必定不单单是为了让你出丑这么简单。"

"娘的意思是？"

柳氏说："他消停了一个冬天，怎么偏偏等着程惜秋露面时出来找事？难道，付老二也看上了家产？"

柳氏还未下定论，付景业便拍板道："肯定是这样！"又嗤之以鼻，"凭他带个病秧子妹妹也敢动这份念头！"

柳氏不想再搭理这个没脑子的儿子，嚼着付双儿的姓名，算计起来。

付双儿是付家唯一的女儿，就算付尚毅不喜欢她生母，待她却还是不错，从小便找师父教她琴棋书画，是想效仿书香门第，从闺中养出个大家小姐。

付景轩同付双儿在程惜秋屋里坐了一会儿，来到后院的湖心小亭，付尚毅附庸风雅，把宅院收拾得楚楚雅致、别具一格。

兄妹二人来到亭中坐下，付景轩把自己养了许久的盆景拿来观赏，付双儿坐在石凳上说："二哥，这盆雀梅换了新枝？"

付景轩说："前些天刚钻出来的，这物件耐阴喜阳，生根极快，盆内要宽敞多土，盆外要秀丽好看，还不能常用一个盆子，隔三岔五就得松松土壤，换个起居，难养得很。"

付双儿为他泡茶，温柔笑道："二哥嘴上说难养，可还是养了这么多年，看来是打心眼里喜欢。"

"确实。"玉盆雕镂，叶片苍翠，石桌上这盆雀梅苍劲奇特，花了付景轩不少心思。

付双儿将青花缠藤的白瓷盖碗递给二哥，同他一起看景儿，看着看着便有些心不在焉，似乎藏着心事。

付景轩两指敲着石桌问："双儿喜欢？"

付双儿猛地回神，慌乱道："是二哥养的，二哥喜欢，我自然就喜欢。"

付景轩大方："既然喜欢，那就送你。"

"送我？可这景儿二哥养了五年，费尽心思……"

付景轩道："养了五年又如何，你还当了我十六年的妹妹呢，送你一盆花树而已，没什么不妥。"

确实没什么不妥，付双儿也没再拒绝，道了声谢，便收下了："我……"

"怎么？"

"没，没事……"

"没事才怪。"付二少笑吟吟地问，"有什么事是不能跟我说的？"

付双儿瞬间局促起来，两颊绯红，绞着手指："也没什么，就是，就是想问……"

付景轩见她左右吐不出一个字来,代她说道:"康林近况如何?"

这名字一出,付双儿的脸更红了。

康林是百川山上的佃户,父辈起就租种付家的茶田,少年时跟着康老伯来付家交租,碰到了在湖边看鱼的付双儿,两人一见钟情。但碍于身份悬殊,有情人每月只能偷偷见上一次,这次距离一月已然过半,康林迟迟还未下山,双儿心里担忧,忍不住问:"二哥,康林哥家中,是不是出了什么事情?"

付景轩端起茶碗,不徐不疾地喝了一口,沉吟道:"倒也不是什么大事,他前些日子还采了些新茶给我送来。"

"前些日子?"双儿惊讶,"他下山了怎么没来见我?"

付景轩眸光流转,看了付双儿半晌,才道:"康林让我帮他瞒着。"

付双儿虽然身体娇弱,却是个倔强脾气,拽住二哥的衣袖急道:"为什么瞒着?"

付景轩为难,犹豫道:"是康老伯……为他说了一门亲。"

"说亲?"付双儿手上一紧,面无血色。

"不过双儿放心。"付景轩安抚道,"康林心里眼里全都是你,早已经回绝了那户人家,只是……"

付双儿问:"只是什么?"

付景轩放下茶碗,对上她惴惴不安的双眸:"只是你和康林都已经到了婚嫁的年纪,若是他再不来提亲,我怕父亲,也要给你说亲了。"

| 三 |

付二少爷的嘴也不知在哪座庙里开了光,前头刚说完,半个月后付双儿的亲事就定了下来。

亲家倒不寒酸，乃楚州方家，真真正正的大户人家。

人间俗世都好有个排行，盆景尚有七贤，茶叶卖得出类拔萃的也有四家，当是楚州方家、益州陶家、明州胡家、荆州付家，其中方家列为四家之首，王公贵胄吃的茶米都产自他家山头。柳氏东奔西走，终于谈下了这门亲事，嘴上天花乱坠，说是为付双儿挑了个顶好的夫婿，她不仅要嫁入方家，还要嫁给方家的主事方泽生！可无人不知，无人不晓，眼下这位方家的主事是个残废，坐在轮椅上多年，能不能人道，都要另说。

今日入夜，窄门前吊着一盏竹编小灯，灯下的泥糊小灶上放着一柄温热的横纹壶，壶里煮着飘香茶末，地上放着竹夹、罗合，还有粘着茶叶碎屑的铜花碾子。

付景轩一天没有出门，吃过午饭就坐在院子里跟自己下棋，左手执白，右手执黑，打二还一，四劫连环，几个时辰输赢未定，他扯了扯肩上的薄衫，觉得有些发冷。

三宝端来一盏热茶道："少爷，该休息了吧？"

付景轩斟酌许久，一子落定："再等等。"

残局胜负一时半会儿分不出来，真要依着他的性子，下到明年估摸也进不了屋，三宝寻思半晌，坐他对面："我听厨房的人说，连大夫人都同意五小姐的亲事了，大夫人是怎么了？柳二娘明摆着要把五小姐往火坑里推，怎么大夫人都不管一管？"

三宝本想打乱二少爷的思路，劝他早点回屋睡觉，谁想叨叨起来没完没了，还越说越气："柳二娘真是蛇蝎心肠，我听人说方大当家脾气古怪，喜怒无常，时而疯疯癫癫，时而痴痴傻傻，方家这几年的生意也一落千丈，早就没了以前的风光，此时把五小姐嫁过去真是毁人一生……"

这话不是道听途说，方家确实大不如前，以往四大家还有些走动，由方家牵头，开品茗大会，会四方好友，关系相当融洽，可自从换了当家，方家便闭门谢客，不再与旁人走动。

毕竟，这世间没有哪个瘸子，是喜欢出门闲晃的。

"少爷。"三宝问，"您见过方大当家吗？"

付景轩说："年少时见过几面。"

"那他真像传闻一般不堪？"

付景轩捏起一枚透亮的黑子，压在指腹下摩挲半晌，赌气似的哼了一声："我怎知道？况且你也说是传闻，又何必当真？"

三宝说："要是旁人嫁过去，我肯定不管他是瘸是拐是好是坏。可嫁过去的是咱家的五小姐，况且五小姐还有心上人呢！硬逼她嫁了她不知道要多难过，少爷都不心急吗？"正说着，后门传来几声轻响，亥时刚过，已经到了入睡的时辰，三宝没问是谁，提着灯笼走了过去。知道付家后门的不多，能在这个时辰上门的也没有几个，估摸是得知付双儿被迫定了亲，前来求助的康林。

"吱呀"一声，门外果然站着一位穿着灰布短打的高壮汉子，正是康林。

他向三宝点了点头，匆匆走到付景轩面前。

付二少爷喝了口茶让康林坐下，问道："怎么这个时辰来了？"

康林说："二爷，我……我还是有点担心。"

付景轩这盘棋局左右分不出输赢，自个儿气了半晌，丢下手中的黑子问："担心什么？"

康林老实，结结巴巴地说："我爹明明没给我说过亲，二爷却跟双儿说了反话，她要是生气了，不跟我走了，真的嫁给方家的瘸子可怎么办……"

付景轩说："你是不相信双儿对你的心意？"

"不是不是。"康林说，"就算我跟双儿情，情比……"

"情比金坚。"

"对对对,是这么说,但我还是怕,若是双儿没逃出来被迫嫁了,我可怎么办啊!"康林急得眼圈泛红,一个五大三粗的男人当场就要落泪。

付景轩顺手递了一块新汗巾让他擦脸,起身说:"回吧,不出这几日,双儿必定会去找你,以后你照顾好她,也让她照顾好我的雀梅。"

三宝听得云里雾里,等付景轩回屋,才拉着康林问:"少爷何时找你说过五小姐要被定亲的事了?"

康林愁容满面:"年前就说了啊。"

"年前?!"三宝惊道,"可年前没听说要给五小姐说亲啊?"

"我也不清楚。"康林忐忑,但也开心,"二爷只是告诉我准备着,到时带着双儿远走高飞。"

三宝还是不解,送走康林后,随手拽了根树枝坐在台阶上。他聪明机灵,小时候家中穷苦,沦为乞丐,偷人馒头时被付景轩抓个正着当了下人,这几年贴身伺候,对少爷也算了解,可眼下这事从头顺下来,他却怎么都想不明白少爷的葫芦里,到底卖了什么药。

付双儿这门亲事定得仓促,明显是因付景轩让柳氏母子在祠堂出丑,柳氏怀恨在心,又动不了付二爷,才故意说了门癞子亲,拿付双儿撒气。可康林又说,付景轩年前就猜到了这码子事儿,莫非少爷能掐会算?

还是说……滋事挑衅,激怒柳氏,都是少爷故意为之?为的就是成全付双儿和康林这对身份悬殊的苦命鸳鸯?毕竟他俩纵是两情相悦也不可能走到一起,付小姐的亲事早晚要定,只是要分个早晚缓急。少爷此番把这事提前,又胡诌康林定亲,就是为了刺激五小姐为情私奔?逃离约束?

对对对!就是这么回事!

三宝起身直奔付二爷房间,心中称赞:少爷果真舍生取义,大义凛然!为亲妹妹做到这个份上真是重情重义!这辈子算是跟对主人了!

| 四 |

　　五日之后，前院传来消息，说是付双儿留信一封，人走楼空。

　　付尚毅愁眉不展，背着手在花厅里来回踱步，程惜秋坐在主位看信，柳氏坐在偏椅上喝茶，嘴上着急火了，神态却怡然自得："这可怎么办呀，方家的聘礼已经在路上了，就算人家生意大不如前，但瘦死的骆驼比马大，咱们也得罪不起啊。"

　　付尚毅心焦，平时再偏疼柳氏此时也不禁怪道："都是你搞出的幺蛾子！我早说双儿还小再留几年，你偏要给她说亲！"

　　柳氏不满，刚要拍桌子反驳，又想起程惜秋还在，便委屈道："没有你的首肯，我哪会费这么大的劲头求爷爷告奶奶地找人联络方家，说到底还不是为了你那宝贝千金能过上好日子，你这会儿反倒怪起我了？"

　　付尚毅哑口无言，这事他确实答应了，但他可没想到自己平日乖巧听话的女儿有胆跟人私奔！也怪他平时关注得不那么仔细，竟然没发现女儿跟个种茶的小子扯上关系。

　　"那你知不知她有心上人？"

　　柳氏说："知道一些。"

　　"知道？知道你还给她说亲！你这不是逼着她走吗？！"

　　柳氏泫然欲泣："就算知道又如何，把女儿嫁给个莽汉你愿意吗？我好心好意为双儿着想，你反而怪起我来了？"

　　"我，我也不是这个意思。"付尚毅为人如此，出了事永远归罪旁人。

　　付景轩作为亲哥哥，一早被喊过来想对策，他一会儿闻闻山茶花，一会儿赏赏新画，懒懒散散玩世不恭，付尚毅最看不上他这副样子，气得胡子乱翘，拍桌子说："亲妹妹都跑了！你个做哥哥的还有心思看画？"

　　付景轩坐正，瞥了眼柳氏，说道："不然我亲自去找她？"

　　"别了。"柳氏忙说，"我早就派奴才去了，景轩留在家里等信儿就行。"她思量片刻，眼眸子一转，"找双儿固然重要，但为了防患于未然,若是这几日没找到人,到时方家的花轿上门,咱们总不能让人空着回去吧?"

付尚毅道:"那你说怎么办?还有谁能来顶这个缺?"

柳氏面上犯难:"也怪咱家就生了一个女儿,再多一个也不至于眼下这么难办,若找个外人代替,不知根知底,发生了什么事情也不好担待。"她左右思量一番,似是灵光一闪,"对了!我记得景轩年少时与泽生见过几面。"

付景轩抬眼,应了声。

"那时你们关系融洽,可处得好呢!"这个好字说得咬牙切齿,她对方泽生印象深刻,两个泼皮猴子一起把付景业欺负到河里泡了一天,方泽生还帮着付景轩攥住了她的把柄,在她头上横行霸道了这么多年!一个个的,瘸也活该!不招待见更是活该!

付尚毅也回忆道:"品茗大会上他们倒是见过几次,一块招猫逗狗,带着双儿上房爬树,不学无术!"

柳氏恨得牙痒,嘴上却道:"算了算了,那时才十二三岁,正是淘气的时候。"话锋一转,又道,"既然儿时有渊源,若是没找到双儿,到时不如让景轩上轿吧?"

"胡闹!"付尚毅道,"老二是个男人,上什么花轿?"

柳氏解释道:"但除了轩儿,可没有更好的人选了,花轿必须有个人上,轩儿与方泽生相识,到时把事情跟他说清道明,也好过把花轿空着遣回去,落下话柄,说咱们付家趁着方老爷身故,提亲又退,不把四家之首方家当回事。老爷,这被人戳脊梁骨的事情,咱家可不能干啊。"

付尚毅犹豫:"可以后要怎么处理?"

柳氏勾起嘴角,看向把玩扇子的付景轩说:"那这事,还是要看景轩的意思,看他有没有什么法子,不留这个话柄。"

付尚毅一时难以开口,毕竟他对付景轩再没感情,也是个当爹的,此等大事不好草率决定。付景轩对上他犹犹豫豫的眼神，善解人意道："我身为付家人，危急时刻，理应挺身而出，一切听从爹和大夫人的安排。"

付尚毅没有主见，便又询问程惜秋的意思，程惜秋听了半晌把信放在一旁，将付景轩叫到自个儿房里，唤了丫鬟上茶，两人对面坐着，点了点他的额头，笑道："猴儿精。"

付景轩装傻充愣："大娘养了猴子？"

程惜秋笑说："可不嘛，养了十来年，到底还是想着旁人。"

"我可没有。"付景轩沉默了些许，趴在桌上说，"不过就是想讨个说法。"

"讨说法，上门去讨说法？"

付景轩哼道："不然如何，那人性格又冷又臭，还决绝得很。"

他嘴上嫌弃，眼睛却透着精光。程惜秋温声道："泽生也是个可怜孩子，只是过了这么久，不知道他还记不记得你们相处的经历……"

付景轩道："他记不记得都无妨，只要我记得就行。"

程惜秋无奈："你这次可是坑了柳氏一遭，本以为顺利将你赶出家门，却没想跳进了你的坑里，她为了跑通方家的关系，花了自己大量的积蓄。"

"柳二娘不负我望，得好好谢她。"

程惜秋问："你怎知她一定会这样做？"

付景轩咧开嘴笑："柳二娘是个聪明人，她那脑子弯弯绕绕，不像她儿子真的只会找人撒气，她早就看我不顺眼了，却没有个名正言顺的理由赶我走，估摸早晚要从双儿入手。方家本就是个定数。柳二娘心肠歹毒，见不得人好，双儿的亲事她一定会插手，嫁得越差越好，绕一圈下来，也就落魄的方家最合她的心意。双儿为了康林不肯就范，也必定在她意料之中，只要双儿逃婚，换我去解释这事，自然会让她编排得顺理成章。"

柳二娘确实有些本事，吹了一晚上的枕边风，付尚毅就定了心，如果找不到付双儿，就由付景轩"上轿"，还拐弯抹角地叮嘱不能让方家赶走付景轩，得想尽办法，护住家族颜面。

祠堂的供桌上统共摆了程老爷一块牌位，付氏一族通到九天上，也就眼前这十几口子，什么族不族都是空话，说白了就是别给付家丢脸，付景轩既然同意上轿，这辈子就得锁在方家，别想回来了。

|五|

春日多雨，临江渡口的货工歇了几天，趁着今早日头出来，开始干活。江岸上站着一位背脊佝偻的灰褙老伯，五十来岁，干瘦蜡黄，一双镶在深眼窝里的黑眸子却是炯炯有神，显示出他的精明强干。他连续跑了三天，每天半个时辰，望着江面上的往来船只，像是等着什么。临江渡一碧千里，四通八达，源头位于楚州城外二十里，无论行商客运，都极为方便，不少卖货走亲的，嫌山路陡峭偏远，都会坐船过来。

渡口的船夫拿着烟袋走到老伯跟前，乐呵呵地问："哑叔今儿个又来等新亲啦？"

哑叔点头，指指天，又指着停靠在岸边的船只。

船夫看懂了，说道："约莫就这一两天了，前几日天气不好，不少从江陵过来的船都耽搁了。"

哑叔感激地笑了笑，塞给他两枚铜板转身回城，先去南街的裁缝店取了一套新衣裳，又去北街的糕饼店取了一包欢喜团。做团子的掌柜系着围裙从门帘后面出来，瞧见哑叔还在，顺便搭了句嘴："这次团子放的糖多，肯定合大当家的口味。"

哑叔连连拱手感谢，出了店门拐街绕巷，穿过东西大街，停在一座宅子前。

辰时三刻，方家大门迟迟敞开，两个看门的家丁打着哈欠，懒懒散散地各站一边，其中一个叫陈二，瞧见哑叔打算进门，伸手拦下："这一大清早的去哪儿了？买了什么？"

哑叔粗嘎地"啊"了两声，把手上的东西递过去，陈二扯开裁缝店拿回来的包裹，翻出一套崭新的宽袍，嘲笑道："瘸子穿这么好的料子真是浪费了。"他又撕开装着欢喜团的油纸袋闻了闻味儿，也没问主人家能不能吃，随手拿了一个塞进嘴里，还未咽下去，又全数吐了出来，干呕道，"什么玩意儿！甜得直齁嗓子！是给人吃的吗？"一边骂一边要把东西扔到地上，哑叔眼疾手快，忙弯下腰将衣裳和纸袋捞进手里。

另一个家丁名叫周齐，有些看不过眼，上前安抚陈二两句，冲哑叔使了个眼色，让他赶紧进去。

"不过是一老一残！也不知道夫人还留他们在府里做什么，照我看尽早轰出去，也省得占着当家掌柜的名头！"陈二冲哑叔的背影吐了口唾沫，语气十分不敬。

周齐才来方家不久，却见惯了这种场面，斟酌半晌，好心道："陈哥，哑叔好歹也是大当家身边的人，咱们以后……"

"大当家？"陈二抢话，抬眼看了看头顶上牌匾，幸灾乐祸道，"以后这匾姓不姓方都要两说，谁还管他当不当家？"

方家的宅院相比付家精心修建的亭台楼阁，显得素雅许多，虽然没有刻意凸显华贵，却处处精巧别致。哑叔提着东西走过长廊花窗，进了一所院子，院里雕砖石刻，花木葱葱，桂树上挂着鸟笼，门楣上刻着喜鹊，喜鹊站在盛开的梅花枝头栩栩如生，寓意"喜上眉梢""喜事登门"，只是雕刻的年头有些久了，又没人时常打扫，显得有些陈旧。

眼瞅着新亲就要到了，方家却没有一点要办喜事的气氛，除了门口挂了两个红灯笼，再没多余的布置。哑叔端着盘子在花厅徘徊两圈，不知该放在哪张桌子上。

这一颗颗江米团子做了特定口味,只是不知道要吃的人会坐在哪个位置,来是不来。

不过亲妹妹成亲,应该是会过来送一送吧?斟酌半晌,拿不定主意,哑叔还是进了书房。

书案前坐着一人,目若天河,皎如玉树,身着交领白衣,披着一件暗色宽袍。那人并未束发,只用一根深色发带绑着发尾,手里拿着半块白玉,细细摩挲。这块玉佩年头不短,上面刻着松石雀鸟,鸟儿体若画眉,头顶白缨,踩在分辨不出的花枝上面,栩栩如生。

听到哑叔进门,这人抬了抬眼,正是方家瘸了腿的当家,方泽生。

哑叔托着盘子,示意不知将盒子放在哪里,又比画两下,意思是:"新亲就快到了。"

方泽生望着玉佩良久,最终将它收到一个上了锁的盒子里,收敛起翻涌的心绪,淡淡说道:"随意放吧,他喜欢甜的,放在哪里都会翻出来吃掉。"

这厢话音方落,院里就传来周齐的喊声,哑叔急忙跑出,得知过了晌午江陵付家的送亲队伍就到了,得让大当家换上衣裳,准备拜堂成亲。

一路舟车劳顿,走了将近半个月,三宝下船的第一件事不是扶着身穿喜服的付二爷上轿,而是抱着树干狂吐不止。付景业被迫过来送亲,没比三宝好到哪儿去,原本满肚子怨气,但一想就此跟付景轩山水永别,又高兴起来,上了方家送来的马车,恨不能让暮年老马跑出千里良驹的气势。

三宝背着包袱跟在轿子旁,小声说话:"少爷,咱们真的不找机会逃跑啊?我左思右想这都是柳二娘想出来的计策!她可真是太奸诈了!"

付景轩不理,三宝急得跳脚:"少爷,咱们赶紧跑吧,万一方家跟柳二娘商量好了，咱们岂不是羊入虎口？"这厢还没说完，一把折扇就从轿子里伸了出来，敲在他的脑壳上，三宝委屈地问，"到底跑不跑啊少爷？我估摸咱们到了方家也好过不了，还不如回去欺负大少爷来得自在。"

付景轩挑开轿帘子笑吟吟道："跑什么跑？我专程过来，哪里有跑的道理？"

三宝的担忧不是白来的。可到了方家，门庭冷落，门口换上两个白布灯笼，打个幡儿就能办丧。

屋里坐着的这位王夫人身份有些微妙，既不是方泽生的母亲，也不是方老当家方昌儒的妻子，而是一位方家的远亲，打小能说会算，玩了一手的好算盘，被方昌儒一路提拔，做了几十家茶楼的掌柜，方昌儒死后方家的账目都经她手，是个真正的当家。

"付大公子远道而来，实在招待不周。"王秀禾笑道，显然是受柳二娘所托。

"王夫人哪里的话。"付景业莽归莽，场面话还是学过几句，一顿溜须拍马逗得王夫人掩面直笑。三宝搀着他家少爷嫌弃地撇嘴，突然听到一阵"咯吱咯吱"的木轮声，瞧见一位身着黑色大氅的男人坐在轮椅上，不用猜也知道是谁。

"方大当家长得可真是英俊啊……"三宝喃喃自语，却没想付景轩小声回了句："是啊。"语气藏着一丝丝微小的自豪，"怕是比小时候更好看了。"

晚上付景轩在自己的房间中看书，瞧见桌上有一盘熟悉的小团子，他一乐，拿起一颗玩味道："竟然还喜欢吃这种东西？"又咬了一口品了品味道，龇牙咧嘴地赶紧灌了口茶，"这是打死了卖糖的？"嘴上嫌弃得要命，还是就着茶水吃了两个，他记得方泽生喜甜，以前总是忍着甜腻的味道陪他一起吃这些东西。

屋外灯影晃动，隐隐起了凉风，沙哑的人声从院子里传来，像是催促着主子回屋休息，付景轩挑挑眉，拿着手上没吃完的欢喜团子走了出来，看到桂树下一坐一站两个人，望着院门口。他等不及那人回头，便轻快地喊了声："方泽生。"

这一声清脆悦耳，震得坐在木椅上的那人久久未动，好一会儿才猛地转头。

"你怎么……在这里？"

付二爷面不改色地嚼着甜腻的江米团子，笑着说："你不愿见我，我总得想办法来见见你啊。"

第二章 夜市

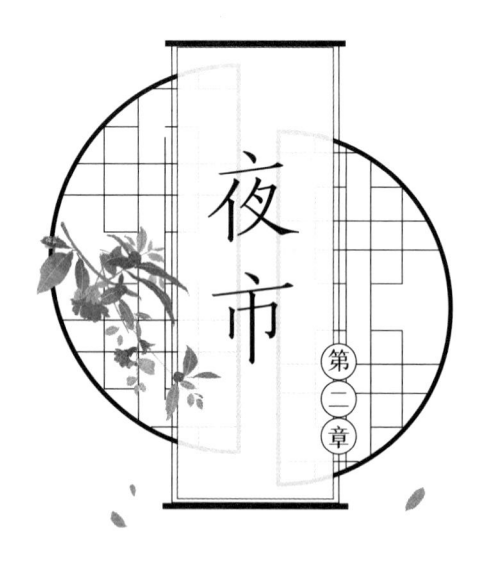

|一|

方泽生和付景轩打小相识，品茗大会每逢五年一届，一次便要举行半个多月，两人初次见面是在楚州的聿茗山上，那年付家刚刚挤入四家之列，方昌儒邀了付尚毅，也专门递了一张请束给程惜秋。

当时刘氏还在，每日郁郁寡欢，身子虚弱，程惜秋照顾她，便帮她带了一个孩子，正是年仅七岁的付景轩。

付二少爷看着瘦小可怜，还总是被付景业欺负。凑巧，那次品茗大会临行前又被付景业打了一顿，打得头破血流，惨兮兮的，气得付尚毅揪着付景业一顿棍棒伺候，付景业哭得惊天动地嘴上喊冤，说他只是推了二弟一把，也不知怎么就这样严重了！

付尚毅向来不明事理，只看眼睛瞧见的，见付景业不服气，"啪啪啪"几棍子打得更狠了。程惜秋站在台阶上听了半晌，狐疑进屋，只瞧付景轩早已洗干净了满脸血浆，正坐在铜镜前拍脸，哪有半点受伤的样子？

程惜秋又气又笑，将他好一顿教育，想了想，决定带着他一同出门，毕竟她一走个把月，两个孩子不定打成什么样子，别再让付景业遭了冤枉。可这事到了柳氏眼里就成了程惜秋偏着心眼，对她怨言更重些。

柳氏怎么想的暂且不说，先说那次品茗大会，方昌儒德高望重，一呼百应，带着妻子谢君兰在聿茗山上招待各家来客，凉亭中摆着一张张桌案，程惜秋领着付景轩，亲自教他：冲洗茶盏叫作"百鹤淋浴"，高举茶壶叫作"悬壶高冲"，杯身细长的茶皿称作闻香杯，杯口敞开的叫作公道杯。

奈何付景轩年岁小，又正是贪玩淘气的时候，瞧见什么花花草草都要戏弄一番，大娘教的左耳朵进右耳朵出，付尚毅当众提问时他便满口胡诌，投机取巧，气得付老爷揪他耳朵打他屁股，让他站在山顶的亭子旁罚站。

付二少无所畏惧，罚站便罚，闲来无事踢着脚下的石头子，任它"咕噜咕噜"地滚到一双暗纹黑靴子前停了下来。付景轩抬眼，正好瞧见了一位少年站在山风里对着他笑。

那人便是如今瘸了腿的方家大少爷方泽生，真真如落进青山里的碎玉，俊美非常。

"你在这里做什么？"方泽生问道。付景轩说："罚站啊。"方泽生问："为何罚站？""我爹问的问题我答不上来，让他当众出丑了。"

"哦。"方泽生说，"那不如我教你认茶？"

付景轩被这人笑得眼花，晕晕乎乎地问："你是谁啊？为何教我？"

"我叫方泽生。"

"方泽生？"付二少爷顿时眯起眼睛，打量道，"方家的大公子？"

"正是。"方泽生说着便走过来拽住他的手腕，温声道，"走吧，这里风大，我带着你，你爹不会骂你。"

付景轩转着眼珠跟了他几步，趁着他不注意，猛地挣开他的手向后跑去，方泽生一惊，急忙追了上去。

山亭后面扔着一个小铲子，新翻的土坑还没来得及填平，四五块上等茶饼放在地上，俨然是准备埋起来的。

"嚯！"付景轩瞥了眼方泽生，眉飞色舞道，"无事献殷勤，非奸即盗。"

方泽生脸色一变，原本洋溢的笑容瞬间收敛起来，像是变了个人。

"果然。"付景轩道，"大娘说得对，方家大公子端方守己，整日板着一张俊脸可从未笑过！"

方泽生说："我想笑就笑，不想笑就不笑。"

付景轩说："那你凭什么对我笑，我们可是第一次见。"

"你这人倒是有意思，我觉得你好，对你笑也是错了？"

"你才不是觉得我好，你就是别有用心！"

事情败露，也不多狡辩，方泽生卸去伪装，拿起铲子继续翻土，付景轩也没傻傻地回去罚站，而是蹲在他身边拿起一块茶饼，震惊道："这是……陶家的'浮云出山'？"

方泽生说："你认识？"

"自然认识。"付景轩骄傲地说，"茶饼纹理回转曲折，似云似雾，用山泉水煎煮，回甘悠长，可是上品中的上品，这世上唯一能跟它媲美的便是你们方家的'瑞草雕莲'。虽然大娘说了两家茶种不同，不可这么比，但我还是认为'瑞草雕莲'更厉害，无论汤色还是回甘，都是世间少有。"

方泽生放下铲子，重新打量他一遍："你这不是懂得许多？为何还在众人面前丢你爹的脸？"

付景轩说："我爹可没把我当亲儿子，又从未疼过我，我凭什么帮他出风头？"说着他又想起刘氏整日以泪洗面，付尚毅对他们母子爱搭不理的种种，"算了算了，不说我了，你呢，光一块'浮云出山'就能卖好多好多银子,这还有'枫桥''雨润',你想做什么?"

方泽生说:"埋起来,不然待会我爹又要让我当众品茶,舌头根都品麻了,还要让人当猴看。"

"哈哈。"付景轩口无遮拦,"你长得这样好看,谁都愿意看你。"

"……"方泽生面色一红,有些挂不住,板着脸继续埋土。

"大少爷!大少爷——"土坑刚填平,就听有人找了过来,方泽生立刻丢下小铲子,拽起付景轩就跑。

付景轩忙说:"你跑就跑,拽我做什么?"

方泽生道:"你瞧见我埋茶了,万一将我卖了怎么办?"

"嘿,我是那么不讲义气的人吗?"

"我怎知你讲不讲义气?快走,带着你下山。"

付景轩急道:"别别别,我可是第一次来楚州,丢了怎么办!"

方泽生道:"没事,这是我家地界,我带着你玩。"

几句说完,已经随着风跑到了半山腰。两人年纪相仿,勉勉强强也算一见如故,躲躲藏藏在山下玩了小半月才被两家大人找到,各自挨了顿训,临别时还约了下一届茶会共同游湖看灯。

往后几年,若是方泽生跟他爹路遇江陵,必定要去付家见见付景轩,付二爷本以为方泽生就是他这辈子最好的朋友了,却不承想十五岁那年,方家出了事,与方泽生的联系也就断了。一封封书信得不到回应,心里着急,付景轩一个人跑了上千里路打听消息,却被方泽生挡在门外,不理不见。

一时间,千思万绪。

付景轩本有许多话想说,也有许多事想问,但见方泽生呆愣地坐在轮椅上,眼中藏着震惊、顾虑还有些许欢喜,又不知从何说起,只耸了耸肩,道了一句:"风冷了,还不回房睡觉?"

| 二 |

方泽生没有出声，待付景轩话音落下，他眼中已是风平浪静，让哑叔推着进了书房，关上了门。付景轩站在原地待了一会儿，转身回屋，一夜无话。

次日。碧空如洗，鸟雀啁啾。

春日刚起了个头，立马又近了尾，三宝来之前先跟付家后门口卖糖水包蛋的大娘闲聊了一番，说起家长里短，大娘说着说着泪水横流，可算打开了话茬，拖着三宝絮絮叨叨说了几个时辰，把自个儿在婆家受的委屈全都抖搂出来，凶险程度宛如战场拼杀，能够死里逃生全靠她家夫君顶着。

大娘哭得抽搐，听得三宝心慌，一个普通人家尚且如此钩心斗角，那像方家这样的大户，还不得将他们这对冒名顶替的主仆欺负得掉一层皮。更何况大娘还有丈夫罩着，方大当家一个瘸子指不定是谁罩着谁！三宝捧着从可怜大娘那买来的几十个鸡蛋，长吁短叹计划了整整一路，也不知道该如何应对。

如今鸡蛋还没吃完，迎敌的时候就要到了，三宝一早醒来左手拿了根木棍，右手拿了把菜刀，生生吓精神了打着哈欠出门的付二少爷："你这是做什么？"

三宝说："给少爷壮胆，怕少爷受人欺负！" 付景轩说："受谁欺负？""方家的那些长辈！"

付景轩瞥了眼院门外露出来的一角裙边，无所顾忌道："我们只是来方家做客，况且哪来的什么长辈？方叔方姨都不在了，如今这方家哪里还有长辈了？还不如择个日子去上坟来得实在。"

三宝觉得有理，刚把棍子扔到一旁，就闻到一股浓烈的烟味，哑叔灰头土脸地拿着一把破蒲扇从东厨房跑了出来，呛得直呕。付景轩急忙过去问："周叔，这是怎么了？"

哑叔原本姓周,早先跟着方昌儒走商记账,做的是管家行当,并不是专门伺候人的。他见着付景轩眼圈泛红,行了个礼算是问好,付景轩忙将他扶起来,探头往厨房里面看:"你在做饭?"

哑叔比画着说:做得不好,呛着二爷了。

付景轩摇头,拿过他手中的蒲扇问:"这院子只剩你们主仆二人了?其他人呢?"

哑叔的眼里闪过一丝怅惘,又窘迫地笑了笑,指着屋里,意思是:"二爷先回房休息,我这就去做饭,待会就好。"

付景轩没理,带着三宝一同进了厨房,瞧见砧板上放着一只半死不活的公鸡,水桶里还扔着一条欢蹦乱跳的鲤鱼,灶上的米粥煮得软糯飘香。寻常人家做饭的地方不需要很大,一锅一灶足以糊口,但是方家不同,冷拼热菜分工明确,面点甜汤都有说法,方昌儒生前是个讲究人,吃食与茶上从不将就,偌大厨房,装潢得堪比官家。可此地如今结网生尘,杳无人迹,放在脚下的腌菜坛子倒是十分干净,看得出是常常使用的。付景轩合了合眼,扔下蒲扇,拿过三宝手里的菜刀,冲着还没断气的鸡又补一刀,给了它个痛快。

也不知方泽生这些年过的什么日子,付景轩多少查到了一些,虽然不能明确地知道方家曾经发生了什么事情,但自方昌儒走后,王夫人想要将方家改名换姓的心是不会假的。

付二爷眉头微蹙,拿着菜刀在砧板上连剁了十几下,刀刀入肉,血沫横飞。剁完又让哑叔帮着找了个巴掌大的布袋,装上十三味草果,将鸡块焯水下锅,蒸煮半个时辰,出锅淋上少许香汁。

整道菜做得一气呵成,看得三宝全程目瞪口呆,不可思议道:"少爷,你竟然会做饭?"

付二爷瞥他一眼,端着一盘喷香四溢的花炊鸡,说道:"做饭有什么难?从前跟着我娘耳濡目染,看着看着自然就会了。"

三宝说:"那以前怎么没见少爷做过?"

付二爷笑道:"我亲自下厨,还有你什么活头?"

三宝细想也对,瞬间感动得热泪盈眶,拦下付景轩将要去捞鱼的手,忙说:"还是我来做吧。"

付景轩一乐,拍拍他的肩膀,端着那盘冒着热气的白鸡,又盛了两碗粥,各自放了一大勺糖,悠悠地去了书房。

方泽生行动不便,书房的门大多都是虚掩着,他昨晚没有回房,今天又让哑叔把内室的被子抱出来一套,放在水墨屏风后的木榻上,明显不想与付景轩有过多接触。

付景轩进门时看到桌上放着几本闲书,还有一幅没有写完的字,字迹行云流水,骨气通达,美中不足的是宣纸上滴了两滴墨水,像是写着写着停滞下来,忘了笔画。

方泽生正在看书,看得极为认真,连脚步声都没听到,付景轩把手上的木托盘放在桌案上,又放轻脚步来到方泽生的身后。

檀香袅袅,笔架旁边的线香燃了一半,付景轩才疑惑道:"你说,这位姓刘的秀才真的会被狐妖引诱,耽误了进京赶考吗?"

方泽生明显一怔,游离的目光聚在久久未曾翻动过的书页上,书上绘着一幅彩图,九尾狐妖正缠着俊俏秀才。付景轩看得津津有味,见他半响没有动静,左手扶住椅背,右手越过他的肩膀,俯下身帮他翻了一页,笑道:"没想到大当家面上一本正经,私底下却会偷偷看这种话本,还看得目不转睛,看得忘了翻页。"

|三|

方泽生手指微蜷,不待付景轩在新页看上两行,便平静地合上话本,面上没有任何异样。

付景轩在他身边趴了一会儿,起身走到桌案前,拽了一把椅子坐下。

两人相对而坐,一时谁都没有开口。方泽生依旧没有束发,黑袍大氅,坐在轮椅上面,淡声道:"你来做什么?"

付景轩道:"'你怎么在这里?''你来做什么?'你见我就没别的话说?你我怎么也算相识一场,不叙叙旧吗?"

"叙旧?"方泽生道,"我和二公子不过有几面之缘,叙旧还谈不上。"

他语气生疏,硬是把旧友说成有几面浅缘的陌生人,扯远了关系。此时若对面换作旁人,估摸早就拍案而起,毕竟热脸贴了冷屁股,不是谁都能受的,但付景轩不同,依旧笑吟吟地递给他一双筷子。

不接。

便放在他面前。

花炊鸡清淡,配上白粥一点不显油腻,几条鸡丝拌在粥里,说不上绝顶美味,却也相当可口。付景轩早就习惯了吃什么东西都放点糖,吃着吃着也就顺了这一口,一碗下肚,方泽生依旧冷淡,明显不愿与旁人同桌。

付景轩自顾自道:"前年陶家办了场品茗大会,邀请各家去了趟益州,我又被大娘拉去作陪,跟着陶家的孙少爷去逛了逛那里有名的荣昌巷。荣昌巷你该去过,十里红灯,夜里去最是漂亮,文人纵酒斗茶,还有美人坐在花船上倚栏弹唱,咿咿呀呀地撩人心弦。"

"对了。"付景轩道,"还碰到了一件有意思的事。"

方泽生没兴趣,只是沉着目光看他,想看看他什么时候出去。

付二爷脸皮极厚,权当看不懂他的脸色:"那天荣昌巷的茶坊列具茗斗,哪家得了第一就能和花船上的花魁姑娘共度良宵,据说那花魁天香国色,逗引得几十里外摆摊的茶棚老板都跑来斗茶。茶饼我都看了,全是些粗老的竹箨。比无可比,只能说自个儿家的水好,个个都是千里灵山上取来的甘泉,却没想茶水煮开后都是一个味儿,到底是山水还是井水也无人分得清了。僵持了有好一会儿,不知谁多了句嘴,说眼前那条江的源头便是某座灵山，取江水便能代山水，必定夺魁！结果你猜怎么着？百十口子一起跳江取水，吓得花魁姑娘抱着琵琶仓皇而逃，几天没敢露面哈哈哈哈！"

煮茶用水，山水为上，江水为中，井水为下。寻常人家大多都是井水沏茶，茶叶固然重要，但茗斗除了探看烹煮之后茶沫停留在茶盏内壁的时间长短，最终决定胜负的还在茶汤色泽，以鲜白为胜，清黄色调为中下，这点便和水的好坏有很大关系。

"不过现在已经少有人能烹煮出鲜白色的茶汤了，就连陶家和胡家……"

"说完了吗？"方泽生开口，打断了付景轩的话，"如果说完了，就回去吧。"

逐客令下得明显，付景轩立即收声，放下筷子转身出门。

哑叔进来时，桌上的粥已经凉了，想要收拾，却被方泽生拦了下来："你听到了？"

哑叔伺候他多年，懂得他没由来的问话，点了点头。

"他带我去了趟益州，我却把他赶了出去。"方泽生说着垂下眼，看着掩藏在长袍下的两条废腿，"走了也好，本就跟他断了关系……"

"少爷！少爷你这是去哪儿？"窗外传来三宝惊喜的喊声，像是一只要归家的雀鸟儿。

没听到付景轩回应，但屋外脚步匆匆，不像以往那般气定神闲，估摸是被气到了。

方泽生面色沉静，躲着窗外照进来的阳光，抬手打开了桌上那个上了锁的盒子，盒子里面是他前不久才放进去的玉佩，还未取出，就听"咣当"一声，书房的门被人用脚踹开，想也知道是谁。方泽生手上一急，忙把玉佩扔了回去，"吧嗒"玉佩磕了一下，方大当家的心疼得仿佛在滴血，又不能再拿出来瞧瞧玉佩碰坏了没，只能双手死死地按着盒子盖儿,瞧见付二爷肩膀上挎着个包袱,怀里抱了一床被子,哼着小调走了进来。

方泽生道:"你怎么没走?"

付景轩问:"你在藏什么东西?"

"没什么。"方泽生挪开双手,再次面无表情地说,"你若是想回江陵,让周叔送你,路途遥远多带些银……"

"你关心我啊?"付景轩压着被子趴在桌案上,没脸没皮地问。

方泽生面上冷若寒霜,藏在宽袖下的手狠狠掐了一把没有什么知觉的大腿,把头扭到一边。

付景轩一乐,瞥了眼方泽生手边的凉粥。同走的时候不同,这粥明显被人喝了几口,他心中高兴,溜溜达达地走到屏风后,把被子扔到木榻上,顺势躺下了。方泽生皱皱眉:"我不是让你回去?"

付景轩枕着双手,跷着腿说:"我这不是回了?我们俩现在可是'夫妻',夫唱妇随,夫义妇从,丈夫尚且睡在书房,我又怎好意思高床软枕独自享受?"

"你……"方泽生听着他胡言乱语,一时不知如何开口,他想说重话,可让付景轩从这个门出去已经是重中之重了,正想着怎么轰他走,就见他腿脚麻利地又溜达过来,挑着眉道:"你什么你,我说得不对吗?"

付二爷耍起无赖得心应手,整整一个上午赖在书房。

给他冷眼他不看,对他冷声他不听,觑着眼趴在窗口看着落在枝头的雀鸟,还评头论足,硬是把一对黄尾莺凑成了夫妻,瞧着就是个不务正业的纨绔公子。

三宝空欢喜一场,站在窗外唉声叹气,方泽生住的院子虽大,但只有哑叔和他们新来的主仆二人。昨儿个大当家才成了亲,在府里怎么也算件大事,没人道贺也就罢了,连个问话的奴才都没见,三宝不满地直撇嘴，环顾偌大的院子也不知该做些什么，只得凑到哑叔身边跟他聊天。哑叔不会说话，比画起来三宝又看不懂，只能找根树杈蹲在墙根写字，三宝肚子里那点墨水全都就着鸡蛋吃了，认字不多，急得直揪头发。

枝头上立着的小鸟停留片刻，扑腾着翅膀飞走了，付景轩眨了眨眼，目光落在哑叔写的字上。

"隽安三年，火烧烟呛。"

三宝磕磕绊绊地念下来，惊讶道："您这嗓子，是被烟熏哑的？"哑叔点点头，算是应了一声。

付景轩有所耳闻，八年前方昌儒同妻子谢君兰死于一场意外大火，据说是在方家存放新茶的仓库里，碰巧那日带着方泽生过去清点，赶上天干物燥，库里的存货就自燃了。天灾难挡，即便是可惜，也只能认命，只是可怜了方泽生，在那场大火里被梁上落下来的重物压断了腿。

方泽生出身茶香世家，一岁便能识茶，两岁就可辨味，五岁在品茗大会上盲猜茶叶百种，还能一一叫出名字，说出制法。虽那时性子傲些，却也是少年人最该有的张扬模样，按理来讲他的人生不该如此，他该堂堂正正地接管方家，名正言顺地成为四家之首，而不是像现在这样坐在轮椅上，冠个空名。

付景轩回过头，抽出后腰的扇子靠在窗棂前，他始终觉得那场火烧得蹊跷。方昌儒经商多年只出新茶，刚采下来的新芽鲜绿潮湿，通过杀青、揉叶、晾晒、压饼……落模雕刻几十道工序才能制成一块茶饼，在成饼之前，佃户送来的新芽应该全都存在库里，再是天干物燥也绝对不会猛地烧起来，让人没有逃生的机会。什么天灾意外估摸都是编给世人的解释，个中缘由，想必只有放火的人知道。

付景轩猜想，这放火的人十有八九就是……

这时，书房的门开了。付景轩和方泽生同时抬眼，瞧见一位衣着华贵的妇人走了进来，正是昨儿个坐在主位上证婚的王夫人。方泽生半晌没搭理付景轩，此时却放下手中的书，不凉不热地说："你过来，推我到厅里。"

花厅内哑叔早就备好了茶，王夫人坐在方泽生对面关心道："前些日子下雨，腿上可疼了？"

"多谢姑母关心。"方泽生恭敬道，"不疼，早就没有知觉了。"

王夫人面带疼惜："我知道，可心里总是盼着你好，想让你有一天还能站起来，不如再让陈大夫来看看吧。"

方泽生没拒绝："听姑母安排。"

王夫人说："那我让他明天过来。"又看向站在轮椅后的付景轩，打发婢女搬来一张圆凳让他坐下。看来柳氏果真跟她商量好的，付双儿没来方家，她竟没有半点惊讶恼怒，还客客气气的。柳二娘谨慎，也怕整这一出真的坏了付家的声誉，那可是得不偿失，她在书信里讲明了前因后果，也告知了王夫人自己的真实目的，许给王夫人很多好处，请王夫人务必把付景轩留在方家，从此付景轩在方家效力，与付家再无瓜葛。

付景轩本想坐，却被方泽生抬手挡住了路，只好继续站着。

王夫人没有强求，端起茶碗话起了家常："你父亲和大娘身体可还好？"

付景轩说："都好，多谢王掌柜关心。"

"王掌柜？"王夫人捏着茶盖儿，上翘的小指动了动，嘴里嚼着这三个字，面上似笑非笑，又将茶碗放下了。

付景轩问："怎么？"

"哈哈，没事。"王夫人和善道，"许多年没听人这样称呼我了，有点新鲜。"

付景轩恍然大悟，连连道歉："对不住王夫人，方才是我疏忽，都怪大娘，让我一时忘了改口。"

王夫人道："怎么怪起程夫人了？"

付景轩说:"儿时总是从大娘嘴里听到您的名号,说王掌柜经商有道,称得上女中豪杰,这次过来还再三叮嘱大哥,让他好好跟您请教,毕竟日后是要接管生意的人。"

王夫人掩面笑道:"程夫人过奖了,她才是真真操持有道。"

付景轩代替大娘一通客套,又说:"我初来乍到不懂规矩,以后还请夫人多多关照。"

王夫人瞥了眼方泽生:"傻孩子,规矩是方家的,可不是我的,我不过是个外姓,这方家的里里外外,还是得听泽生的。"

方泽生并不想两人多聊,接过话茬:"姑母哪里的话,这么多年多亏姑母照看,凭我一个瘸子估摸早就败光家业了。"

"哎呀,什么瘸子不瘸子的,说得多难听。"王夫人忙扯开话茬,"先不说这些,翠儿,把账本给泽生看看。"

翠儿迟疑片刻,不情不愿地从怀里掏出一本账。

"这是?""这是太守冯大人定下的五千块方砖茶,说是过阵子上京,带给同僚的礼物,除了方砖茶还有几百块新制的雕莲,打算送给京里的权贵,走动关系。"

方泽生随意翻了翻,把账本还了回去,不在意道:"这点小事,姑母处理就好了。"王夫人说:"我处理归我处理,但是你是当家,出货走货,都要让你知道呀。"

方泽生道"无妨,我信得过姑母。"王夫人抚着茶盖儿,假意戏谑道:"真信得过?""自然。"

"那姑母就放心了,今儿个你便好好歇着,我改日再来看你。"说完起身出门,付景轩打算送她两步,再次被方泽生抬手拦住了去路,付景轩低声说了句:"没事。"

五日归

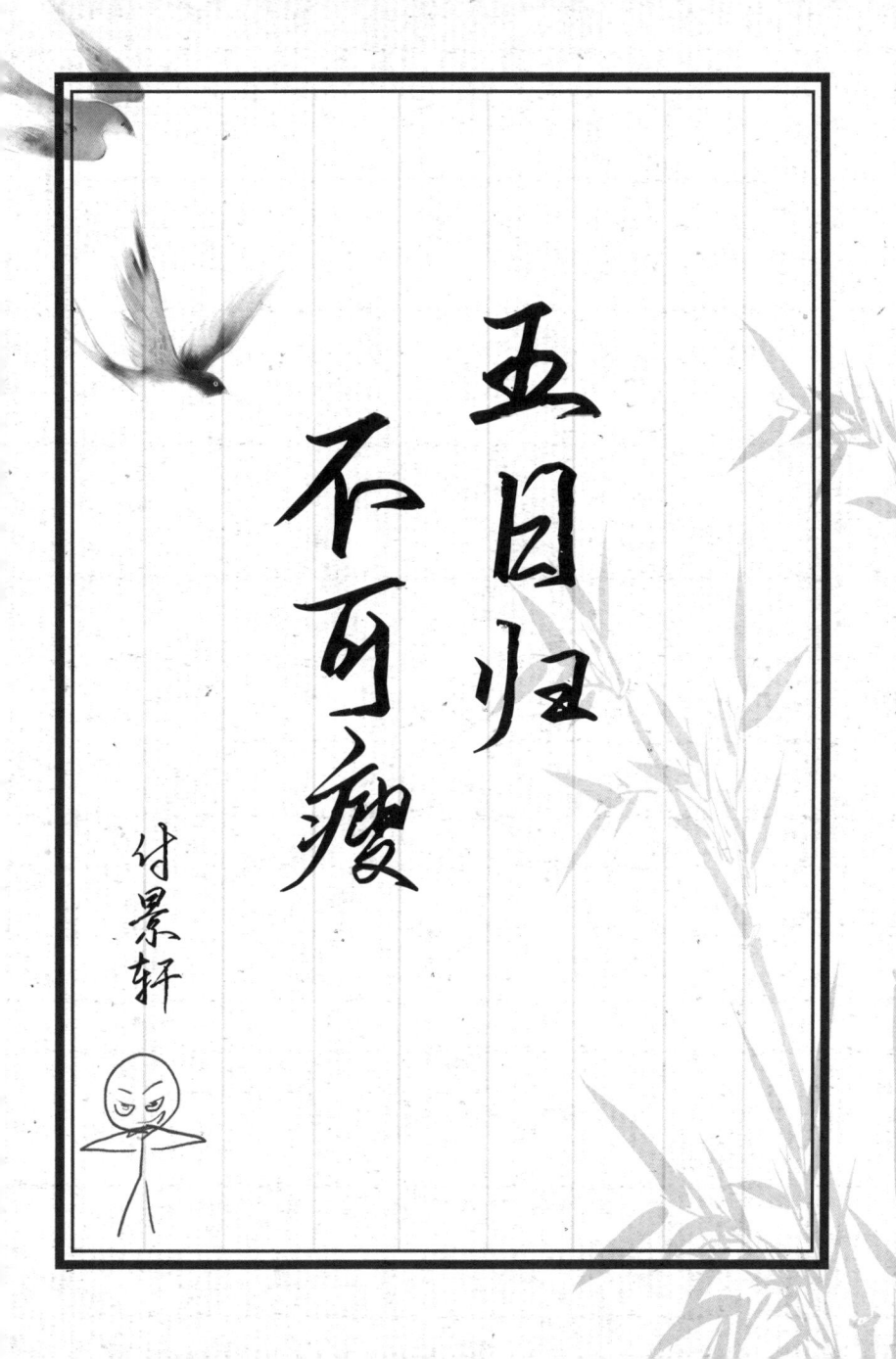

不可瘦

付景轩

| 四 |

将近午时，暖阳高照，付景轩将王夫人送到院门口，听她说："付二少爷聪慧，我记得你识茶的功夫跟泽生不相上下。"

付景轩双手背在身后，扇子夹在两指间一上一下："哪里，比方泽生还差得远。"

王夫人道："可惜了你一身本事，你爹养你多年，都没发现？"

付景轩倒没装傻，敞亮道："我爹村夫一个，比不上王夫人慧眼。"

"哈哈，你爹可不是一般的村夫。"王夫人目光灼灼，像是能将人看透，笑道，"经商的能有几个蠢货？拴得住柳二娘，哄得住程惜秋，攀附着程老爷子生生在四大家中站稳了脚，能是个废物吗？"

言下之意，付尚毅是个聪明人，付二少爷能在自己亲爹面前装疯卖傻这么些年，更是个聪明绝顶的。

付景轩笑笑不语，抬手送客。

回到房间，刚好看到方泽生盯着那只三番五次阻拦他与王夫人接触的手出神，笑着问："晌午想吃什么？"

方泽生顿时恢复了一贯的冷漠，喊了声哑叔，回到书桌前。

晌午到底还是一起吃了饭，晚上那一顿也没逃开。

付景轩吃过饭无所事事，在书房待了一会儿，就带着三宝出门了，说是许久没来楚州，外出逛逛，还特意说了回来的时辰，不早不晚，刚巧洗漱完毕，可以入睡。

哑叔对他感激地笑了笑，收拾好厨房，又烧了几盆水倒在浴桶里，水温刚好，方泽生脱了衣裳，露出两条疤痕狰狞的废腿，由哑叔扶着，缓缓坐在水里面。

淡淡的草药香从身后传来，哑叔又小心地从怀里掏出一个药包，还没倒进去，就被方泽生挡住了："收起来吧，明天陈富要来。"陈富就是王秀禾嘴里的陈大夫，前些年在楚州城开了家医馆，据说医术精湛，却治了几年都没把方泽生的腿治起来。

哑叔听到这个名字明显一怔,枯瘦的手指不住打着哆嗦,"扑通"一声跪倒在地,呜咽起来。

方泽生看他一眼,只说了句:"无妨。"

哑叔红着眼点头,比画道:"二爷,真的要留下吗?"

方泽生垂下眸子没再出声,看着泡在水里的废腿,摇了摇头。

锦堂夜市,花灯万朵,益州的荣昌街、江陵的玉福巷与之相似,都是夜里热闹。本朝不宵禁,街市上熙熙攘攘的比白天还要热闹,糍糕糖人、果脯蜜饯,各种小吃应有尽有。三宝抱着一兜糍糕边吃边走,可算是忘了家乡的好。

"还吃什么?"付景轩从头走到尾看了一路,走到巷子尽头,终于停下脚步。

三宝两颊撑得圆圆鼓鼓,咽下嘴里的糕点说:"不吃了不吃了,少爷,咱们回吗?"

付景轩抬头,瞧见天上挂着一轮银盘似的月亮,随手掏出一锭银子,扣在卖花灯的推车上,说了句:"回。"

亥时左右,院子里突然有了动静,方泽生一早熄了灯,付景轩的被子也让哑叔抱回了主屋。明眼人看见灯灭了,就该知道怎么回事,付景轩也不例外,回来之后没进书房,但也没回屋里。

"叮叮当当"的敲击声时不时传进耳朵,"吱吱呀呀"的车轮响不停地碾着院子里的石板砖,方泽生躺在长榻上皱了皱眉,喊了声守在门口的哑叔,却半晌没人回应。直到一个时辰后,虚掩着的门开了,付景轩提着一盏小灯走进来,在他面前晃了晃,笑道:"就知道你还没睡。"

方泽生看了他半晌,平静地闭上眼,淡淡道:"现在睡了。"

付景轩大笑了两声,毫无预兆地俯下身,双手穿过方泽生的腋下搂住了他僵直的背脊，把他扶了起来。

"你做什么？！"方泽生大骇，挣扎着想要甩开付景轩的双手，却被付景轩从背后紧紧抱住了上半身。方泽生虽然常年坐在轮椅上，身形却高瘦挺拔，若是真的站起来恐比付二爷还要高出半个头，他一身骨头沉甸甸的，哪怕来个壮硕的汉子都不一定能轻松挪动，更别提二爷一个肩不能担手不能提的富贵公子。

"付景轩！放手！"

方泽生连日来的冷漠外壳终于有了些许松动，付二爷鼻尖冒汗，手脚并用，连拖带抱地硬是把方大当家挪到了轮椅上。

方泽生胸膛起伏，刚想问他缘由，就被迫披上了一件外套。

付景轩气喘连连，推着他一步步走到了门口，打开了房门。

门外月白风清，虫声"唧唧"悦耳。

五步台阶下空出一条窄路，道路两旁似乎多了不少东西，方泽生在夜色里看也看不真切，只知道半空当中，挂着一排排彩色的花灯。

付景轩拍了拍手，三宝和哑叔像是听到信号，各自拿了一个火折子走出来，将花灯点亮。

霎时，院中宛如白昼，每盏灯下都摆着一个小摊贩的推车，车上花样繁多，有卖甜品小吃的，有卖风车面具的，还有刚刚吹到一半的糖人，没来得及捏出个笑模样，就被强买了回来，委屈巴巴地撇着嘴。

推车挨挨挤挤，货品琳琅满目，犄角旮旯竟然还竖着一面算命幡子，就连乞丐的破碗，连带里面的几枚铜钱，都摆在地上。

方泽生深潭一样的眼睛瞬间亮了起来，双手紧紧扶着轮椅，怔怔地说："你，为什么……"

"不为什么。"付景轩走到他面前，咧嘴一笑，"只是瞧今晚月色刚好。"

"就把锦堂夜市变小了搬过来，想同你灯下赏月。"

五

凌晨十分，外宅的灯还亮着，翠儿匆匆而来，推开了客房的门。

王夫人正坐在铜镜前卸面妆，手边放着一碗上品燕窝，她撇了一勺放到嘴里，润了润喉咙："里院折腾完了？"

翠儿说："是。"

王夫人问："方泽生是个什么表现？"

翠儿说："倒也没瞧出有多高兴。"她蹲下为王夫人捶腿，"您说付二爷这么上赶着图的什么？"

王夫人放下勺子，随手打开一个妆盒，里面没有胭脂水粉，倒是放了满满当当一沓子书信，笑道："人活一辈子，不过就是个七情六欲，付二少爷念儿时情分，瞧见方泽生现在这副模样心存怜悯，人之常情。"

翠儿道："那也太费心思了吧？"

王夫人说："他俩儿时交好，这点不算什么。"

翠儿转动着眼珠："那夫人为什么答应柳氏让付景轩过来，这不是给方泽生找了个帮手吗？若他想要夺回……"

王夫人瞥了她一眼："方家的当家始终都是方泽生，我不过是帮他打理生意而已，哪来的夺不夺呢？"

翠儿急忙改口："夫人说的是，可他若是帮着方泽生可怎么办？"

"凭他一个？"王夫人说着走到床边，落下床帐，"倒不是我瞧不上付景轩，那可是个鬼灵精，柳如烟都拿他头疼，我又怎么能轻看了他？答应帮柳如烟这个忙，不过是为了生意场上的人情事，至于他来了以后帮不帮方泽生……"

"怕是他想帮，泽生也不会让他帮。"

翠儿道："为何？"

王夫人躺下道："泽生如今那样执拗的性子，又怎会在落魄的时候，开口求人呢？"

翠儿上前帮她披了披被角，又帮她把地上那双绣有富贵牡丹的金丝绣花鞋摆正，谨慎道："您说，大当家真的不知道当年的事吗？"

王夫人闭目养神："他那么聪明，又有什么是不知道的？"

"那他……"翠儿本想问"那他为何不找您寻仇？"又一细想，一个瘸子带着一个哑巴，还要扛着方家百年基业不被旁人改名换姓，除了谨慎地活着，还能怎么办？

王夫人面上慈悲："大家都是生意人，脸面上过得去，就将就着过。我想要什么，他自然是懂的。我再等他几年，等他想通了，名正言顺地把方家递到我的手上，也好过他现在顶着空壳，寄人篱下，来得自在。"

次日。

院子里的推车还原封不动地摆着，付二爷伸着懒腰，着一袭霜色长衫，从书房的榻上爬了起来。

方泽生早已经起来了，回到主屋花厅，正在招待刚刚进门的陈富。陈富五十二三，宽额阔口，留了两撇八字胡子，瞧见付景轩走进来，忙站起身："见过付二爷。"

付景轩拱了拱手笑道："想必这位就是陈大夫了？"

"正是小老儿。"

付景轩道："陈大夫请坐。"又来到方泽生旁边问道，"昨晚睡得如何？"

方泽生本不想理，但见他笑吟吟地看着自己，只得说："还好。"

陈富坐在一旁"呵呵"笑着，提着药箱说："我先为大当家施针吧。"

方泽生点了点头。

"大当家这段时间，腿上可有知觉？"陈富按住他的膝盖位置问道，"这样可疼？"

方泽生说："不疼。"

陈富又挪到他小腿位置，用力按道："这样呢？"

方泽生说："也不疼。"

陈富点了点头："那就是没有好转，小老儿先帮您施针，再帮您换一服药。"

方泽生道了声谢，自顾自看书，付景轩也没再出声，一边喝茶一边想着怎么才能让方泽生扳平的嘴角勾起来时，突然瞧见哑叔垂眼站在一旁，紧紧地握着拳头，神色苦楚。

一个时辰后，陈富收针，起身告辞，付景轩跟出来送客，想了想问道："方泽生的腿，可还能好起来？"

陈富说："按道理来讲，应该早就好了。"

"陈大夫此话怎讲？"

陈富说："大当家是早年被重物压伤的腿，我接手之后检查过，他断裂的筋骨早就接上了，本该休养一年半载，再复健几个月就可以走动。如今小八年站不起来，却有些蹊跷。"

付景轩皱眉："你的意思是，方泽生站不起来是假的？"

"不不不。"陈富连忙摆手，"小老儿行医多年，疑难杂症见识过许多，大当家是真的站不起来。"

付景轩问："你怎如此确定？"

陈富说："我每次为他施针，针针扎在他重要的穴位上，那痛苦可不是一般人能承受的，说是摘胆剜心也不为过，若是双好腿，怕是一针下去都要蹦起来，更别说几十针了。"

付景轩问："那他，为何一直不好？"

陈富说："这事儿王夫人也常常问我。"

付景轩迟疑："你与王夫人之间……"

陈富说："我原本是王夫人家乡的一名赤脚大夫，前些年她派人接我过来，说是帮着大当家看腿，后来迟迟不好，就让我留在城里方便一些。"

看来陈富就是个身份寻常的大夫，只不过王秀禾多疑，亲自找了个知根知底的，用起来放心。付景轩从没主动问过方泽生腿上的事，抓着眼下的机会又问了几句。

"那你可查出他站不起来的缘由了？"

陈富说："小老儿也只是猜想，估摸与十几年前的大火有关，毕竟家中突逢巨变，任谁都无法承受，心中郁结，导致双腿无法站立，这都很有可能。"

"还有这种说法？"

陈富道："有的，说到底心病还须心药医，小老儿的针也戳不到他的心眼儿上，确实无能为力啊。"

付景轩沉吟半晌，点了点头："多谢陈大夫，这边请。"

送走陈富，付景轩直奔书房，他就知道方泽生不会留在主屋，果不其然，打眼儿的工夫人又回到书案前。哑叔的神色已经恢复如常，只是眼眶还略有些发红，见着付景轩无奈地笑了笑，比画着前去端茶。

付景轩在屋里徘徊，一会儿逗逗白玉缸里的小锦鲤，一会儿浇浇花盆里的石榴花。恰逢小满，榴花红火，绿叶成荫，付二爷拿起剪刀修剪着繁茂的枝丫，还悠哉悠哉地哼上了小曲儿，这一哼就哼了个把时辰，自娱自乐，像是忘了屋里还有一个大活人。直到那大活人的目光时不时地从背后传来，付景轩才挑了挑眉，搬着圆凳坐在方泽生对面，一把抢下了他的书。

方泽生手上一空，看了半晌空气，皱了皱眉不跟他一般见识，随手拿起另外一本，还没翻开，竟然又被抢走了。

第三章 威胁

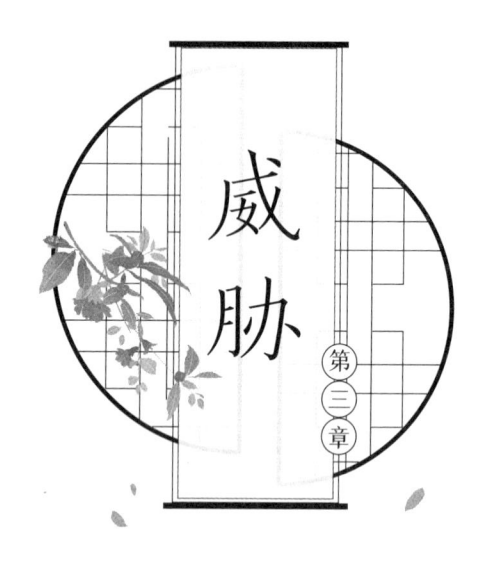

| 一 |

陈大夫说方泽生的腿站不起来，与心病有关，也不无可能。

毕竟十五岁以前的方泽生风光无限，如今遭逢巨变，放在任何一个人的身上，都是不小的打击，加之王秀禾虎视眈眈，不定哪天心血来潮摘了方家的匾额，真正占了方家的地方。方家的旁系本就不多，方昌儒夫妇更是只有方泽生一个儿子，方家叔侄宗亲虽然不服王秀禾管事，却也没有几个能撼动她如今地位的。这人精于算计，花了八年时间把方家人都换成了自己人，且不愿意让人说她鸠占鹊巢、忘恩负义，面上对方泽生嘘寒问暖关怀备至，背地里却不管他是死是活。如今是付景轩上赶着来了，若是没有柳二娘闹这一出，怕是日后给方泽生娶个阿猫阿狗，她都不甚在意。

付景轩管不了方家的事，也不知道方泽生处在如此境地，想要做何打算。

若不是方泽生这么多年不理他，他也不会费尽心机地想这么个办法过来。付二爷打小不受别人欺负，更是不能吃半点哑巴亏，他担心了方泽生这么多年，偏偏就要过来瞧瞧方泽生还念不念他。

"你打扰我看书了。"

"嗯？"

他们两人并非没有亲近过，年幼时就常常挤在一张床上睡觉，彼此说着游历时的所见所闻，商量着如何把付景业推到水里，又商量着如何把年仅七八岁的付双儿拉到树上。

想到付双儿，付景轩倏地笑了："我妹妹现如今都有本事跟别人私奔了。"

方泽生说："知道。"

"她小时候总喜欢追着你跑，还口口声声地说长大以后要跟你成亲，谁想真的有机会嫁你了，她却又喜欢上别人了。"

方泽生轻描淡写道："儿时说过的玩笑话，怎么能作数。"

"是吗？"付景轩嘴角微翘，双手放在轮椅的扶手上，"我记得，你先前也有个意中人。"

方泽生原本与他对视，听到这句话蓦地眨了下眼，将目光垂落到地上，不再看他。

付景轩双肘微屈，笔直的背脊向前下压，将方泽生严严实实地困在轮椅上，悄声问："是谁呀？"

他不是第一次问方泽生这个问题，那时年岁还小，方大少爷克己守礼，虽然被付景轩逼问得满颊绯红，依旧非礼不言、假装正经，说什么待那人成年后自会亲自去提亲，风风光光娶过门。付小爷听完莫名来气，斜乜着眼问道："待那人成年还差几岁？"

方泽生伸出三根手指，付景轩道："三岁？"

方泽生严肃地点了点头，却被付景轩当头一棒："你怎知再过三年是如何光景，万一三年之后那人已有了好姻缘呢？你怎知那人愿意等三年？像我就是个急性子。"

说完要走，却被方少爷拉住了手腕，付景轩不明所以，问他做什么。

方泽生看看天，又看看地，看了看水里欢畅的游鱼，又看了看树梢上盘旋的飞鸟，说道："还是可以……再等一等的。"

结果等来等去，便等了个音信全无。

付景轩看着方泽生刻意避开他的眼睛，再要开口的时候，就听门外传来一阵悲喜交加的喊声，似是三宝终于瞧见了一位久未谋面的亲人，不远千里地来探望他们这两位孤苦无依的主仆了。

"少爷！快出来！有人来看咱们了！"

方泽生的双手紧紧扶着轮椅，骨节凸起，似乎要撑开皮肉，听到三宝这声叫喊，他顿时放松了下来，明显出了一口长气。

付景轩看在眼里，不再逼他，抽出后腰的聚骨折扇，悠悠地晃出门去。

|二|

三宝正在院里兴奋地跺脚。

门口直直地走进来了一个人。

"陶不知？"

来人一身丁香长袍，外罩紫檀宽袖，见付景轩出来明显一惊，脚下打了个趔趄，差点跌出方圆二里，摔个以头抢地。

三宝赶忙冲上去扶他，蹦着高说："陶少爷！"

陶少爷本名陶先知，益州陶家的当家孙儿，今年二十有一，跟付景轩、方泽生同属一辈。陶老当家给他取名"先知"，本意希望他能事事先知，未雨绸缪，日后在茶市上闯出一片自己的天地，却没想某次品茗大会上，陶先知被几位长辈拉上台面品茶，品来品去，这也不知那也不知，最后被同样什么也不知的付景轩取了个外号,便是陶不知。

他跟付景轩相熟,算得上狐朋狗友。

"付老二?!"

"你,你你你?你还真的过来了?!"陶先知瞪着一双铜铃大眼,任由三宝扶着一路冲到付景轩跟前,不可思议道,"王秀禾说了我还不信,没想到你真的在这儿!"又一脸早知如此的表情,"我就说你二娘早晚要把你赶出付家!没想到她竟如此歹毒!"

付景轩没做解释,见他来了也觉奇怪,问道:"你呢?你怎么在这儿?"

陶先知说:"品茗大会啊,今年这届在楚州办,刚好这边也有一笔生意,我跟我爷爷就提前过来了。"

付景轩还真忘了这事,他多年没有参加品茗大会了,倒不是因为方泽生不去他也不去,而是因为程惜秋的身子越发不好,柳二娘抢了她的位置摸了她的请柬,次次带着付景业出门露脸,没他什么事了。

付景轩问:"怎么你陶家的生意,做到楚州的地界来了?"

陶先知长了一张苹果脸,笑起来憨厚非常,说起话却傻中带精:"做生意还分什么地界?天南海北兜售叫卖,不是任君选择吗?旁人瞧上我们陶家的茶了,我总不能把人拒之千里吧?"

付景轩笑道:"这几年才瞧上的?"

陶先知懂他的意思,嘿嘿笑道:"总不能是方先生活着时瞧上的。你还别说我,你们付家抢起生意来可比我们陶家凶多了,你二娘可是个狠角色,我瞧着都快跟王秀禾平分秋色了,恨不能生吞了方家的生意给她亲生的儿子儿孙。总之如今的茶商会里就没一个好东西,一个个嘴上说着疼惜方泽生无父无母,抢生意的时候可都忘了他是死是活。"

陶少爷嗓门挺大,连带自家也骂了进去,说完才想到自己就站在方泽生的院子里,他只瞧见了付景轩,四下张望,小声问道:"方泽生在吗?"

付景轩瞅了眼书房:"在。"

陶先知探头探脑:"我要不要进去看看?得有八九年没见过他了,他愿不愿见人啊?"

付景轩做不了这个主,原地转了一圈,本想找哑叔进去通传一声,却没想滚滚的木轮声从书房门口传来,哑叔已经推着方泽生从里面出来了。

陶先知吓了一跳,瞪着方泽生看了许久才缓过神来,忙上前道:"方少爷,好久不见。"

方泽生淡淡点头,做了个请的手势:"陶少爷稀客,主厅坐。"

主厅看茶。

陶先知捧着一只雁纹的羊脂玉瓷盖碗,嘬了一口今年春天的最后一茬新芽,一双眼睛滴溜乱转,时不时瞥向方泽生的瘸腿,又生恐看得过于露骨,只得眨着眼睛频繁饮茶,不消半晌饮了小有三杯,竟还打了个嗝。

付景轩坐在对面的椅子上,看猴戏一样地看他,不解围也不说话,气得陶先知拿眼剜他。他放下茶碗,拘束地对方泽生道:"方少爷这些年,过得可还好?"说完便想抽自己嘴巴,好什么好?好了才怪!

方泽生却不以为意,又让哑叔帮陶先知续了一杯茶,说道:"还好。"

陶先知忙道:"那就好那就好。"

虽然多年未见,再见断了双腿,陶先知还是觉得在方泽生的面前矮了半头,他自幼不如方泽生,不止不如,差得还不是一星半点。方家出了事之后,整个茶市一片哗然,有高兴的有同情的,更有落井下石的,如今众人更是看方昌儒死了多年,各自出手,瓜分了方家不少生意。王秀禾虽然精明,但一个外姓,想要彻底拿下方家,自然要先架空了方家才能实现她的野心。如此一来,外忧内患,不少散户的生意自然是顾及不到,所以才使得这些年方家的生意一落千丈。

不过今年,品茗大会又在楚州办了起来,看来王秀禾已经彻底摆平了方家的宗亲，开始着手茶市上的买卖了。

陶先知说："不知方少爷今年会否参加聿茗山上的品茗大会？"

方泽生摇了摇头，只是问："今年除了四大家，还请了谁过来？"

陶先知说："听说是有一位京城里的大人物过来。"

王秀禾顾不得散户，将官家的买卖紧紧攥在手里，今年更是走访了不少官吏，重金请来了一位京里的大人物作评，为的就是打开京城的销路，做王氏的铺子，卖方家的茶。

夜里，陶先知邀请付景轩外出喝酒。

付二爷带着三宝一路吃吃喝喝，亥时三刻，才拎着一壶桂花陈酿，迈进书房。

方泽生难得没有睡下，正披着一件大氅，靠在榻上跟自己下棋。

付景轩经过书案，瞧见上面一片狼藉，纸笔横飞，地上还碎了一个放置画卷的花鸟纹方瓶。这瓶子原先放在窗户旁边，好生生地也碍不着谁的闲事，如今碎在这里，必定是有人刻意砸的。

付景轩绕过破碎的瓷片，心道，怪不得人传方泽生痴傻疯癫、喜怒无常，竟是这么来的。

他提着酒壶上了木榻，盘坐在方泽生的对面，单手撑着棋桌支着下巴，摸起了一粒白子，待方泽生黑子落定，不声不响，截了他半目。

灯光昏暗，方泽生眉眼沉静，每落一子，都要思量许久。

这棋局没什么可杀，不过是看谁能抢尽先机，若错漏一步，便要从头再来，甚至满盘皆输。

"你为何不落在这里？"付景轩两指夹着棋子，点了点棋盘上的一处空位。

方泽生没有应声，一缕长发随着歪斜的身体垂在鬓角处，许久，终要落子，却是打算避开那个位置。

付景轩挡了一下，没等他把黑子落定，便把他手里的棋子捏了过来。他此时握有两子，一黑一白，躺在掌心分明可见。

"你等的机会来了。"

方泽生抬眼看他。

付景轩与他目光交融，似是读懂了他眼中的意思："既然机会来了，捷径也来了，为何不走这条捷径，反而要绕出那么远？"他一边说，一边将那枚从方泽生手里拿来的黑子落在原本的位置，又将自己的那枚白子压在上面，也落在了那个位置。

方泽生并未开口，拿起一枚新的棋子轻轻摩挲。

付景轩上半身压着手臂，向前一倾，厚着脸皮道："不会是舍不得用吧？"

方泽生眨了下眼，手中的棋子落回了棋罐里，淡声道："你何必蹚这趟浑水。"

"何必？"付景轩倏然一笑，桃花眼中火苗蹿动，他今天喝了不少的酒，脸颊酡红，醉意醺醺，言语中带着微微酒气，放浪道，"凭我喜欢，凭我愿意。"

| 三 |

付二爷这两句话说得甚是狂妄，说完酒劲上来了，"哗啦"一声，毁了半场棋局，趴在棋桌上呼呼大睡。

方泽生看了他一眼，抬手将棋盘上叠在一起的两枚棋子藏在手心，又把手臂放在棋桌上。

付二爷睡着了，倒是多了几分说不上来的憨然可爱，红着脸庞，嘴上嘟嘟囔囔说着不明不白的梦话。方泽生听不清，便微微抬了抬头，仔细听他说道："我跑坏了三双鞋……吃了半个月的凉馒头……你竟然躲起来不见我……你可真是!"说着声音高扬,忽而半眯着眼睛坐起身来,方泽生还以为他醒了,才想收敛目光,就见他胡乱指着花格窗棂,醉醺醺道,"你可真是好有本事……"

说完又要向下倒,整张脸直愣愣地对着棋盘上散落的棋子,眼看就要砸上去时,一只骨节分明的白玉手稳稳地托住了他的额头,随着他落下来的重力,一并贴在了棋盘上。

哑叔站在门口,见屋里的灯光越发昏暗,使了个动静,推门进来要换盏灯,方绕过屏风,就瞧见木榻上那两人隔着一张棋桌一趴一坐,方泽生手掌朝上,垫在付景轩的额头下面,帮他挡了几枚棋子。

哑叔眼周的皱纹挤在一起,笑着比画道:"二爷这是喝醉了。"

方泽生半倚靠在一个方枕上,点了点头。

哑叔又笑着比画道:"二爷自小贪杯,爱偷酒喝。"

付景轩酒量不行,却又爱多喝两杯,太过辛辣的喝不了,只能喝一些花果酿的甜酒。少时程惜秋对他管得严厉,让他多品茶少饮酒,付尚毅也不喝酒,说喝酒误事,所以家中连个酒坛子都见不着。付景轩有时想尝尝酒味,就数着日子等着方泽生过来找他,方昌儒那时每年都要带着方泽生外出几次走访各家。时常鹊踏枝头,方泽生便穿着一身素白绣金的锦缎长袍,提着一小壶甜酒迈进付景轩住的小院,跟他一同躲在梨花树下,看着他捧着茶盏小口小口地偷偷饮酒。方少爷每次带来的酒都很少,三两口就能喝完,付景轩只能眼巴巴地看他,求着他下次赶紧再来。

酒带得少并非方泽生抠门,只因有次付景轩喝多了些,第二天头疼呕吐,脸色惨白,病歪歪地趴在石桌上话也不说,急得方泽生又气又恼,便不许他再多喝了。

如今付二爷酒量见长,又没人管他,自然想喝多少就喝多少。

"明早,煮一碗醒酒茶。"

棋桌上的灯芯灭了,哑叔听方泽生说完,比画着点了点头,问道:"要把二爷送回主屋吗？"

方泽生淡淡应了一声，让哑叔叫来三宝，一同搀扶着付景轩回了主屋。

次日。

付景轩昏昏沉沉地从床上爬了起来，随手摸过床边的一碗参茶灌进嘴里，才算有了些精神。三宝已经为他准备好了早饭，一碗白粥、两碟小菜，怕他宿醉难当，又多煮了一壶参茶，放在两个茶碗里凉着。付二爷伸着懒腰瞥了一眼，穿上衣服洗漱一番，拿了杯茶水漱漱口，端着粥碗，拿着竹筷，直接去了书房。

巳时三刻，晴日当空。

说早不早，说晚也不算太晚，本以为方泽生已经吃过饭了，却没想哑叔端着碗筷刚刚进门，与付景轩在门口撞了个正着。付二爷咧嘴一笑，迈进屋子，坐在了方泽生的对面，硬是跟他凑了一桌，还抢了他一碟小菜。

方泽生态度如常，冷冷淡淡，像是昨晚什么事情都没有发生。

哑叔站在一旁欲言又止，似乎有话想对付景轩说，抬手比画了两下，却又不知道该怎么比画，最终只得叹了口气，默默地退了出去。

方泽生吃完便放下碗筷，抬手转着车轮，慢慢来到了桌案前。

付景轩也吃完了，喊来三宝撤桌，正想回去小睡，就听方泽生开口叫了他一声。

这倒有些稀奇，付二爷挑了挑眉，晃着折扇走了过去。

桌案还是如昨晚一样凌乱，白天看得更加清楚，墨汁洒得到处都是。方泽生拿起一只黑檀木的狼毫笔，当着付景轩的面，一字一句地写了一封绝交信，递给他。

付景轩接过信，帮着吹了吹上面未干的墨迹，不气不恼，竟还笑道："我就知道，你主动叫我，准没好事。"

方泽生沉默片刻，决绝道："你我之间早无任何情谊可言，你无须留在这里浪费时间，若是当年的几面之交，让你误以为我们是什么难得的知己，那是我行事不够周全，如今我们就断了这份交情，从此以后，不要再来往了。"

付景轩听他说完，跟着点了点头，一双笑眼弯成了月牙，晃了晃手中新鲜的绝交信，当着他的面，折了几折，撕成了碎片。

方泽生一怔，沉声道："你这是做什么？"

付景轩随手一扬，纸屑撒了满桌。他向前倾了倾身，折扇一扬，道："你不会当我喝多了，忘了昨晚的那场棋局吧？"

"你记得？"

"当然。"付二爷收回扇子，站起来道，"你昨晚说了不让我蹚这趟浑水，我也不是不能答应。

"只是，当着你的面，你还能瞧见我是死是活。我若是背着你一猛子扎进浑水里，是呛死还是淹死，可就不得而知了。"

方泽生藏在宽袖下的双手微微蜷起，半晌才道："你威胁我。"

"哦？"付景轩展颜一笑，摇着扇子露出一口白牙，活像个山匪，"那还要看大当家，愿不愿意，受这份威胁。"

| 四 |

哑叔进门伺候时，方泽生坐在桌案前沉着脸。他耳根红彤彤的，宽袖下的双手也不住地颤抖，像是忍着一股怒气，无从而发。

哑叔少见他这副模样，急忙佝偻着腰身，比画道："是跟二爷恼了吗？"

方泽生并未出声，耳朵更红了一些，片刻，不知想到了什么，脸上竟也跟着红了起来，自言自语道："无论淹死，还是呛死，都不关我的事。"

哑叔不解，疑惑地看着方泽生。

方泽生皱了皱眉，懊悔道："方才，我该这样说才对。"

说出的话，正如泼出去的水，凡事不能再重来一次，付景轩也不会再跑来书房撕一回休书，容方大当家深思熟虑把话重说一次。

距离品茗大会还有半个月的时间。

陶先知跟着陶老当家东奔西走，忙完手头上的事情，又跑回方家跟付景轩叙旧，顺道住在了这里。他属上宾，王秀禾怠慢不得，专门安排了四个贴身仆人来内宅伺候，连带蛛网生尘的院子都帮着彻彻底底地收拾了一番。

"自泽生遭逢意外之后，性子孤僻了许多，他不愿意见外人，我也就不好安排仆人为他打点。"王秀禾一身藕紫长裙，裙面绣着云锦荷花，手中端着白瓷盖碗，坐在内宅花厅的主位上说，"如今陶少爷过来小住，还指望你和景轩多多开导他，让他放开心胸，也好接过我手里的生意。"

陶少爷今日穿得鲜丽，水蓝长袍，对比付景轩一袭青竹长衫多少有些扎眼，捧着茶碗又搁下，站起身正对着王秀禾，恭敬道："还请王夫人放心，我与大当家自小相熟，自然不能看着他就此沉沦下去，无论如何都会使他重拾信心，继承方家的基业。"

王夫人眼角微红，拿出真丝绣鸳的手帕擦了擦含在眼里未涌出来的泪花，感激道："辛苦陶少爷，那这几日便好好在府上休息吧。"

陶先知也摆出一副快要落泪的样子，吸了吸鼻子，待王夫人走后脸色一变，翻了个圆溜溜的白眼。那四位仆人被他遣去收拾行装，他终于得空跟付景轩私下相处，两人移步院中的桂花树下，摆了盘棋。

正逢初夏，暖风微醺。

一眼荷塘注入了新水，清早才兜来的几条鲤鱼正在水中游得欢畅，陶先知执黑先行，哼哼道："你说，王秀禾到底能请来什么样的大人物作评？"

付景轩半晌没有说话，此时一子落定："官家。"

"我当然知道是官家，那也得看是什么官吧？她此时入茶市可谓势单力薄，想必方家的宗亲没几个人会帮她，四家之外还有赵、林、卫、陈虎视眈眈，老三家更是等着瓜分了方家所有生意，为了首位争得头破血流。她这么多年精心整治方家内事，此番若不是请个皇亲国戚坐镇，定然在茶市上站不住脚跟。"陶先知捏着棋子，犹豫再三，东摆摆西晃晃，半晌，棋子终于落定。

付景轩眼观棋局，懒懒地打了个哈欠，毁了陶先知精心布下的圈套，说道："说得有理，那这次恐怕来的真是个皇亲国戚。"

陶先知抓耳挠腮，举着棋子不知如何再走，不禁问道："王秀禾到底有什么天大的本事，能把官家的买卖攥得这么严实？"

付景轩等他落子等得口渴，端起茶碗润了润喉："自然是有些本事，不然也不会走到这一步。"

"你等同说了句废话。"陶先知气道，"算了，反正你也不关心茶市上的事，不下了不下了，去不去喝酒？"

陶先知爱吃爱玩，这几年是被陶老当家硬逼着做起了买卖，此时跟好友相聚，自然不会再想生意上的事情。

付景轩瞥了一眼门窗紧闭的书房，叫上三宝，跟着陶先知一起出门了。

一日、两日、三日，日日巳时三刻出门，子时过半回来，书房也不进，早午晚饭也不同方泽生挤在一桌吃了。今晚付二爷回来得更晚了一些，才迈进院子大门，就见书房里烛光晃动了两下，倏地灭了。

付景轩夹着扇子负手而行，心情不错地哼着才从茶楼里学来的脂粉小调，回了主屋洗漱入睡。

次日，天方破晓，日出金芒。

付二爷主动拖着陶先知一起出门，说是赶早，去一趟花鸟市买几只金丝雀鸟。这一去便又月上中天，直至更夫起更，敲了三声响，还没见到付二爷归家的身影。

书房的灯依旧亮着，方泽生还没睡，正坐在桌案前写字，写着写着，便要放下笔静坐一会儿，耳中尽是聒噪蝉鸣，游鱼戏水声，似乎还有两只夹在石缝里打架的蛐蛐，打得十分惨烈，声音忽高忽低。忽地，一阵夜风袭来，吹得树枝摇曳，绿叶疏疏，扰了方少爷一方清净，再也分辨不出两只蛐蛐战况如何。

方泽生暗暗皱眉，本想扭头向窗外看看，似又想到了什么，先吹灭了桌上的灯，才借着月光转动轮椅，缓缓地来到窗前。

书房的窗户向外半敞着，刚好能瞧见院门口的动静，此时院内一片漆黑，朦朦胧胧的月色底下，多少有些看不真切。方泽生转着轮椅又向窗前靠近了一些，他行动不便，只能依靠手臂的力气倾倾身体，侧首看着外面。

还没回来。

方泽生眉头皱得更深，本想就这么藏在黑暗里等着，就听一阵窸窸窣窣的动静从墙角传来，似是有人在那坐久了活动活动手脚，使得衣角摩擦发出来的声响。

方泽生明显一愣，还未敢多想，就见一颗戴着白玉簪的脑袋从窗外冒了出来，挑着一双桃花笑眼，趁着月光，咧嘴问道："你在找我？"

来人正是外出跑了一天不见踪影的付景轩，方泽生久久没能回神，怔怔问道："你何时回来的？"

付二爷手持折扇，趴在窗台上说："不早不晚，刚好在你灭灯之前。"他前些天回来都是和陶先知一起嘻嘻哈哈地聊着当天发生的趣事，今日独自一人偷偷溜达回来，确实不好发现。

方泽生自知中了圈套，问道："陶少爷没有同你一起回来？"

付景轩道:"他今晚不回来。"

方泽生又看了看黑灯瞎火的主屋:"三宝呢?"

付景轩假意为难道:"三宝也不回来,他二人还在酒楼等我,我是怕深更半夜你要找我,特意回来告诉你一声。今日酒局未完,我恐怕是要住在外面了。"

话音刚落,就见方泽生脸色一沉:"你要住在外面?"

付二爷一步未动,单手托着下巴,狡黠笑道:"不仅仅是住在外面,可还是要通宵喝酒。喝到天明,喝到日暮,喝到爬不起来,喝到狂吐不止。"

"你……"方泽生沉沉地看他,似是挣扎许久,最终把头扭到一边,硬邦邦道,"你整日这样到处乱跑,不在我眼前待着,我又怎么能知道,你在水中……是死是活。"

| 五 |

楚州城近来热闹非常。

日日人潮涌动,车马不停。

临江渡口的行商客船挤得无处停泊,当地的水陆运使连夜派人修建了两个新的渡口,才能勉强分散了一些人流,使得商旅畅通。

城内的酒肆客栈更是一铺难求,不少花楼被逼得只能白日迎客,一个个俏姐儿抹去脂粉胭红,端着茶盘,做起了跑堂的活计。品茗大会时隔多年又在聿茗山列起了茗斗,除了各大茶行本家,还吸引了无数的文人骚客、才子佳人,可谓一大盛事。

王秀禾接了这摊子事,便忙得脚不沾地,连外宅的客房都几日没能迈进去。

她在内宅放了四个仆人,面上说是照顾陶少爷的起居,实则就是为了盯着方泽生,想瞧瞧他在这种时候会不会有什么动静。陶先知那样愚钝的脑袋瓜都能瞧出她此时的处境最是艰难，方泽生那样聪慧，又怎会不知？即便他隐于内宅多年，不问世事，表现出的性格也是喜怒无常，却依旧没能让王秀禾减少一丁点的戒心。王夫人谨慎，能走到如今这一步，便是从不轻看任何人，哪怕方泽生瘸了残了，也紧紧盯着，不给他一丁点喘息的机会。

看门的壮硕家丁神色痛苦地倒在地上，翠儿拿着一根细细的银针蹲在他的旁边，还拿着一本经络书，对照上面的穴位，抖着手在家丁腿上狠狠扎了进去。

"啊——！疼疼疼！翠儿姐饶了我饶了我，疼——！"

家丁疼得满地打滚，一颗颗豆大的汗珠顿时迸出额头，直直地流进了脖子里。翠儿面上有些许不忍，急忙掏出一锭银子扔给他，起身来到外宅花厅的茶桌前，对着王夫人说："连着试了五人了，没有一人能顶住这样的疼，夫人放心吧。"

王夫人坐在桌前看着那个瘸着腿缓缓挪出门的家丁，见他背上大片的汗渍不像作假，该是真的疼得钻心，忍无可忍。

"这几日，内宅如何？"

翠儿如实说："陶少爷没怎么着家，付二爷跟他一道，从早到晚看不着人影。"

"方泽生呢？"

"他一切如常，前两天不知怎的又发了通脾气，砸了一个花瓶撕了几幅画卷，似是跟付二爷闹了些不愉快。前几日付二爷还跟他到书房下棋，这几日不去了，即便外出回来也是回主屋休息，不怎么与他交谈。"

王秀禾撇了撇温茶道："付景轩本就是个不能受气的主，泽生一直拒人于千里之外，再是儿时的情谊深厚，也抵不住连日的冷言冷语。"

翠儿笑道："夫人且去忙吧，内宅有什么事由我帮您盯着，出不了差错的。"

王秀禾点了点头，放下茶碗来到内室，抽出妆盒里的几封信，打开看了看。这满满的一盒信她每一封都看过几遍，此时又看了一遍，问翠儿："付家的人可来了？"

翠儿道："还没来，说是还要再等几天，左右耽误不了茗会的日子。"

王夫人道："请柬递给程惜秋，她接了吗？"

翠儿道："是柳如烟接了。"

王夫人看着信上的字迹笑了笑，又把信折起来放好："那倒是有好戏看了。"

距离品茗大会的日子越近，王秀禾便越忙了起来，为了方便，她更是直接搬到了方家开在长平大街上的云鹤楼里。此乃城中最雅致的一家酒楼，算是方家茶铺的旁支，不算主要营生，只是赚个小钱。

没了王秀禾宿在外宅，方家的大门开得便越发晚了，家丁仆人全都不把方泽生当回事，个个懒懒散散不做正事。翠儿每每来内院探查，不是瞧见付景轩和陶先知坐在院内下棋，就是瞧见方泽生孤身一人坐在书房里发痴。付景轩若是找他说话，他便不理不睬，陶先知邀他出门，他便闭门不见。接连两日看下来，看得翠儿眼皮打架无聊至极，她虽是王夫人的亲信，心中却也觉得王夫人疑心过重，整日盯着方泽生那两条没用的废腿，生怕他能忽地站起来，夺回她手中的权力。

翠儿借着送糕点的名义，跟内院的几个仆人交换消息，见一切如常，便回了外宅。

陶先知今日又要出门，本想邀付景轩陪他一起，却没想付二爷一身中衣由三宝搀扶着从屋里走了出来，陶先知见他昏昏沉沉，问道："这是怎么了？"

付景轩没说话，虚弱地抬手，示意三宝代劳，三宝嗓门敞亮："我家少爷似乎受了风寒，浑身烫得跟着火一样，今日怕是陪不了陶少爷了。"

陶先知说:"都发烧了,还陪什么陪,先去请个大夫回来。"

三宝忙说:"不用不用,大夫来了也起不了作用,我家少爷自小就是如此,只喝一服药就能好起来。"

陶先知说:"那还不快去抓药?"

三宝挺委屈,瞧着杵在陶先知身后的四个仆人,掏出一张药方,这药方上面的药还不全在一个地方,有城东的齐安堂一味、城南的泰禾斋一味、城北的中枢阁一味、城西的昌隆记一味。凭他一个人,跑上一天也不见得能够买齐。

陶先知扫了一眼药方,见有些眼熟,似乎跟他患风寒时吃的一样,确实有两味药不太好买,于是吩咐身后的仆人把药方抄了三份,一人发了一份。

四个仆人互相看了看,犹豫不决。

陶先知双目圆瞪,少爷脾气顿时上来:"怎么?我使唤不动你们?"

四人忙说不是,又见付景轩面色赤红,的确是发烧的样子,不敢再多耽误,急急地跑去抓药。

陶少爷抬手贴了贴付景轩额头,烫得手背生疼,赶忙把手撤回来:"算了算了,我还是去给你找个大夫瞧瞧吧。"说完又叮嘱三宝好生伺候,转身几步跨出了院门。

付景轩虚弱地跟他道了声谢,由三宝搀扶着回到了房间。

院中无人,便显得清净不少。

半响,一阵木轮滚动的声音响了起来,三宝不知去了哪里,房中只剩付景轩一人躺在床上,像是睡着了。

方泽生眉目冷淡,不似有半点忧心,哑叔把他推到床边,抬手摸了摸付景轩的额头,确实烫得吓人,忙比画道:"怕是真的病重了,要赶紧吃药才行。"

方泽生皱了皱眉,见床头放着一盆用过的温水,吩咐哑叔换一盆新的过来，独自坐在床边道："起来吧。"

付景轩躺在床上没动，半晌竟然还咳了两声，皱着眉头痛苦低喃，双手也抖得厉害。

方泽生瞥了他一眼，见他不像假装，平静的眼中立刻生起波澜，急忙转着轮椅又靠近床边一些，听他喃喃道了一声"哥哥"。

这声哥哥叫得方泽生一阵恍惚，付景轩只在儿时这么叫过几次。那时年纪还小，只道方泽生比他大了半岁，便哥哥长哥哥短地随便乱叫，方泽生十分受用，他本就没有亲近的兄弟姐妹，有付景轩这样喊他，他便开心应着。

付景轩一声声叫得急切，似乎有话想要对他说。

方泽生向前倾了倾身，沉默良久，才温柔且低沉地唤了声："轩儿。"

付景轩像是听到回应，一下子便安静了下来。

平宅乱

卷二

付景轩的这块玉上刻有长廊牡丹，方泽生的那块玉上雕着松石雀鸟。

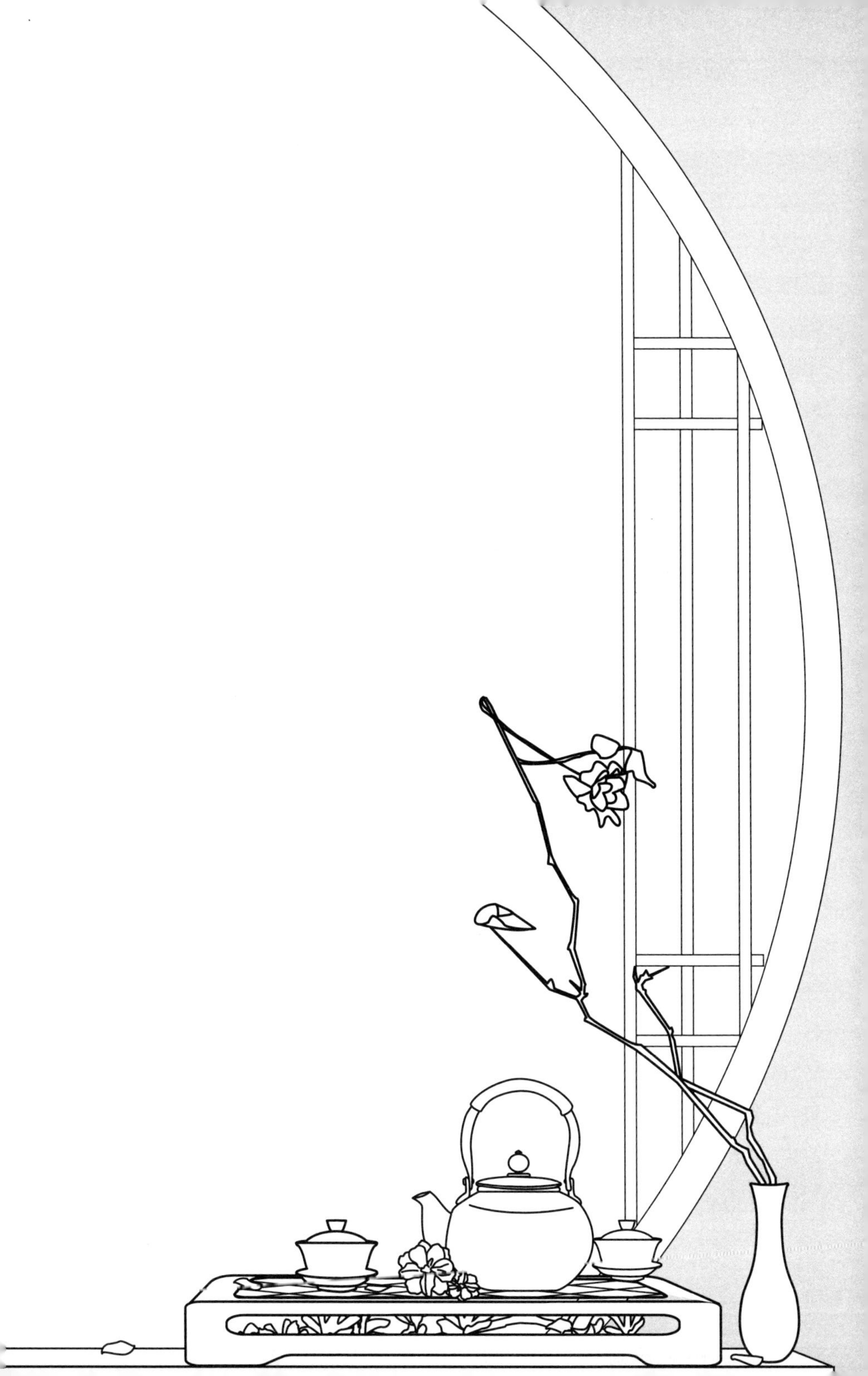

第一章 做局

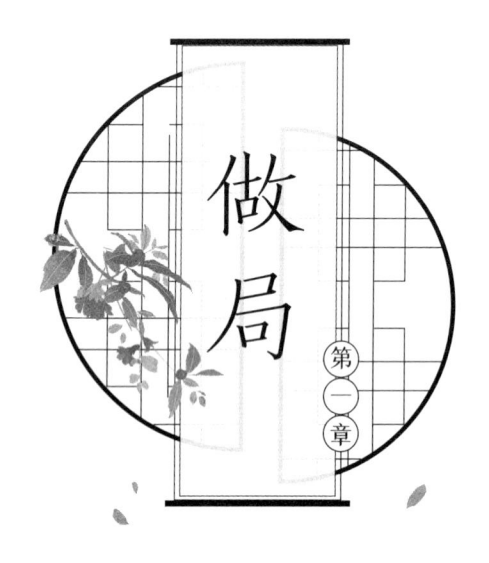

| 一 |

两人一躺一坐，僵持许久。

直到付景轩睁开一只眼睛，方泽生才慌张地别过脸，不再看他。

付二爷见好就收，拿出被子里藏着的一个银质的水瓶扔到一旁，与方泽生说起了正事："你可有什么周全的计划？"

方泽生说："没有，我只是一直在等她入茶市的这个契机。"

付景轩点了点头，已然猜到了一些。他那日与方泽生的棋局，不过是猜测方泽生如今这副样子属隐忍多年，并未真的放弃方家的家业，因而诈他一番。

谁想诈了个九成九，不仅套出了他的意图，还顺带把自己也给绕了进去。

"那现在有什么打算？"付景轩心情不错地靠在床上，见方泽生终于看了他一眼，挑了挑眉。

方泽生看他良久,终还是合了合眼,再睁开时满目尽是清明。

"关键在于,她这次要请谁来。"

付景轩说:"她出身不高,多年都是攀附着你们方家,即便能够请来高官,也该是从你家这边的关系中捋一捋。"

方泽生道:"楚州太守姓冯,有一个远亲姓厉。"

"厉?当朝尚书省内似乎有一位姓厉的大人,难道是他?"

"不,厉大人属吏部官员,即便爱喝几口闲茶,也管不了什么大事。"

"莫非是户部的人?"

方泽生摇头。

付景轩道:"不可能真的是个皇亲国戚吧?"

方泽生说:"来人地位高低并不重要,重要的是来的这个人能不能帮着她在茶市上站稳脚跟。她想要握住官家买卖做京城的生意,那京城里最大的生意又在谁家?"

付景轩沉吟半晌,指了指天。

方泽生点头:"做天家的生意并不容易,王孙子弟想要敛财,更不会从一个小小茶商手中索取,里三层外三层的官员大臣尚且找不到送钱的门路,又怎么会让她钻了空子?"

"不是高官也不是国戚,那便是负责天家柴米琐事的司署了?"

"嗯。"

"莫不是采买司?"

方泽生道:"若是没猜错,该是前任采买司的宋大人。"

付景轩问:"为什么是前任?"

方泽生沉声道:"王秀禾找冯太守,冯太守找厉大人,厉大人与采买司最为相熟的便是宋大人,自然要先跟他说上几句,宋大人爱茶可谓茶痴,自然对品茗大会的事情很有兴趣。按照官吏年限来算,宋大人去年刚刚退下去,该是闲在家中无所事事,正巧赶上这场盛会,必然乐得参与。"

付景轩问:"王秀禾有本事把他请来?是你们方家的'雕莲'又可作贡茶了?"

方泽生摇头:"如今的品级差了一些。"

自王秀禾接手方家以后,心思已然不尽在茶上,她握着"瑞草雕莲"的工艺制法,却把制茶种茶的人换了一批,老茶工的手艺一绝,虽然被迫写下了揉叶、压饼的方法,但换了人手还是会有所偏差。越是品级高的茶饼茶工手艺好坏越是关键,一分一毫都不能出丁点差错,甚至从种茶栽苗开始,就要考虑每一天的日晒光照。王秀禾不懂种茶,新换的那批佃户更是如方家现有的奴仆一样懒懒散散,虽然每年也能定时定点地交出一批新芽来,却远不及从前的品级。

付景轩说:"我只知道如今的贡茶是老三家分着做,付家抢到了两年便被刷了下来,似乎义阳的林家也抢到了名额,今年京里用的茶品都是他家的。"

方泽生说:"林家的'锦团新雪'一直属佳品,付家如果没有程夫人坐镇,怕早就被他们挤出四大家了。"

付景轩耸肩:"只是大娘身体越发不好,柳二娘抢破了头,等着顶替她的主位呢。"

付家是怎样的一个光景,方泽生似乎比付景轩还要更清楚一些。若非方家的"雕莲"降了品级,也轮不到其他三家给京里进贡茶品。采买司每年都要择选百余种茶叶,挑出几样最好的供给天家,方昌儒在世的时候用的便是方家的茶,无论新茶老茶都定在这一家。如今方昌儒没了,方家供给的茶叶品级一落千丈,自是不能再用,只是这么几年换来换去,总是换不到一家合适的,因此,四家之首也始终定不下来。

王秀禾手中攥着几户官家买卖,却远远不够,她若此时再不入茶市经营,很快就要被四家之外的那些茶商挤出去。如此一来方家虽然到了她的手,生意却全都丢了,她争抢这么多年,岂不是白费心机?

"不过,她这次敢把采买司的人请来,必定是能在品茗会上出奇制胜。"

方泽生点头。

付景轩问:"你有什么计划?"

"敬茶。"

"敬茶?"

方泽生说:"宋大人虽然退居家中,在采买司的地位却还是有的,他为人清廉,唯独对茶要求甚高,所以,他此次过来,要敬他一杯好茶。"

付景轩明知故问:"怎么敬?王秀禾自然不会让你当众露面,即便让你出席,也不会让你亲自点茶。"

"所以,要你帮我。"

付景轩忽地一笑,挪到床边:"这么霸道?"

方泽生面无表情,放在宽袖里的双手又微微蜷了起来。

付景轩见他略有僵硬,笑道:"逗你的。可我只会认茶品茶,不会点茶。"

茗斗最终还是要看谁煮的茶香,鲜白茶汤为最上品,不过已经很多年没人能煮出来了,付景轩长这么大只见过一次白汤茶,还是许多年前,方泽生煮给他看的。

"我可以教你。"方泽生沉默半晌,"只是王秀禾该是知道你懂茶,不一定会让你出现在品茗会上。"

付二爷坐在床上,还不忘从枕头下面摸出一把新买的折扇展开摇摇,笑眯眯道:"这个不必担心,王秀禾知我甚多,可不仅仅知道我是个懂茶的。"

| 二 |

方泽生本想继续说话，却见付景轩的枕头底下露出了一缕红穗子，穗子上拴有一根红绳，绳子上绑着半块白玉。

这块白玉的质地与他锁在书房盒子里的那块相同，连月半的缺口都一模一样。付景轩的这块玉上刻有长廊牡丹，方泽生的那块玉上雕着松石雀鸟，若是将两厢缺口对上，刚好可以组成一块圆玉，玉上一只白头翁鸟踏在牡丹丛中对月吟唱，唱的是"富贵吉祥"，唱的是"福星高照"。

哑叔换了一盆新水敲了敲门，还没进屋，就听见院子里面传来了陶先知的声音。

陶少爷没敢走远，出了府门就近找来一个药堂的管事，想让他先给付景轩把把脉，看看烧得这么厉害，有没有大碍，推门进来时，瞧见方泽生坐在床边，吓了一跳，忙上前道："方少爷。"

方泽生的目光在那半块白玉上流连半晌，淡淡地看了眼陶先知，没说话，只是点了点头。

陶少爷虽然身在方家做客，见到方家的主人却十分拘谨，他本就不是真的跟方泽生相熟，平日里能够肆无忌惮，全凭付景轩在这儿住着，此时也不知该说些什么，只是请了请身后的药堂管事，示意他是去请大夫了。

方泽生等哑叔放下水盆，让他推着自己给药堂管事让出一个位子。管事的虽然不怎么问诊，瞧个小小的风寒却不在话下，他抬手贴了贴付景轩的额头，又帮着摸了摸脉，见脉象平稳，起身道："这位公子没什么大碍，煎几服去风寒的药，喝两天就没事了。"

陶少爷这才放心，瞧见三宝咬着半块白糖糕从门口进来，忙说："快去送送管事的。"

三宝才去厨房拿了口吃的，没想一会儿的工夫屋里就多了这么多人，赶紧把糖糕塞进嘴里，搀着药堂管事把他送出门去。

方泽生还没走。

陶先知杵在原地偷偷瞥了他两眼，正琢磨说几句话，就见方泽生抬了抬手，示意哑叔推他回书房。陶少爷顿时松了口气，目送方泽生的轮椅出了门槛，立刻给自己倒了杯水润喉："我怎么还是这么怕他，真是奇了怪了。"

付景轩也觉得奇怪："莫不是他打过你？"

"哪儿能！"陶先知说，"方泽生那样清傲的人，怎么会动手打人？"

付景轩道："那你怕他做什么？"

陶先知端茶想了想："可能就是他太好了，才让我觉得，我这臭鱼烂虾站在他旁边多少有些散味儿。"

付景轩仰头大笑。

陶先知说："你不知道，方先生还活着时，带着方泽生去我家走访，我爷爷瞧见他也不知是装的还是真的，可是比瞧见亲孙子还要亲上几分，动辄拿我跟他比较，他老人家也不动脑想想，那是能比得了的吗？凡夫俗子和天之骄子那是能比的吗？我家那几个弟弟妹妹对他也亲。方泽生每每来一次，还招得隔壁家的李小姐都要好好地梳洗一番，提着糕点赶去看他！"

提到这事更是来气。

陶先知爱慕隔壁家的李小姐，有次这位小姐为了见方泽生，竟然戴着陶少爷亲自为她买的珠花前去送茶，陶少爷又恼又怒，本是对方泽生恨字当头了，后来得知他瘸了双腿，又心生怜悯，叹气道："总之就是可惜，实在可惜。"

付景轩早已合上了折扇，此时拿在手里挽了个花，应和着陶先知说了几句闲话，又道："我近日染了风寒，怕是不能陪你到处玩乐了。"

陶先知摆摆手："无妨，我自己转转也行。"

付景轩说："带着那四个仆人，他们都是本地人，想必哪有好吃好玩的都十分清楚。"

陶先知犹豫半晌，他只身住在方家，没带贴身仆从，就是想玩得自在一些。他家的仆人都是他爷爷调教出来的老古董，不如三宝机灵到处跟着也觉无妨。如今付景轩病了，三宝必定是要留下照顾主子，他在楚州又是人生地不熟，还有许多地方没去逛过，确实要找几个人跟着，思及此，他便应道："那好，我每日回来给你拎酒，你好生休息。"

仆人要跟着陶先知外出，自然要告诉翠儿一声，翠儿思量再三，便点头同意了。

陶先知是客，若是一个人在楚州乱跑，磕了碰了王秀禾可是担待不起，她担待不起便是自己遭殃，这个脑子翠儿还是转得过来。

只是人走之后，就没有合适的人在品茗大会之前盯着内宅的动静了，本想再安排几个人，又觉得没必要。她在王秀禾身边待了有小十年，方家的事情、方泽生的事情她知道得一清二楚，尤其是方泽生那两条废腿，打死她也不信这人还能站起来，再观付景轩这边，明显方泽生的热情退却了不少，毕竟没谁愿意整日对着一张焐不热的冷脸，给自己找没趣。

转眼过去一日。

三宝渐渐习惯了待在方家的日子，前几天跟着自家少爷到处野跑，这天收了收心，爬起来去厨房帮着哑叔劈柴。到了晌午，哑叔比画着让他问问付景轩想吃什么，他便推开主屋的房门进来找了一圈，瞧见付景轩正拿着一根细竹枝逗着挂在窗外的金丝鸟，说道："周叔让我问问少爷想吃什么。"

付景轩一边逗鸟，一边看着院门口露出来的一角翠色裙边，笑着说："温水煮鱼。"

三宝挠头："温水煮鱼？怎么煮？"

付二爷回首，拿着逗鸟的竹枝敲了敲他的脑袋："慢慢煮。"

于是，晌午便吃了鱼。

院子里没有了外人，付二爷端着碗筷来到书房跟方泽生挤坐一桌。

方泽生对他的态度依旧略显冷淡，只因为两人达成了某种共识，不再刻意疏远。

哑叔最是乐得见他们两人坐在一起吃饭，上完了水煮的鲤鱼，又急匆匆去了花厅端来一盘才买的欢喜团子。

付景轩见那盘欢喜团子挑了挑眉，看着方泽生，揶揄道："李家小姐做的糕点，是个什么味道？"

方泽生不解："什么李家小姐？"

付景轩见他眼中茫然，显然是把这位小姐忘得一干二净，随手捏起一颗甜到齁嗓的胖团子塞进嘴里，笑道："没什么。"

|三|

翠儿盯得不紧，还是像之前一样偶尔过来瞧瞧，她早就是一条温水里煮熟的活鱼，毫无防备地待在方泽生为她营造出的一成不变的池水里。

王秀禾事忙，无暇整天盯着方泽生，翠儿眼睁睁地帮她盯了八年，这八年日复一日都是同样的光景，再是没人比她更"了解"这废了的方大当家。

付景轩就着两碗清茶顺下最后一口甜腻腻的欢喜团，斜乜着眼睛打量捧着碗筷面容沉静的方泽生，忽而道："大当家既有如此城府，为什么唯独对我没有戒心？"

自从来到方家，方泽生面对付景轩时演技可谓拙劣，与其说付景轩诈出他心中所想，倒不如说他在付景轩面前装都装不出来，除了会故作冷漠地赶他出门，却是半句狠话也说不出口。付景轩稍稍威胁一番，就能轻而易举地摧毁方大当家故作冷傲的坚硬外壳。

方泽生握着筷子的手指蓦地收紧，随即又很快松开，他放下碗筷僵硬地换了个话题："你父亲何时过来？"

付景轩没得到回答也不在意，离开饭桌来到窗前，修剪起了花枝："不清楚，该就是这三两天的事情了。"

方泽生转着轮椅来到书案前，执笔写下了几道煮茶的工序："他们应该会来家中看看你的好坏。"

付景轩笑道："怕是叮嘱我千万别被你赶出去才对。"

方泽生想起他先前写的那封无用休书，面上有些挂不住："此时休或不休也由不得我。"

付景轩咧嘴一笑："全凭大当家关照。"

说着付景轩放下剪刀来到书案前，见煮茶的工序方泽生只写了一半，迟迟没再动笔，便问："怎么了？"

方泽生说："此次跟你父亲一起参加茗会的人，该是柳如烟。"

付景轩说："想也是她，估计还会带着付景业。"

方泽生说："如果是她，不出这几日，王秀禾怕是会来找你。"

生意场上，多是场面上的朋友。柳如烟看似与王秀禾交好，实则二者还没有牵动彼此的利益，此次品茗大会哪家都想争个第一，王秀禾相比之下势单力薄，必定要想些办法保证自己万无一失。少一个对手，便是多一份机会，即便她应该有很大的胜算，却也要为自己留一条后路，而这条后路就是付家，可以帮她拖住付家的这枚棋子，便是爹不疼娘不爱"被迫"来到方家的付家二少，付景轩。

方泽生皱了皱眉，笔尖上的墨汁又一次滴落到宣纸上，本想换一张纸重写，却不知怎的把先前那张纸揉在手里紧紧攥着。付景轩知道他有话说，没等他开口，已然抬起一根手指挡住了他，安抚道："无妨，不会有事。"

次日天明，王秀禾果然来了。

她忙得脚不沾地，却不忘带着陈富过来给方泽生看腿。但见她依旧一袭富贵长裙，坐在花厅上首，与方泽生说着近日发生的一些琐事，陈富半跪在轮椅前为方泽生施针，王秀禾端着茶盏目不转睛地看了一阵，见方泽生面色如常，便放下茶盏，不忍道："我出去走走，待会儿陈大夫施完针，再唤我进来。"

方泽生点了点头，本想让哑叔送她几步，却见她来到付景轩的跟前："二少爷也一并去吧，我见你在这里坐着也挺无趣的。"

王秀禾登门，付景轩自然要过来作陪，只是少了先前的一点热乎劲儿，懒懒散散地靠在椅子上，也不去帮着方泽生推轮椅了。

"跟泽生闹别扭了？"

出了内院大门，付景轩跟着王秀禾，顺着方家自建的烟雨长廊，来到了一处碧波荡漾的荷花塘旁。荷塘附近有座六角凉亭，亭子里的石桌上已然备好了几盘茶点。

付景轩等着王秀禾入座才跟着一起坐下，笑道："我跟他能闹什么别扭。"

王秀禾本也不是真的关心他们，没说话，递给付景轩一盏茶。

付景轩接过茶盏放在鼻尖闻了闻："是陶家的'浮山出云'。"

王秀禾笑道："没想到冲了三泡，掺了些碎茶，二少爷还能识得出来。"

付景轩道："陶家的'浮云出山'，茶香最是浓烈，不说汤色和回甘，只凭茶香便能辨别。三泡冲少了，如果想要完全掩盖它的香味，便是不去品它。"

王秀禾点了点头："那二少爷且品一品，看看能不能品出这茶里还掺了哪些碎茶。"

付景轩勾起嘴角："夫人可是难为我了。"

王秀禾道："试试也无妨。"

付景轩不再推辞，拿起青蓝杂色的兔毫盏放在嘴边呡了一口，说道："一味是平阳镇老余家的'朱颜碎'，一味是燕喜阁许韶家的'云针松'，还有一味是方家的茶，若是没猜错，该是几片炒老了的嫩绿芽，压不成饼雕不成莲，便被夫人随手撒进来，扔进了茶壶里。"

王秀禾听完稍稍怔了片刻，随后拍了拍手，眼中似有惜才的意思："没想到二少爷竟然有如此本领，这么多年待在付家，属实被埋没了。"

付景轩笑意不及眼底："我在家中本就不受宠爱，即便会品茶，也不能让我爹多看我一眼。与其如此，还不如藏起来，也免得大哥看了妒忌，二娘见了心烦。"

"话不能如此说，你爹只是被枕边风吹歪了耳朵，若不是柳如烟从中挑拨，你和你爹之间，定不会生出那么多的嫌隙。"

付景轩嘴角微扬，放下茶盏又变得一脸平静，似乎有些疑惑道："我和我爹之间，能有什么嫌隙？"

王秀禾顿了片刻，掩饰道："没什么。只是这么多年柳如烟待你生分，如今还把你逼来方家，断了你的后路，你对她，难道就没有一点点的恨意吗？"

付景轩没出声，只是静静看着王秀禾。

王秀禾道："若是我，我必是觉得心中有恨的。"

付景轩沉吟半晌："夫人是想让我在品茗大会上，帮你做点什么？"

王秀禾为他续了一杯茶，笑道："二少爷聪慧，倒也不全是为我，也是为了二少爷自己。"

付景轩接过她的茶浅呡了一口，跟着笑道："夫人说得在理。"

| 四 |

王秀禾拉拢了付景轩，对着方泽生那边却没有任何放松，得知安排

好的四个仆人每日随陶先知外出游玩，狠狠地斥责了翠儿掉以轻心，随即又安排了几个人，以打扫之名，整日守在内宅。

付景轩因"风寒"抢来的两天空闲，换来了更加严密的盯守。虽说王秀禾来得快了点，却也在两人的意料之中，毕竟以她那样的性子，就是方泽生是个死人，也要在这个节骨眼上把腐朽的尸骨挖出来翻一翻，看看这人是不是真的死透了。

接下来几天，付景轩宿到主屋，方泽生住在书房，平日里谁也不与谁交谈，似是真的闹了别扭，一个执迷不悟，一个退却热情。

王秀禾带着陈富连着去了几次书房为方泽生施针，面上开解他凡事看开，见他腿上确实没有反应，才算彻底稳住了心神。

夜里。

王秀禾住在外宅，翠儿取来几件刚做好的荷花长裙放在床边，让她挑选。这几套衣裳做得素雅，外出见人算不得体面，却符合她一直以来对外的身份。不论旁人怎么看怎么想，王秀禾本仅是个方家的代当家，穿金戴银虽说正常，但她的钱财终归取之方家，方昌儒死了，她必然是不能过于招摇。

平日里裙装再富贵，也仅是楚州地界的商户能瞧见，如今品茗大会招揽八方来客，她自是要摆正自己的身份，不能让旁人当面说了闲话。

翠儿服侍着她试了两套衣裳，又打开铜镜前的梨木妆盒，摆出来两三对翠玉珠钗任她挑选。

王秀禾换了新裙，拿起一支双鸟纹饰的白玉钗坐在镜子前比了比。翠儿道："夫人真的打算让付二爷跟着您一起去品茗大会？"

王秀禾说："有何不妥？"

翠儿不解："您不是找了一位煮茶的高手帮忙，带着他去可有什么用处？"

王秀禾轻轻笑了笑，对着铜镜看戏般道："没什么用处，不过就是让他过去气一气柳如烟，最好能将柳氏气得一病不起，气得七窍生烟。"

次日。

付尚毅带着柳如烟，连同付景业，一起登门造访。

品茗大会还有两日举行，付尚毅姗姗来迟，带着一份厚礼，聊表歉意。

王秀禾一早站在方宅的门口笑脸相迎，跟他寒暄了半晌。

眼下距离付景轩入方家才一个月左右，付景业前脚送了新亲，坐船来又坐船走，刚进江陵府屁股还没暖热，又被柳二娘生生拽到渡口返了回来。如此披星赶月折腾一番，瘦了小有十斤，他面色泛黄，眼窝深陷，一听日晒三竿付景轩还躺在被窝没有起床，当下便要发作，若不是付尚毅狠狠瞪他，他早便抢进院里，踹了他那混账弟弟的大门。

王秀禾站在门口见付景业愤愤不平的模样掩面笑了笑，对着付尚毅做了个请的手势，邀他们三口入了内宅花厅，安排婢女看茶。

柳如烟今日打扮华贵，珠花玉钗，绣花长裙，一袭打眼的橘色外衫，搁在夜里都能闪瞎旁人的双眼，她待王秀禾亲热，一口一个秀娘，像是从小失散久别重逢的亲生姊妹。

王秀禾坐稳，便派人去喊了付景轩，付尚毅瞧了瞧时辰有些许不满，又不好在外人面前发作，端着一副温善的笑脸，忐忑道："多年不见方家世侄，现下不知他是否愿意见人？"

王秀禾想了想，先让翠儿过去请人，又甩出老一套的说辞："泽生如今性子孤僻，不愿多见外人，且当时跟他说的是迎娶您家小姐，却没想到……"

王秀禾似是万分为难，不好再说。

付尚毅自知理亏，面上赔笑，暗地里瞥一眼柳如烟，眼中尽是埋怨。

柳如烟气得两眼直翻，拿起青釉茶碗饮了口茶，冷冷哼了一声。

这一家人的明争暗斗全数落在王秀禾的眼里，直到付景轩穿着一袭墨染的纹鹤澜衫迈进大厅，才开口笑道："二少爷来了，快看茶罢。"

付景轩手持折扇懒洋洋地见过他爹,又懒洋洋地见过他二娘,路过付景业时,瞧见付家大少爷的下巴上冒出些许青苫,不禁挑了挑眉,上前关心道:"大哥看着如此萎靡,怕不是这一个月来来去去地坐在船上,坐得太久了吧?"

"你!"付景业当即拍案而起,指着付景轩的鼻尖就要出口骂人,听到付尚毅吼了声,才讪讪地坐回了椅子上,抱着臂歪着嘴。三宝跟在付景轩身后乐得险些跌倒,一双眯缝小眼不住地盯着付景业,付景业低声吼他:"狗奴才,看什么看!"

三宝偷笑几声,把头扭了回去,心道:"果然还是欺负大少爷来得逍遥自在。"

付尚毅前些年待付景轩不好,自付景轩代替双儿来到方家以后,却让付老爷察觉到自己往年对待子女确实有些偏颇。他关注付景业是因付景业是付家长子,日后要接管付家生意,他关照付双儿,是因他有多个儿子,好不容易有了个女儿又是个幺女,自然在意得更多些。家中其实还有两子,都是柳如烟所出,即便是他不关照,也还有柳氏关照,唯独一个付景轩,先是没了娘亲,再又跑了妹妹,如今还为了家中颜面寄居方家,着实让他开始反思起了自己的问题。

父子二人对坐厅前,依旧无话可说。

虽然付尚毅尽可能地想说点什么,却早已经过了跟付景轩交谈的年纪,总不能让他跟付景轩聊些花鸟市里的花鸟鱼虫吧?想到这里,付老爷的眉头又皱了起来。

算了!一个不学无术的次子,也没什么可说。

王秀禾瞧着付尚毅那大起大落的表情就能猜到他心中所想,一边掩面喝茶,一边跟柳如烟闲话家常,她似乎对付家的层层关系了如指掌,对于拉拢付景轩也胸有成竹。

这时,一阵"咯吱咯吱"的轮椅声响了起来,翠儿先行进门,后面跟着哑叔推着坐在轮椅上的方泽生。

付尚毅见到人急忙站了起来,他许久没见方泽生,连忙上前几步,唤了声"世侄"。声音中的惋惜不像作假,毕竟他曾经见过方少爷一双好腿风华正茂的时候,如今见他落得如此凄惨,难免为之动容。

方泽生淡淡点了点头,叫了声:"付伯伯。"

付景轩靠在椅子上没动,只是抬眼瞧了瞧方泽生,目光说不上亲近,也说不上冷淡,似是为他发愁,又怨他不知好歹。

王秀禾作壁上观,见了满眼的荒唐人情,不禁摇头笑笑,和善地问方泽生:"我让厨房准备了午饭,待会一起吃些吧?"

方泽生应了声"好",看向付尚毅:"付伯伯,不去看一看家父吗?"

"这……"付尚毅道,"可以去拜一拜?"

方泽生没出声,看着王秀禾,王秀禾忙放下茶碗,笑道:"自然可以。"

方家的祠堂设在方宅内院的最深处,王秀禾唤翠儿拿来祠堂的钥匙,带着付尚毅等人一路往祠堂走去。一路上,王秀禾与付尚毅走在前面,柳二娘拽着付景业伴随左右,方泽生由哑叔推着落在中间,付景轩带着三宝走在最后,目光落在了哑叔越发佝偻的背脊上面。

他已经小有三日没见过方泽生了,两人虽然同住一个院里,自王秀禾盯紧以后,便心照不宣地做起了自己该做的事情。

今日一见,总觉得哪里不对,尤其哑叔半晌没有抬头,扶着轮椅的一双枯手也颤颤发抖。付景轩皱了皱眉,快步经过轮椅瞥了方泽生一眼,只见方泽生看着前方出神,红润的嘴角也泛起了微微的白霜。

奇怪,刚刚在厅内面色还算正常,怎么一转眼就满脸病容了?

方泽生似是注意到了付景轩的眼神,黑洞洞的眼睛缓缓地动了动,便染上一抹亮色恢复了以往的神采。

付景轩这才松了一口气,快步跟上了王秀禾等人,一并进了祠堂。

| 五 |

方家实乃大户，祠堂香火本该长续不衰，日日有人打扫，如今乌门落锁，满园萧索，唯有方昌儒生前种下的那几棵竹子坚韧挺拔，随着许久不闻的脚步声、人声"沙沙"作响。

祠堂院内无人打理，肃穆的厅堂里面更是尘埃满积，方家祖辈百年前传续下来的匾额披挂着的满身灰土，盖住了四个烫金大字，"德厚流光"。方家虽是茶商，祖祖辈辈却是先做茶后行商，品格高洁。付尚毅平民出身，属实没有太多高尚的德行可言，他少年时跟着程老先生走马入市，最是心向方昌儒那样博学沉稳的研茶大家，每每厚着脸皮向昌儒兄请教问题，都能受益匪浅。

"唉。"付尚毅叹了口气，抬手擦了擦飞角香案上的玉鼎香炉，这香炉许久没人关照，三支没烧完的断香插在香灰里面，似是诉说方家的百年流光，就此断在了这里。

王秀禾拿出一块手帕掩面落泪，柳如烟搀扶着她低声安抚，让她放宽心胸。付景业少见柳如烟对旁人如此用心，还当他娘真的与王秀禾姐妹情深，刚想上前帮着安慰几句，就见柳二娘轻轻拍着王秀禾的手背，趁她埋首悲伤之际，脸上闪过嫌弃之色。

果然，什么秀娘秀娘，不过随口叫叫罢了。

哑叔越过众人，把方泽生推到香案前，见香案上摆着的几把沉香无法点燃，比画着要去找香，方泽生点了点头，看着方家列祖列宗的牌位立在眼前，久久没有言语。

浮土满堂，无处可坐，几人只能站在厅里静静等着拜祭。

突然，"咣当"一声闷响！

方泽生的轮椅不知怎的向后滚了几圈，撞在一根顶梁的立柱上，原本坐在轮椅上的那人也从上面滚了下来，抱着一块灰沉沉的牌位倒在了地上。

"世侄——！"

"泽生？！"

付尚毅距离方泽生最近，见状快步上前看了看状况，其他人也急忙围聚上来，问是怎么了。付尚毅说："昌儒兄的牌位沾了些灰尘，世侄该是想帮着擦一擦，才从椅子上跌了下来，快快，先把他扶起来。"

付景轩眉头紧锁，拖着付景业一起把昏死过去的方泽生扶到了轮椅上。

"先去请大夫，这孩子烧得厉害，怕是病重了。"付尚毅看着王秀禾，王秀禾虽然满脸急色，眼底却并无关心，正想喊翠儿去找陈富，就听付景业蓦地大吼了一声，付尚毅不知他喊些什么，眼下事发紧急也无暇训斥，"傻愣着做什么？还不快去找大夫！"

付景业一手捂着屁股，一手指着自己的鼻尖："我，我去哪儿找啊……"

"我知道。"付景轩扯着大哥的袖子走到王秀禾跟前，问道，"是去请陈大夫过来吧？"

王秀禾能在他的脸上瞧出一丝担忧，这丝担忧与付尚毅那一脸下意识表现出来的慌张毫无差别，毕竟人心都是肉长的，此情此景若漠不关心，才会显得过分刻意，让人心中起疑。王秀禾点了点头，告诉他兄弟二人陈富医馆的位置。

医馆不远，出了方宅再过两条大街便能找到。

付景业本不该做这些跑腿的事情，方家又不是没有仆人，凭什么让他一个远道而来的上宾前去寻找大夫？若不是付景轩方才蹭了他一脚，他又怎会发出声音引起父亲的注意？真是可恶！本想等着出方家大门再揪着付景轩的衣领骂他几句，却没想付景轩抢先一步，让他站住。

付景业没听清，停下脚步对上付景轩的眼睛，还未破口大骂，却先抖了一抖，打了个寒战。

他从未见过付景轩这副模样，他弟弟一双桃花俏眼，无论何时何地都是笑脸迎人，即便与他起了争执，也是调笑而过，独剩他张牙舞爪，而今一改笑颜，满目阴沉地盯着他，厉声道："我让你站在这里。"

付景业一时没有反应过来，被他这副样子吓退了半步："站，站就站！我，我还怕你不成？"

付景轩没空嘲他这副怂样，合了合眼，似乎是在稳定心神，而后快步走进陈富的医馆，让他收拾药箱一起赶去方家。

陈富听明付景轩的来意，急忙写了个方子递给药童抓药，又连连叹道："我就说早会如此，只是夫人不听我劝，即便大当家一双废腿，也不可一日施针三次，真是太胡来了！"

付景轩独自前来就是想问问到底怎么回事，陈富不是王秀禾的走狗，只是一名普通医者，多年以来确确实实想要医治好方泽生的双腿，只是近日王秀禾频繁请他上门为方泽生施针，屡屡劝说无果，只能按着她说的去做。再怎么说王秀禾待他有些恩情，开设医馆时，也帮他招揽了许多生意。

付景轩问："他今日突然晕倒，是跟前几日施针有关？"

陈富提着药箱，拎着药童抓好的草药跟着付景轩一同出门："自然，得亏大当家不知疼，他若是稍稍有一点感觉，都顶不到今天这个时候。"

付景轩蓦地想起方泽生那双无神的眼睛，缓缓松开一直紧握的拳头，露出满掌血迹，低喃道："他真的，不知疼吗？"

陈富赶到方家时，方泽生已经被送到了主屋的床上，床前围着一群人，除了付尚毅、柳如烟，还有刚刚游玩回来提着一壶果酒的陶先知。王秀禾坐在床边扶着方泽生为他擦汗，见陈富过来，赶忙让开，关切道："泽生到底怎么了？"

陈富早跟她说过会有这样的后果，如今也只不过再当着众人的面重述一遍："夫人，凡事过犹不及，大当家这双腿本须心药为先，经络虽然略堵却不是病之根源，若是连续这样施针怕是一双好腿都要扎瘸，日后还怎能治愈啊。"

王秀禾当即落泪，万分委屈："我也是一番好心，想让他快点好起来。"

陈富当她心善，便一直对她的话深信不疑，付尚毅也觉得她这副模样不像作假，耐心地宽慰了几句。唯独柳二娘做了一天的假戏，做得筋疲力尽，得空歇了歇，没挤上前去凑这份热闹。 诊治后，没有发现其他大碍，陈富把带来的药递给哑叔，交代几句便回去了。

此时天色已晚，付尚毅小坐一会儿，准备离开，这几天他们都在云鹤楼里落脚，王秀禾为显周到，瞥了一眼躺在主屋床上的方泽生，对着付景轩说："二少爷许久没跟家里人见面了，不如这两日也去云鹤楼住下，陪陪付先生吧？"

付景轩问："陶先知呢？"

王秀禾说："刚巧陶老先生这几日忙完了，喊着陶少爷今晚回去，似是要商量品茗大会的事情。"

付景轩没理由拒绝，点了点头便同意了，他走得稍晚一些，等着三宝帮他收拾几件行李。

历届品茗大会都要举行半个月左右，这半个月的时间，他怕是回不来了。

方泽生还没醒，安静地躺在床上，动也不动。

付景轩只在床边逗留了一会儿，便走到了院子里，哑叔煎好药端进屋子，半晌，也走了出来。

他不能与人交谈，只是红着眼睛站在付景轩面前比画几下，而后递给他一个银质的水瓶。

付景轩拿着水瓶眼眶一酸，轻声说：

"知道了。

"他演得比我好。"

茶会

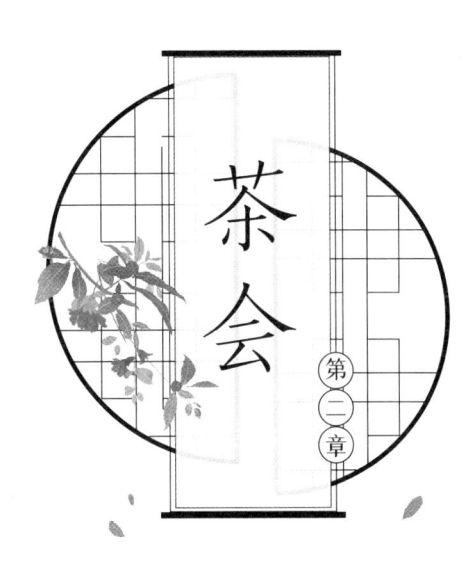

第二章

| 一 |

聿茗山距离楚州城三十里，平日除了初一、十五，少有人来。

今日热闹，品茗大会正式开始的第一天，无数文人雅士、品茶大家全部会集于此。山脚下的茶棚人满为患，顺着蜿蜒山道一路攀登，每每路过较为平坦的岔路口都能瞧见不少散户茶商列具茗斗，赢了便呼唤四处游山的茶童拿来一块木牌，写上自家茶品的名字，算是晋了一级。越是往山上走，茶的品级便越高，制茶的茶行也就越有名气，将近山顶，随手扯出一户都是不相伯仲。方、付、陶、胡四家自然不必多说，近年涌现出的几户新贵，也都有精湛的制茶工艺以及泡茶好手，各个不容小觑。

飞檐翘角的八角凉亭隐在茗香缭绕的云雾之中，一阵风来，吹得云开雾散，金光耀顶。

王秀禾一袭素雅长裙站在山脚，身旁是着绛蓝大氅的付尚毅，还有慈眉善目面如佛陀的陶大当家,陶士康。

陶老先生年岁最长,位于三人中间,乐呵呵地看着远方:"胡家的子孙还没来?"

付尚毅说:"还没到。"

胡家的家主前两年病殁,如今的当家与方泽生同辈,据说家中琐事繁多,耽误了上路,怕是要再等几天才能过来。

陶先知昨晚没有睡好,今日又起了一个大早,赶来聿茗山跟着他爷爷一起迎接京里来的大人物。付景轩站在他旁边,看着今早才出现在王秀禾身后的一位蓝袍公子,若有所思。陶先知避开陶老先生投过来的目光,躲在付景轩身后打了个哈欠,悄声道:"也不知道方泽生怎么样了,醒了没有。"

他们一行人先后离开方家,这两日又一起住在云鹤楼里,方泽生眼下是死是活,无人知晓。王秀禾嘴上说着挂心不已,却从未见她抽出空闲回去看看,还刻意支走了仆役,独留重病的方泽生一人躺在床上,不闻不问。

陶先知目睹一切,多少为方泽生感到不平,阴阳怪气道:"王秀禾这两天心情大好,可算盼着方泽生一病不起,等着给方宅换匾了吧?"

付景轩没出声,右手拿着扇子,一下一下地敲着左手手心,他掌心中的伤痕已经快愈合了,陶先知昨日瞧见还问他是怎么弄的,被他随口糊弄了过去。

陶少爷打完哈欠,从付景轩身后绕了出来,见他一直看着左前方,也跟着看了过去:"那人是谁?"陶先知所指便是王秀禾身后的蓝袍公子,瞧着侧脸是一张从未见过的生面孔。

付景轩说:"不清楚,若是没猜错,该是王秀禾请来的点茶高手。"

"点茶高手?这世上还有哪家的点茶高手是咱们没见过的?"怪不得陶少爷言语狂妄,普天之下最顶尖的那几位煮茶高手,全都在茶商会的四大家中，如陶先知的表叔、程惜秋的表弟，原本方家最会点茶的人是方泽生的母亲谢君兰，如今谢君兰早就随着方昌儒葬身火海，再也不能提壶煮茶，为聿茗山铺盖满山茗香。

万不得已，王秀禾只得四处寻访隐士名家，以保全她如今在茶商会的地位。只是，隐士不少，名家却不多，先前柳如烟也为付景业寻访过许多名师，到头来，最有本事的那几位还是在茶商会里。

眼前这位蓝袍公子十分面生，看起来只有二十一二岁，能让王秀禾如此看重请来帮忙，莫非真的有些本事？

付景轩沉吟半晌，眼睛盯着这人，耳朵却听着付尚毅等人聊天。

这些人明面上都是正正经经的茶行大家，说起旁人的闲话却是没完没了，柳如烟说得最为起劲儿，似乎早就将胡家那点糟心破事打听得清清楚楚，就连胡家前任家主还有个私生儿子这种隐私秘事，都在光天化日下抖搂了出来。

那位蓝袍公子原本没什么表情，听到此处倏地双拳握紧，咬紧了牙根。

付景轩挑眉，赞许地看了眼柳二娘。

巳时三刻，日照当空。

众人等了许久，王秀禾请的那位大人物还没有出现，陶先知正想抱怨日头骇人，就听一阵"嗒嗒"的马蹄声传了过来。围聚在一起的几位茶行主事急忙散开，纷纷整理着各自的着装，迎了上去。

片刻，一辆朴实无华的马车停在聿茗山的山门前，车上走下一人，正是前采买司的大司官，宋坤宋大人。

宋大人六十有一，须发皆白，一双布满皱纹的眼睛神采奕奕，笑着跟王秀禾微微拱手，和蔼道："王夫人许久不见，先前见你，还只是个刚入楚州城的小姑娘。"

王秀禾忙躬身行礼:"宋大人远道而来,快请进茶亭歇歇吧。"

宋大人摆手,先后对陶士康、付尚毅点了点头,望着满山茗士,笑着说:"不歇了,我来就是要瞧瞧这盛世景象,闻闻这百里茶香,不可耽误,不可耽误。"

正如方泽生所料,王秀禾请来的大人物果真是采买司的宋大人。

陶士康与付尚毅似乎也猜到了这一点,看了看彼此,跟着王秀禾一起陪着宋大人登上了聿茗山。山上尽是散户,需要几日比试才能轮到四大家的诸位列具茗斗,帮着敲定品级。

宋大人今日不用作评,攀上了半山腰便折了回去,由王秀禾带着一同住进了云鹤楼。

夜里。

十几户茶行主事与宋大人同桌吃饭,王秀禾忙于端酒布菜,无暇顾及其他。付景轩在酒楼大厅跟着陶先知小酌几杯,先一步上楼,没回房间,而是站在房间门口,等待着什么。

少顷,今日得见的那位蓝袍公子从另外一间客房走了出来,付景轩上前几步,直接挡住他的去路。

那人一愣,皱着眉问:"你是谁?"

付景轩自报家门,而后拿出两张带字的白纸在他眼前晃了晃:"不知胡少爷可否随付某进门,闲聊几句?"

|二|

说是闲聊,便真的没说几句正经话。

付二爷邀人进门,坐在客房的束腰茶桌前东拉西扯,逼得那位蓝袍公子忍无可忍,问道:"你怎么知道我姓胡?"

付景轩勾唇轻笑,抬手给他倒了杯茶,也给自己倒了一杯:"猜的。"

"猜？"蓝袍公子双手放在腿上，他相貌虽然周正，眉眼之间却总有一种说不清道不明的忧郁，时而紧蹙眉头，给人一种苦大仇深的感觉。

"你在王秀禾面前也是这副样子？"付景轩问。

"你什么意思？"

"不该吧？若是在她面前这般心事重重，怕早就被发现些端倪了。"

蓝袍公子不耐道："你找我到底有什么事？"

付景轩说："没什么事，不过是想认识一下，顺便帮你一把。"

"帮我？我何须你帮？"

"用不用我帮，且放在后面。"付景轩说，"还不知胡少爷大名？"

"姓胡，胡云杉。"

"噗。"

"笑什么？"

"没什么。"付景轩说，"你的名字倒是很有胡家主取名的风范，松、柏、桂、柳，真是又生孩子又栽树。"

"你！"胡云杉拍案而起，沉声道，"不许你侮辱我爹！"

付景轩见他气势汹汹，提前一步端起自己的茶盏，免得被他一巴掌拍下去溅出几滴好茶。

"瞧这样子，是你爹疼你？"

"他自然疼我。"提及胡家主，胡云杉心中一悲，颓然坐在身后的圆凳上。

付景轩问："既然疼你，为何不让你认祖归宗？"

"你懂什么。"胡云杉说，"我爹这些年为了接我回家不知费了多少心力，只是胡家祖母容不下我娘，连带我也容不下。"

胡家亦属明州大户，家主妻妾成群，三房夫人都是名门闺秀，但胡家内宅不是几位夫人做主，而是由当今还在世上的胡家祖母胡老太主持大局。胡老太对于儿子的婚事十分严苛，更不许胡家主迎娶一个出身不好的茶女入门。这位茶女便是胡云杉的母亲，即便与胡家主两情相悦，后又生下一个儿子，也没有得到老太的认可，前几年含恨而死。自茶女死后，胡家主的身子也就越发地不好了，他想尽一切办法要让胡云杉认祖归宗，胡云杉却每每被胡老太拒之门外，直到胡家主病殁的那一天，胡老太才终于松口。

付景轩问："松口的理由是什么？"

胡云杉不语。

付景轩道："不会是想看看你的点茶技艺，配不配得上胡家的名号吧？"

"你怎么知道？"

"猜的。"付景轩说，"若是没猜错，是你主动找上王秀禾，想通过她的引荐，参加品茗大会？"

胡云杉迟疑半晌："是又怎样。"

付景轩说："你不会真的以为，你能在品茗大会这种高手云集的地方，一举夺魁吧？"

胡云杉说："不试试又怎么知道？"

付景轩说："不用试，以你的水平，必定赢不了。"

胡云杉皱眉："你怎如此笃定？"

付景轩笑道："你的点茶技法应该是你爹教的？"

胡云杉点头默认。

付景轩饮了口茶，灼灼的目光盯着胡云杉的眼睛，忽而问道："你不会在王秀禾面前点出了白汤吧？"

胡云杉听他说完，甚有些不自在："是，是又怎样？"

"你爹研习多年都点不出白汤，你师承于他，又怎么点得出来？"

"我就不能青出于蓝？"

付景轩笑了笑："当然可以，但我必须要告诉你一点，王秀禾只会卖茶,却不懂品茶。她不知市面上有一种极为少见的白玉粉可助茶汤泛白,常人品不出来,但今日请来的这位宋大人可是有一张好嘴。千里开外随便撇一碗甘泉水煮沸放上十天,他都能品出味道,叫出取水泉的名字,你这点白玉粉,又怎么能瞒过他的嘴呢?"

胡云杉面上一滞,双手又紧紧地攥了起来,他瞥了一眼付景轩手边那两张叠在一起的白纸:"你凭什么帮我?"

付景轩说:"帮你,也是帮我自己。"

"你想让我帮你赢?"

"你是王秀禾请来的,自然是帮她赢。"

胡云杉不解:"那你为什么不自己去找王秀禾,为什么要经我的手?"

付景轩没有多说,收起桌上的那两张纸,抽出后腰的扇子站起身:"经你的手,必定有我的理由。这东西我先帮你留着,等轮到你点茶的那天,再拿出来赠你。"

"你说得如此不清不楚,我又如何信你会把东西给我?"

"你不必信我。"付景轩展开扇子摇了摇,刚要出门,却又将扇子"唰"的一声合上,敲了敲额头,倒退几步,"对了,忘了告诉你,千里开外送进京的甘泉水不等煮沸就要在路上蒸发了。但宋大人确实有一张好嘴,你若不想让胡家因你用白玉粉点茶的事情蒙羞,就当今日,不曾见过我。"

"你!"胡云杉没想到只是闲聊几句,却反被这人揪住了后颈,懊恼地拍了两下茶桌,本想越过屏风躺下休息,却惊觉自己还在付景轩的房间里,随即转身出门,回到了自己的客房。

月挂梢头,酒席未散。

付景轩从云鹤楼出来,站在正阳大街上,往南边看了看。

此时不算太晚,街上还有不少行人,还未收摊的小商小贩趁着近日外来客多,使劲地吆喝叫卖,能多挣一文便是一文。

写着"事事如意"的吉祥灯笼,挂在一辆双轮的平板车上。车上蒙了一块粗布，布面上陈列着各式各样廉价的翡翠以及劣质的白玉。玉质不好，玉面上镂刻的玉雕却十分精美。

付景轩走过去，随手拿起一块巴掌大的圆玉放在手中，玉上两只雀鸟啾啾鸣叫，一只落在岩石上，一只站在树枝头。

摆摊的商贩是一位上了年岁的老者，见付景轩过来热情地招呼道："公子拿的这块白玉叫'白头问春'，您若买了，可自己收着，也可送给心仪的姑娘小姐，问问她心意如何。"

付景轩对着老者说："多年未见，老先生还是这几句说辞。"

老人家蓦地一愣，盯着付景轩端详许久，抬手比了比身高，又摇了摇脑袋。付景轩忍不住一笑，取下腰间佩挂的半块白玉递给他看。

老人家一惊："是你们……欸？今日怎么只有公子一个人来了？"

付景轩笑道："他有些事情，在家中休息。"

"哦！"老人家了然，抬手抚摸着玉佩，爱惜道，"没想到这么一块廉价的白玉石竟然被公子养得这么好，不知那位公子的那一半，可还在呀？"

付景轩说："还在。"

老人家笑着把玉石还了回去："在就好，当年你们两人可是难坏了老夫的这双糙手，原本以为来了桩好生意，结果耽搁了小半个月，才把玉石递给你们。"

老人家还能记得付景轩，全因他腰上的那块玉佩就是在这里买的。

当年他和方泽生一起上街，遇到这个摊子便停下来看了看，玉石大大小小种类繁多，两人挑了许久也没挑出一块合心意的。见他们要走，老人家便把刚雕好的一块圆玉取了出来，告诉他们这玉寓意"白头偕老"，可送给心仪的姑娘小姐。方泽生本不想买，听到这话立刻掏出了钱袋。付景轩本不想要，见方泽生掏了钱袋，便暗自嘀咕他心中有人，于是也拿出了银子。

两人为了一块廉价的玉石在摊子前僵持了许久，一个说要买来送给心仪的对象，一个说要留给未来的妻子，两厢越说越不相让。

老人家笑着回忆："当时我瞧着你们都快打起来，各个嘟着小嘴，可是气坏了。"

付景轩也跟着笑道："还是多亏了您，把这玉切开了。"

老人家弯着眼睛："确是费了好一番的工夫。只是这玉切成了两块，到底还是没送出手吧？"

付景轩将取下来的玉佩挂回了身上，摸着柔软的红穗子，轻轻笑了笑。

|三|

品茗大会进行得如火如荼。

临近尾声，散户的茶叶品级都定了下来。宋大人闲逛了几天，终于等来了作评的机会，今日一早，便在几位茶行主事的陪同下，登上了聿茗山的山顶。

山顶的八角亭外已经列好了各种器具，一排排紫檀木桌上放着各色茶盏、汤瓶、罗巾、竹则，煮茶的茶铛自不可少，聿茗山水一人一方，用圆状的桶盖封好，以防浮物飞入水中坏了水质。水方旁边还有一个竹编的小筐，筐里放着几块专门用来煮茶的细炭，散着淡淡的果木清香。

用炭讲究，煮茶用的水也极为讲究，水不可烧得太缓，也不能烧得太急，三沸即可。初沸，微微有声；二沸，至煮水的镟壁边缘如泉水连珠；三沸，至镟中山水翻滚，算是烧到正好。

此时若抢先一步入瓢取水，水便嫩了，若迟了几分，水便老了。

每家每户的茶叶不同，点茶时的水温也不尽相同，比如林家的"锦团新雪"就不可用过烫的水点，若是烫水一点，煎好的一片片嫩芽直接被烫死，泡出来的茶汤味苦色黄，属下品茶的味道。

"锦团新雪"和"瑞草雕莲"都是取新芽制饼，在点茶的技法上面，也略有相同。

今次的比试，便是把这两家放在了一起，若是方家这边点不出白汤，抑或是点不出清白色的茶汤来，就要让出四大家的位置，由林家接替，再由林家与其他入围的三家对决高低，取一首位，掌管茶商会的事宜。

其他三家的输赢没有太大的悬念，胡家如今的当家虽然被家事绊住了脚步，却也在昨天晚上赶到了云鹤楼。虽说胡云杉的点茶技法上不了台面，但这位大当家的技法却是真的青出于蓝而胜于蓝，比其父亲更上一层楼，只是名字也是一棵树，叫胡若松。

"我始终不懂，你父亲为何这么执着于树？你的名字还算正常，你二弟那胡似柏，是不是过于草率了？"

山顶上，比试的时辰还未到，宋大人与王秀禾等人坐在亭子里喝茶，付景轩站在凉亭后面的石坡上，与胡家的新任家主叙旧聊天。

他们同属一个辈分，小时候全都见过，付二爷那时候性子活泼，又爱调皮捣蛋，经常招得付尚毅漫山遍野地训他，惹来一群同龄人的目光。胡若松从小乖顺没挨过骂，竟觉得付景轩这样很有意思，十分羡慕他，愿意与他结交，只是随着年纪渐渐增长，各自都有了事情要忙，便少了碰面的机会。

"二弟至今还因为这名字难过不已，父亲走时，他差点就跟着去了。"胡若松一身玄青色的圆领长衫，负手而立，站在付景轩身边，"听说，你现在住在方家？"

付景轩点了点头。

胡若松笑道："是歪打正着，还是蓄谋已久？"

付景轩瞥了他一眼："胡当家可不要信口雌黄，这怎么能是歪打正着呢？"

"哈哈哈哈！"胡若松朗声大笑，抬手虚点了点付景轩，"我就知道。"笑完，又长叹了一口气，问道，"他如今怎样了？"

付景轩看着远处的青山，满目的郁郁云烟："不好。前几日才生了病，这几日似是醒来了。"

方泽生的消息是翠儿带来的，虽说王秀禾不闻不问，却架不住付尚毅时常问起，无奈之下，只得让翠儿回去瞧瞧，带几声好话让旁人安心。付景轩信不过她，自然不会听她一面之词，趁着夜里让三宝回去了一趟，收买了看门的周齐，才确信方泽生已经醒了，只是胃口不好，不怎么吃喝。

周齐便是那个才来方家不久的家丁，虽说是王秀禾的人招来的，心地却还算善良。

三宝并没怎么收买他，不过是给了他一点银子，还让他推脱了半晌退了回来，最后没辙，三宝只得硬塞了他几块糖糕，才把消息问了出来，顺带让他帮忙转交一点东西。

内宅的看守没有减少，翠儿得了上次的教训，不敢再随便做主，调派了王秀禾安排的人手好生看着。

今日。

周齐穿着一身灰布短打，拿着一把扫帚在内宅门口转了一遭，押了押衣角，便走了进去。内宅的看守见到他非但没有问话，反而站得笔直，周齐面容严肃地点了点头，绕到主屋门口，往里面探了探头，随手丢进去一样东西，又面容严肃地走了出来，拍了拍其中一个看守的肩膀："你方才是在打瞌睡吧？"

那看守急忙赔笑："周哥辛苦了，能不能当着没瞧见啊？"

周齐说："我能当着没瞧见，但若是哪天翠儿姐回来了，也能当着没瞧见吗？"

看守忙说："周哥您说得对。"

"什么周哥不周哥的,我也是没有办法。"周齐看似为难,又拍了拍他的肩膀,"下不为例,我先走了。"

看守忙送了他几步,再一扭头,确实打起了不少精神,绕着主屋来回走了几圈。

主屋中浓浓的草药味扑鼻而来,方泽生披着一件深色宽袍,靠在床上静静不语。

床边放着一碗白粥一碟小菜,粥热了许多遍了,完好的米粒已经糊在了一起,又糯又稠。哑叔站在屏风旁边唉声叹气,走上前碰了碰又一次放凉的粥碗,端起木托盘。他本想把粥拿去厨房再热一热,路过花厅时,却在手编的团花地毯上看到一个纸团。

哑叔忙把托盘放在一旁,捡起纸团看了看里面的内容,又惊又喜地跑回屋中,把展开后皱皱巴巴的纸团递给了方泽生。

方泽生始终看着窗外,见哑叔过来,眨了下眼,接过了那张纸。

那纸上并没有什么机密要事,简简单单六个大字,写得极为简洁。

"五日归,不可瘦。"

落款处还绘了一个张牙舞爪的小人,扯着一脸瘆人的笑,掐着自己的脖子。

方泽生淡漠的眉眼瞬间便柔和了下来,缓缓抬手捏了捏略有些凹陷的脸颊,低声道:"我瘦了吗?"

哑叔忙红着眼比画道:"瘦多了。"

方泽生皱了皱眉,沉吟了半响:"把粥端来吧。"

觉得不够,又道:"要两碗。"

| 四 |

巳时将近,茶商会的小童提着一个系有红绳的铜锣敲了三下。

宋大人放下茶盏，从凉亭里走出来，站在一张紫檀木的长桌前。

这张桌子置于正南首位，桌面上放有一杆毛笔、一叠木牌。

各家茶行主事也陆陆续续地从亭子里出来，带上自家小辈，一一上前，齐齐向宋大人行礼。付尚毅见付景轩跟在王秀禾那边，本想板着脸喊他过来，张口却又顿住了。柳如烟站他旁边，见他眼中闪过一丝惆怅，不禁轻嗤一声，心道：早知如此，何必当初？

柳二娘是个奇人，平日里自私自利、卑劣世俗，却心如明镜，比一般浑人看得都清，她并非良善之人，也绝非十恶不赦，对自己的儿子不坏，对整个付家，除了付景轩兄妹之外都算不得坏。若非她大儿子是个蠢蛋，二儿子是个书呆，三儿子好死不死随了他亲爹的优柔寡断，她也不至于又争又抢，把付景轩当成眼中钉，跟他闹到这一步。她自诩比付尚毅强得多，谁叫儿子是她生她养，她此时不管，日后待她百年归西，谁还来管这三个草包东西？指望他爹？呸！付景轩虽说打小不受待见，却不是个任人欺负的善茬。有人护着他，他自然高枕无忧，没人护着他，他也能活得比世人都好。付尚毅那时但凡能护他一点，她那荒谬的赶人的主意都不可能成事。

如今倒是戳了付家主的心窝子，在这里猫哭耗子假慈悲地惋惜开了？真是笑掉旁人的大牙！

柳二娘向后瞥了付景轩一眼，一双白眼还未翻尽，就听宋大人笑道："今日有幸参加品茗大会，全凭诸位赏脸。说来惭愧，老夫本已休致在家，许久不问茶事，如今竟还有机会为茶市盛会出一份绵薄之力，实属荣幸之至。"

众人好一番拱手客套，宋大人又道："此次入楚，老夫也并非空手而来。今年八月十七，五国番使进京朝贡，天家命采买司备高碎十万担，上品茶饼九万斤，赠予番邦作为回礼。此事现任采买司的张大人专程与我商量了一番，最终决定，由本次魁首负责本单生意，不知各位意下如何啊?"

此话方落,满场哗然,除四大家的主事之外,众人纷纷议论起了这单天家赠予的大买卖。大户茶商都与各地的地方官员有所联系,番使入朝这事,算不得秘密,只是供给的数量不明,今日宋大人当场宣布,确实让人大吃一惊。

陶先知原本站在他爷爷身边,听完这话又横着挪到了付景轩跟前,夸张地比画着:"十万担啊!"

付景轩垂手站在人群中,上下打量着陶先知,莫名地问了句:"你家如今有多少茶农?"

陶先知掰着指头算算:"田间地头都算上的话,怎么也要有上千人,怎么了?"

"没什么。"付景轩觑着眼调侃,"你家果然是益州的大户,陶少爷。"

"嘿嘿。"陶先知扶了扶头顶上晃眼的金镶玉冠,笑着说,"哪里哪里,不过是有点小钱罢了。"

要说如今四大家中,最有钱的当属陶家。先是益州地广人稀,再是雨水丰沛,适合茶树生长,能做一年四季的买卖。只是有了方家的"瑞草雕莲"在先,陶家便不做新茶了,毕竟工艺技法都赶不上人家,做了也是自砸招牌。于是,陶家长辈便换了条路,做起了陈茶,"浮山出云"属陈茶里的一座高山,旁人家堆积成山的陈茶卖都卖不出去,只有他家的陈茶茶饼越放越香,价格也越放越贵。

陶先知说:"每年番使进京,天家都会赠予一些茶饼让他们尝鲜,像今年这样一下子回赠了这么多,实属少见。"

付景轩说:"外邦皇族向来崇仰中原茶道,近几年风气更盛。茶饼稍贵,想来要了这批茶碎,是想让它们流入民间,也做做这茶叶的买卖。"想了想又问,"往年,你家的新芽都是做何处理?"

陶先知说:"我家向来不采新芽,全都要养老了再摘。"

付景轩思索半晌，没再说话，将目光挪到了胡云杉的身上。

"咚咚"两声锣响，提醒众人时辰已到。

宋大人抬起双手，广袖迎风："今日对决，以茶会友，无论输赢，皆为技法切磋，万不可伤和气。"

燃香，礼毕。

宋大人坐于上首，小茶童举着一块写有黑字的红木牌子，站在众人面前脆生生道："第一试，品茶局。"

所谓品茶局，便是品茗会专门留给后生小辈当众露脸的机会。当年付景轩第一次见方泽生，便是在品茶局之前，方泽生那时躲在亭子后面偷偷埋的东西，便是品茶局所需的茶饼茶碎。

如今多年没来品茗大会，参与品茶局的后辈却没什么变化。付家依旧是付景业来品，陶家依然让陶先知来试，只有林家派了一个八岁的小童站在陶先知的身边，臊得陶先知没脸见人，一个劲儿地冲付景轩招手，希望他能像小时候一样，陪着自己一同丢人。

品茶的茶桌前陆陆续续站满了各家子孙，唯有方家的那张桌子还空着，小茶童翻了翻木牌，对照上面的字迹抓了抓头发，颠颠跑到宋大人面前，拿给他看。宋大人接过木牌瞧了瞧，竟捋着胡须笑了起来，而后把木牌还给小童，拍了拍他的团子发髻。

小茶童得了命令，乖乖回到原位，举着木牌高声道："方家的付景轩？可是来了？"

一句，无人应声。

小茶童便又提高嗓门喊了一句："方家付景轩，可是来了？"

两句，无人应声。

小茶童揪了揪脖子，憋足一口中气，再次大声喊道："方家付景轩可是来……"

"来了。"

小茶童话音未落，付二爷便从松散的人群中走了出来，那人群早就为他让出了一条宽敞小路，任他大大方方地走了一路，才站到了陶先知的身旁。

陶先知为了远离八岁孩童，硬是往付景轩那边凑了凑，低声道："完了完了，原先没什么人知道，这一闹说不得就要全都知道了！你们付家的脸面……还有你以后怎么办！"

付二爷挑挑眉毛展颜一笑，对着陶先知身旁的高傲小童拱了拱手，又对陶先知说："这次，不陪你了。"

今夜子时。

方家内宅的东墙角，传来几声微弱的猫叫。

轮值的看守两两换班，一个个没精打采地站在黑沉沉的院子里打着瞌睡，主屋的灯早就灭了，两名新换的看守瞧着没事，各自找了个地方呼呼大睡，不再理会其他动静。

周齐清晨送完了纸团，到了晌午就接到了哑叔偷偷递给他的书信，幸而他自小认识几个字，看懂了信上的内容，趁着夜深人静，从外墙翻进来，无声无息地进了主屋。

片刻，主屋的灯亮了起来。

方泽生已经从床上挪到了轮椅上，虽然每日服药，但他脸上依旧见不到任何血色。

周齐双手握在身前，微微垂着头，叫了声："大当家。"

方泽生颔首："辛苦了。"

周齐忙说："不辛苦不辛苦，能为大当家做事，也不枉小的白来方家一趟。"

方泽生从没见过他，此时见他十五六岁的相貌，想了想，问道："你家住何处？"

周齐说:"小的家是桃溪村的,那边的土地不好,开不了田,种不了茶树。"

方泽生说:"桃溪村?我父亲倒是去过。"

周齐感激地说:"全仰仗方先生在小的年幼时去了一趟,小的一家才能顺利度过饥荒,得以活命。"

"那你认字?"

"也是方先生指点的,他那时在村子里住了将近一个月,教会小的不少东西,小的爹娘一直让小的记着方先生的恩情,说是日后来方家报答先生。"

只是周齐住地偏远,并不知道方昌儒前几年就身故了,远道而来只得先在方家找了份工,日后再做打算。

"小的不知王夫人不是好人,若是早知她对大当家这样苛刻,自然是不会帮她看大门的!"

方泽生再次对周齐垂首,而后问道:"聿茗山可是有消息来了?"

周齐忙说:"有的有的,这两夜三宝都来了,昨夜让小的送了纸条,今晚说是二少爷在品茶局独占鳌头,惊掉了所有人的下巴。"

方泽生似是能想到当时情景,问道:"陶先知做何反应?"

周齐说:"惊恐万分。"

方泽生又问:"付家人呢?"

周齐说:"付家人更是不敢相信,听说品茶局结束后,付老爷站在山亭前久久没动。"

"柳氏呢?"

"柳氏?可是三宝口中的柳二娘?"

"正是。"

"听说是直接气晕在付家大少爷的臂膀里了。"

方泽生沉吟了半晌,略有些疑问地低喃:"气晕了?"

周齐说:"三宝是这样说,似是二少爷专门气她,当着她的面说了什么。"

方泽生垂着眼思量许久:"今日林家与方家的点茶局,可提到了?"

"提到了,但是没定输赢,估摸要等明日再比了。"

方泽生问:"可有原因?"

周齐忍了忍,想笑又不敢放肆地笑:"二少爷在品茶的时候不留情面,好好地欺负了一番林家那位很有天分的小公子。那小公子年仅八岁,本就十分骄傲的性子,一时气不过,直接躺在聿茗山上大哭大闹,林家今次煮茶的是他父亲,最终没辙,只得放下器具,跑去哄孩子了。"

哑叔听完,当即嗤嗤地笑了起来,方泽生的嘴角微微地颤了颤,半晌,蜷着手指问:"可还有……其他的话吗?"

周齐眨了眨眼,挠着后颈说:"没有了。"

方泽生眼中暗了暗:"真的……没有了?"

哑叔急忙对着周齐竖起两根手指,又比画了一番,周齐脑子不笨,顿时读懂了他的意思,恭敬道:"虽然二少爷没亲自带话,但三宝说,他今日在聿茗山上好一番招摇。"

提到付景轩,方泽生的眼睛又亮了起来,问道:"如何招摇?"

"说是让茶童当着众人的面,喊了他好几声方家付景轩,那声音响亮的,都快穿透聿茗山的山谷了。"

方泽生似是没有立刻明白这句话的意思,怔了半晌,才僵硬地把头扭到一边,不说话了。

|五|

次日天明。

品茗大会继续进行。

正如周齐所说，方家和林家的点茶局出了一点意外，换了陶家与卫家先行比试，比试的结果可想而知，卫家也做陈茶，只是工艺技法差了"浮云出山"一大截，没有任何获胜的可能。

王秀禾今日换了一套素兰花的淡色长裙，坐在方家的茶桌前摆弄着小茶童准备好的点茶器具。今日的点茶局还有半个时辰开始，宋大人老当益壮，带着两个总角小童下了一个山坡围观散户冲茶，待会儿才能上来。

胡云杉一身褐色长袍，负手站在王秀禾身边，问道："夫人还有别的指示吗？"

王秀禾说："没有，你只要稳住心神，像往常一样就好。"她不知道胡云杉的真名，也不在意他自报的姓名是真是假，在她看来，胡云杉就是一介怀才不遇的山中隐士，想要借她的手参加品茗大会，一举夺魁，名震天下。这种人太多了，自她开始着手准备这场盛事，一年就要见上十四五个会煮茶的隐士进行筛选。至于为什么这个隐士年纪轻轻就可以点出白汤，在她眼里就更不觉稀奇了。王秀禾虽然出身不高，入茶市的门槛却极高，刚从家乡进楚州城便是四家之首方昌儒亲自带她，她瞧着谢君兰以巾帼之姿技压万千茗士，看着方泽生从一个始龀小童长到束发少年，得了他爹娘所有的优点，在整个茶市的后辈中出类拔萃，堪称举世无双。

这三个站在茶市神坛上的人物整日在她眼前，她自是觉得，旁人追寻一生无法得到的点出白汤的技法，并非无法超越，毕竟天外有天，人外，还有人。

说起来，方家待她不薄，她一个远得不能再远的远房亲戚，生生让方家夫妇当成了亲妹妹，让方泽生当成了亲小姑。

但那又如何？

王秀禾轻轻转着一盏兔毫的边缘，笑了笑，而后站起身，给胡云杉让了位子。

今日天晴,一缕清风灌入聿茗山坳,吹动了巍峨山峰上的百年松柏,却吹不动陶先知立于峰顶的笔直腰身。

陶少爷远眺千里,一双饱含热泪的眼中似有万千波动,他像是受了天大的委屈,上唇咬着下唇,嘴角还挂着一滴方才被风吹落的迎风眼泪。

付景轩陪他站了一会儿,站累了,随手找了个圆凳搬过来,坐在他旁边。陶少爷扭头看他一眼,那一脸的悲苦堪似无从诉说,绕着付景轩转了一圈,颤着手道:"你根本什么都懂!只有我什么都不懂!"

付景轩被他逗得仰天大笑,陶先知气道:"你笑什么!"

付景轩站起来道:"没跟你说清楚是我的不对,下山请你喝酒。"

陶先知气煞了:"喝口酒便过了?我拿你当挚友!你竟然连这事都瞒着我!"

付景轩诚恳道:"并非有意瞒你,只是没有机会对你说罢了。"

"怎么没机会说?你若早跟我说,我也不会……"

"不会把我当挚友了?"付景轩抢过话茬,抽出后腰的扇子笑着问。

陶先知皱了皱眉:"这倒也不会,只是你瞒我多年,我心中自然不快。"

付景轩坦然道歉:"是我的错,不多狡辩。"

陶先知最是拿这种人没辙,该说的都说了,该道的歉也都道了,两人多年好友,总不能因为这事割袍断义,老死不相往来吧?

说来说去,还是自己无能。

陶先知摇了摇头,叹气道:"怪也要怪我没有识茶的天分,咱们那一辈里,只有我一个是拖后腿的。"

付景轩道:"话不能这么说,你虽然不会识茶,却很有经商的天分。"

陶先知眼前一亮,凑到付景轩身旁问道:"真的?"

付景轩道:"自然是真的,陶老先生可不是一般人,既然亲自带着你走商,自然是看到了你的可取之处。"

陶先知瞬间找回了一丝面子，假模假样地客气："哪里哪里，也就帮着家里保个本钱罢了。"

付景轩见他眉开眼笑，敲着扇子看了一眼即将开始的点茶局。

宋大人已经从山下回来了，坐在正南首位，等着茶童敲响铜锣。王秀禾心情大好，看着昨日气晕的柳如烟更是掩不住嘴角的笑，柳二娘不负她望，自付景轩品茶结束后，便板着一张脸，冲谁都没好气。胡家家主胡若松也早早地来了，站在人群当中看着胡云杉，时而皱眉，时而长叹一口气。胡云杉双拳紧握，一双眼睛坚定地看着前方，似是胸有成竹。

付景轩看着众人一举一动，忽而唤了声："陶先知。"

"嗯？"

"我想与你做一笔生意。你看，接是不接？"

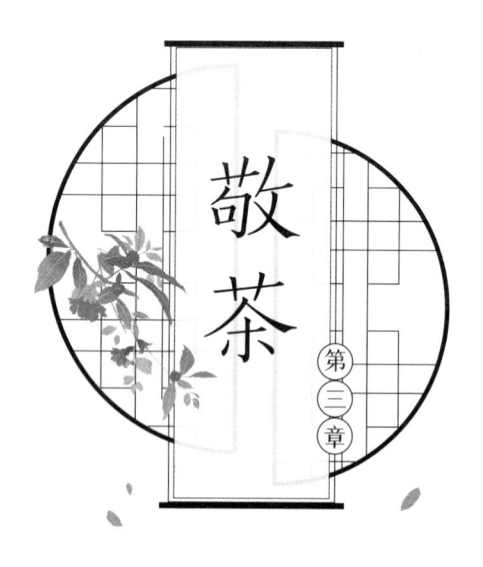

敬茶

第三章

| 一 |

"咚!"

"咚!"

"咚!"

三声铜锣敲响,方家与林家的点茶局正式开始。

林家家主一袭淡青长袍,左右拜礼后,对着胡云杉微微拱手,以示友好,他年纪不大,成家较早,品茶局上的那位年仅八岁的小公子便是他的儿子。王秀禾曾对胡云杉说过,林家家主的点茶水平仅次于八年前的方泽生。自方家出事,方泽生腿瘸,林家主便成了茶市后辈中的翘楚,整个林家也跟着他在这八年中羽翼渐丰,终有实力爬上聿茗山顶,与四大家一决高下。

王秀禾没有十成把握赢得这场茶局,她请来的隐士能赢最好,若是赢不了,便保住如今的位置,万万不可掉出四家之列。至于那十万担的天家生意，今年轮不到她，待她稳住脚跟，早晚能轮得上她。

付家已神不知鬼不觉地入了她的圈套，柳二娘那边被付景轩气晕了一回，必定寻思着如何找补回来，付尚毅那厢更是一脸懊悔，自付景轩赢了品茶局，便开始心不在焉，连陶老先生与他说话都要许久才接得上腔。付景业一边安抚他娘，一边还要看他爹的脸色，左右不是个人，只好把暴脾气全都撒到了今年随行而来的点茶士身上。

付家今年请来的点茶士是个新人，据说是程惜秋表弟的亲传弟子，名叫蒲凌。他小小年纪没见过世面，近两日被付家大少爷呼来喊去，想必心中早就有了芥蒂，不定在比试的时候出什么差错。

翠儿一边观局一边帮王秀禾摇扇子，悄声道："夫人果然神机妙算，知道付家今年带一个新人点茶需要多加指点，便故意让付二少爷当众露脸，闹得付家一团乱麻，全都无心正事了。"

王秀禾瞥了一眼站在对面的柳如烟，笑道："付家气数已尽，没有程惜秋坐镇，怕难成大事了。"

翠儿跟着笑道："旁人还说柳氏与夫人有同样的本事，我瞧着她与夫人，还相差甚远。"

王秀禾轻挑细眉，刚巧与柳如烟飘来的眼神对上，微笑着点了点头。无论心里如何想，面上还是要做足了客套。

柳如烟的目光倒十分平和，抬手指了指正在比试的茶局，示意她赶快瞧瞧。

王秀禾不紧不慢地转头看向胡云杉，见他起饼、候汤、击拂、落盏，最终至茶盏表层浮现出一层久久未散的浓白沫饽，缓缓瞪大了双眼。

方……泽生？

怎么可能？！

胡云杉方才那一连串的点茶技法竟然全部出自方家？！王秀禾或许分辨不出别家的点茶技法，但方泽生是她看着长大的，他那一分一毫精准得犹如标尺量出来的提壶技巧,一般人根本不知如何操作!

胡云杉原本不是这样点茶的,怎么此时竟学会了方泽生的手法?

宋大人似是许久不见这样精彩的点茶局,早已经来到胡云杉的面前,不错眼地盯着他,看他拿着银匙击拂茶粉。淡绿色的茶粉在沸水中翻滚,每搅动一下手腕与手指的力道都有不同,点茶时的沸水要三起三落,根据茶品所需的水温进行不同的调试,水流的走势与注水的快慢都对茶汤有着至关重要的影响,踏错一步,便是坏汤重来。点茶局有时限,一个时辰之内只有两次重来的机会,胡云杉虽然手法生疏,却一步一步稳扎稳打,一次落成。

浓白的沫饽浮在深邃如夜空的兔毫盏中缓缓散去,茶盏内壁留有连绵水痕环壁四周,好似一幅烟波千里雨中江湖的盏中盛景。

"好汤!好汤!"宋大人看着茶盏里色泽鲜白的茶汤,高声赞道,"不愧是方家的点茶技艺,一步一步精算至此!着实让老夫大开眼界!"

王秀禾愣在原地久久未动,直至众人呼声响起,才猛地回过神来。

付景轩。

一定是付景轩!

她在人群中找寻付景轩的影子,付二爷没躲没藏,一手抱臂,一手捏腮,已不知何时从陶先知的身边挪到了胡若松的身边,此时正与胡家主谈笑风生,看都没有看她一眼。

果然,千算万算,还是算漏了这一步棋,什么互不交谈,不过是哄骗她的伎俩罢了!

怪也怪她一时大意,光想拿付景轩应对付家,却忘了他是一把出了鞘的双刃剑,碰不得。

翠儿见王秀禾依旧没动,忙道:"夫人,咱们赢了!该去给宋大人敬茶了。"

"敬茶？"王秀禾那双寡淡的眼珠转了一圈，轻嗤道，"是要借我的手，替方泽生敬茶？"

翠儿不解："夫人什么意思？"

王秀禾拿出一块手帕擦了擦耳后冒出的薄汗，哂道："没什么，且让他们得逞一次。我倒是要瞧瞧，他方泽生一个瘸子，能跟我玩出什么花样。"

品茗大会还有三日结束，最后这三日便是四大家之间的首位争夺。

胡云杉一盏白汤震惊四野，帮着方家稳住了首位，顺带帮着王秀禾拿下了十万担的天家生意。

人群散去，山亭后面只留下两道身影。

胡若松负手而立，对面站着他同父异母的亲弟弟："我已经将这几日的结果写信告知祖母，虽说你是用方家的技法赢了点茶局，却也不能否认，你确实有些天分。"

胡云杉皱着眉头："我早晚有一日会用胡家的技法赢过所有人。"

胡若松严肃道："若是真材实料最好，此次若非付二少爷帮你，你必定又会使出旁门左道，败坏胡家家风。"

"我……"

"云杉，我并非有意教训你，只是想让你知道，祖母多年不让你进入家门，并非嫌你技艺不好，而是怕你心思不纯。胡家经商做茶，一是清，二是静，万不可如市井狗盗，弄虚作假。"

胡云杉没想到他要用白玉粉点茶这事被胡若松知道了，脸上阵阵青白，想要辩解几句，又不知从何辩起，只得闷声道："付景轩才不是为了帮我，我不过是他手上的一枚棋子，大家相互利用，谈不上帮与不帮。"

胡若松道："他初衷为何并不重要，若不是他，胡家的脸面必然是会被你丢尽了。"

胡云杉愤愤不语，把头扭到一边。

胡若松虽为兄长却不好管教他，停顿半晌，问道："王秀禾待你可有变化？"

胡云杉说："没有，还是一如往常，像是无事发生。"

胡若松沉吟半晌，点了点头。

"我有一事不懂。"胡云杉对于方家的事情有些耳闻，却始终有一件事情想不明白，他从怀里拿出两张写有方家点茶技法的白纸，那纸上的技法写得万分详细，稍微有些点茶基础的人，只要对照上面的步骤一步一步跟着做，都可点出好汤，胡云杉本身资质不差，拿到技法步骤练了几次，便大功告成。他与付景轩私下会过几次，知道他不懂点茶，那这纸上的步骤必定是出自方家家主泽生之手。

"他们为何要借我的手帮王秀禾赢？此时若是帮她赢了，那这十万担的生意不全都落在她的手里了？待她真的做成了这单生意，方家的那个挂名当家，还能翻身吗？"

胡若松看了眼偏西的太阳，没有回答这个问题。方家的棋局要如何走，不是他一个外姓人能看懂的，眼下他只需好好考虑，付景轩前两日跟他提到的一笔生意，是不是真的有利可图。

|二|

历时半个月的品茗大会，终于在今日落下了帷幕。

四大家的排行没变，方家置首，付家坠了尾。眼下这个局面跟王秀禾预想的有些出入：一是胡云杉居然赢了，二是付尚毅竟然真的有本事能挤掉林家，保住了如今的位置。

品茗大会结束以后，宋大人没急着走，许是被王秀禾敬的那盏白汤茶勾起了馋虫，竟然主动提出要去方家坐坐，瞧一瞧现如今的方大当家。一同前去的还有其余三家的管事，各自带着礼物，浩浩荡荡地跟着王秀禾进了方家内宅。

方家内宅许久没有这样热闹过了,王秀禾站在宋大人侧首,一路将人引到花厅,付景轩懒洋洋地落在队尾,看着阔别了半个月的院子,把头扭到了书房那边。

夏至将至,院内原本破败的景象已然焕发出了一丝新的生机,付景轩前阵子从花鸟市搬回来的几盆翡翠兰花趁他不在偷偷地开了一茬,如今又长出了几个新的花苞,欲绽不绽,像是等待着一场绵柔的新雨,敲开心门。

书房的窗户半敞开着,若不仔细看,看不到那扇窗子后面坐着一个人,付景轩与那人对视片刻,忽而眨了下眼睛,惊得那人顿时慌张无措,僵硬地转到了一旁。

花厅内,宋大人位于上首。

王秀禾为他递了一杯茶,他仅扶着茶盖撇了撇茶末,便放在了桌上,问道:"来时仓促,也不知方大当家愿不愿见人?"

王秀禾忙说:"宋大人亲自过来,他自是愿意,我这就去派人请他,您且稍等片刻。"

宋大人点了点头,抬眼看着门外,竟有一丝期盼。

此时他不过是一位普通的爱茶之人,什么尊卑贵贱,都不如再啜一盏白汤让他心情愉悦。这方家内宅,他曾经来过一次,那时候方泽生还小,由谢君兰抱着,露出一张馒头似的小脸,甚是可爱。多年后虽也耳闻方家少爷以清绝之势登上聿茗山顶,却因公务繁忙,没能亲自过来见上一面。那年刚好有空,宋大人原本计划趁着休沐时节来楚散心,顺带向谢君兰讨一杯好茶,却没想方家出了大事,只好作罢。他一边感叹天道无常,一边缓缓地站了起来,这一起身,厅上的几位也都跟着站起来,齐齐看向门口。

方泽生已经来了，穿着一身金线锁边的皎白长衫，坐在轮椅上，端方雅贵，他今日束了发，周身散着一股淡淡的草药香，似是大病初愈，脸色还有些苍白。哑叔推着他来到宋大人跟前，待轮椅停稳，拱手拜礼："大人远道而来，招待不周，还请见谅。"

宋大人忙托了托他的手腕，笑道："大当家哪里的话，此次得以品尝方家茶汤，便是我最大的荣幸。"

方泽生微微颔首，见他还站着，便抬手邀他上座。

这些年宋大人也听到过一些传闻，原本还以为方泽生承受不了家中变故，早已颓成了一个真正的废人，却没想他眼中有神，谦恭有礼，没有半点消沉，心中宽慰不少："此次品茗大会的比试结果想必你已经知道了，那十万担的茶品生意，可要好好地负责，万不能敷衍了事，以坏充好。"

方泽生说："大人放心，此事攸关国体，方某自会委托姑母，慎重选茶。"

王秀禾没想到方泽生竟当着这么多人的面提了她一句，忙上前两步，对宋大人说："兹事体大，王氏万万不敢敷衍。"

宋大人满意地点了点头，又与方泽生闲聊几句，拐入了正题："老夫今日厚颜前来，确是想再品一品方家的'瑞草雕莲'，早就听闻，方大当家的点茶技法在少年时就已超越了你的母亲，不知真假？"

方泽生道："方某与母亲相比，还差一些斤两。"

宋大人笑道："大当家过谦了，你母亲的茶老夫喝过几杯，确是人间少有，回味绵长，想必你得了她的真传，不知能否再为老夫煮上一盏，让老夫尝尝味道？"

方泽生自然不会拒绝，待王秀禾派人准备好煮茶的器具，便坐在院中亲自煮茶。

若说胡云杉的那盏白汤入口惊艳，勾起了宋大人的馋虫，那方泽生为他煮的这一盏，便让他感到唇齿生香，口口惊艳，撂下茶盏还似游走在雾雨江南，览山观月。

"妙，妙啊。"宋大人放下茶盏，轻声称奇，生怕惊了这茶中的水波，扰乱了那股甘泽的香气。

王秀禾把剩余的几盏白汤分给一同前来的几位当家。

方泽生坐在茶桌前环顾四周，先与付尚毅视线相交，淡淡地点了点头，又恭敬地看向陶士康对他颔首拜礼。

这两位当家都是他的父辈，唯有胡若松与他同一个辈分，不用拘于礼数。

虽不用拘礼，却也要打个招呼。

胡家主早已整理好了仪表，才要收起付景轩昨日送他的折扇拱手拜礼，就见方泽生的目光从他面上轻轻飘过，最终落在了别的地方。

胡若松一怔，将要叠起的双手无处安放，只得讪讪地展开折扇想要掩住方才的尴尬，却没想这扇子刚展开一半，方泽生的目光又飘了回来。

胡家主被动地眨了眨眼，一时不知他是何用意，只得又把扇子收起来，拱了拱手。

方泽生不喜他，打小就不愿意跟他走在一起。他那时找不到原因，如今更是找不到了。

若说他笨，他却比陶先知聪明几分，若说他聪明，他又差了方泽生好大一截。

若是招人讨厌，那必是当年调皮捣蛋的付景轩首当其冲，怎就偏偏他这么一个平凡中庸不起眼的胡家子孙，碍了方大当家的眼？

胡若松不明所以，待与方泽生拜礼之后，饮了白汤，偷偷溜到了付景轩的身边。

这样的场合轮不到付二爷出场，他一不是家主，二不是管事，硬生生给自己安排了一个方家人的位置，站在了柳二娘的旁边。

柳二娘满脸嫌弃，恨不能有多远便躲多远，见胡若松过来，急忙让了位置，带着付景业走了。

付景轩不以为然，问胡若松："你什么时候回去？"

胡若松说："待会便要启程。"

"这么着急？宋大人不是邀了你们今晚一起吃饭？"

"等不及了，家中事务繁忙，还有许多事情没有处理。"

胡老家主死后，胡家确是留下了一堆烂摊子。

付景轩表示理解，问道："我先前与你说的那笔生意，可考虑好了？"

胡若松沉思片刻："陶先知是如何应的？"

"满口答应。"

"他做事向来不考虑后果，若是你们事成便罢，若是没成，那就不是生意的事了。"

付景轩道："有时顾虑太多，或许不是好事，陶家如今为何比你胡家有钱？全凭陶先知敢冲敢赌，敢在刀刃上舔血。"

"噗。"胡若松笑了两声，"你不用激我，他那傻子怕是根本不知刀在何处。"

付景轩也跟着笑了起来，看了眼时辰，抬起扇子跟着胡若松一起往院子外面走："你可不要小看了他。"

胡若松道："我并没有小看他，只是有些担心你们。你说的那事非同小可，或许，再想想其他的办法？"

付景轩摇头："这是最好的机会，若是错过了，他不定又要等上多少年。"

胡若松见付景轩目光坚定，似他不答应这笔生意，还会去找旁人帮助，于是思量片刻，说道："那这生意我便接了，若是成了，便谢你送了我一桶金，若是败了，就当你欠我一笔人情债。"

付景轩刚要点头，就感觉有人在后面拉住他的衣袖。

方泽生不知何时被哑叔推了过来，此时正坐在他的身后，沉着一张脸问："你去哪里？"

付景轩挑了挑眉，笑道："送送胡当家，他今晚便要赶回明州了。"

方泽生瞥了胡若松一眼，悄悄转着轮椅从两人中间挤了过去，略有些别扭地说："我陪你一起送。"

这一出倒是让胡若松受宠若惊，急忙说道："怎么好劳烦方大当家？"

方泽生道："胡家主远来是客，没能好好招待，却是方某不周。"

胡若松忙说："哪里哪里。"

方泽生不想与他多说，沉吟半晌，才道："我刚刚听到你们提到了一笔人情债？"

"啊？"胡若松道，"确是。"

"不如，将这笔人情债记到我的身上如何？"

| 三 |

胡若松刚走，方泽生的口风就变了。

"你不要误会。"他坐在轮椅上看着前方，"若是没猜错，你与胡若松是在商讨我的事情，所以……我帮你还这份人情，也是应该的。"

付景轩推着他穿过外宅中庭，上了个坡，沿着水榭荷塘往内宅走去。一路上，方泽生都在为自己辩解，恨不得把刚才说出去的话一个字一个字地收回来。

付景轩没理他，停下脚步绕到他身前，顺势倚在了乌木回廊的廊椅上。这廊椅又名"美人靠"，二爷今日一袭长衫，靠着廊椅，为石色青灰的院子平添了一抹亮色。

方泽生瞥他一眼，又尽可能不慌不忙地错开了目光，他常年坐在屋里不见阳光，肤色本就比一般人白净，加上前阵子大病一场，露出来的后颈和手指在白袍子的衬托下透着柔柔的光。付景轩挑眼看他，若不是见他骨节分明的双手放在膝盖上蜷缩、展开，再蜷缩、再展开地反复无常，还真当他表里如一，内心平静。

方泽生端着一副冰山脸孔，心中已是倒海翻江。

付景轩见他抿着嘴角满脸懊悔，忍着笑问："你方才为何看了胡若松两次？"

方泽生还在跟自己生气，闷声道："我何时看了他两次？"

付景轩说："分茶汤时，你先看了他一次，后面又看了他一次。"

方泽生本转着轮椅背对着他："胡家主远道而来，我自要礼数周全，不该对他无礼。"

付景轩起身横跨廊道，坐在方泽生对面，问道："你似乎打小就不喜欢胡若松，他是怎么招惹过你？"

方泽生看着付景轩手上的折扇，默默地把头扭到了一边。

说起来，胡若松与陶先知都算付景轩的朋友，陶先知和付二爷走得还要更近一些，抵足而眠虽不至于，但也曾同盏喝酒同碗吃饭，相比较起来，胡若松便远了一些，顶多是在少年时缠着付景轩讨教过学问，讨教的还全都是如何作怪的坏学问。

试问哪里有人是故意学坏的？这其中必有蹊跷。

方泽生那时这样想，放在如今还是这样想，却不知胡若松真的只是乖顺惯了，想找付景轩讨教讨教，如何能在他父亲面前挨一顿新鲜的打。

"我记得有一年陶家设宴，邀请三家过去做客，你还破天荒地跟胡若松较量了一番。"

提到这件事情，方泽生平静的脸便有些挂不住了。

那时，他们年仅十二三岁，跟着各家父辈一起去陶家喝茶。

方泽生原本跟着方昌儒四处见礼，却不小心看到付景轩与胡若松站在湖边，指着一棵高壮的老槐树说话。付景轩摇摇晃晃地拽着胡若松的衣袖，看得方泽生十分不快，直接冲着两人走了过去，问是怎么了。

付景轩没想到他会过去，甩开胡若松的袖子，冲着他好一通挤眉弄眼。

方泽生在气头上，哪里看得懂是什么意思，又问胡若松，到底怎么了。

胡若松仰头看着大树，为难道："景轩说他的平安锁丢到了鸟窝里，让我帮他拿下来。"

方泽生点了点头，随即脱下宽袍，扔到一边："那我们来比试一番，看看谁能爬上去帮他把平安锁取下来。"

"啊？可我不会爬树，怎么跟你比……"

胡若松那厢话音未落，一身白衣的方泽生已经抱住了树干，付景轩没想到他动作那么快，急忙喊了一声，方泽生充耳不闻，铆足了劲儿爬到了树干上。

那树干上确实有个鸟窝，只是窝里空空如也，别说是平安锁了，就连半个鸟蛋也没见着。

方泽生皱了皱眉，刚想告诉付景轩上面的情况，却感到一阵头晕目眩，险些从高处掉下来。

幸好付景轩放心不下，手脚麻利地跟在他的后面，扶了他一把。

如今想想，平安锁不过是付景轩编出的谎话，用来哄骗胡若松爬到树上，待他下不来时，仰着头看他笑话。

"结果，竟是我们两个一起坐在树上暴晒了两个时辰。"

若是付景轩一个人也能下来，只是方泽生畏高，反应过来呆呆地坐在树杈上，一动都不敢动了。

他那时觉得，坐在树上也好，远远的无人打扰，不用跟着父亲一起拜会各家长辈，也不用看着付景轩跟着旁人到处瞎跑。树上只有他们两个人。

方泽生透过长廊，看到了一棵种在院子里的槐树，那棵树与陶家湖边的极为相似，都是枝繁叶茂，高耸入云。

可如今……他再也上不去了。

"付景轩。"

"嗯？"

"我感念你因儿时情分帮我至此，但我已非完人，你不必为了帮我，一直留在方家。"方泽生收回目光，静静看着轮椅上的两条废腿。付景轩见他不再言语，笑着说："你也道是儿时情分，既有这份情分相随，我又怎会对你的事情袖手旁观？"

|四|

内宅茶局未散，宋大人冲着方泽生而来，不能一直将人晾在厅里。

付景轩绕到轮椅后面，推着他继续往内宅走："你不用为这件事情烦忧。我自有我的想法。"

宋大人放下茶盏准备离开，夜里还有一场饭局，小憩一晚便要返回京城。此次一别也不知何时再见，他心中万般不舍，与方泽生交谈了几句，又看了一眼推着他回来的付景轩。付景轩少年时的顽皮形象给不少人留下了深刻的印象，宋大人也记得他，这次在品茗大会上见他大放异彩，不禁拍了拍他的肩膀，道了句"后生可畏"。

王秀禾站在一旁微笑看着，翠儿两手攥着手帕沉不住气道："夫人，这到底是怎么回事？怎么品茗大会咱们忙了一圈，倒像是给方泽生做了衣裳？"

王秀禾轻声道："无妨，既然做了，就先让他穿一穿吧。"

翠儿不解："还有那付景轩，他到底是站在哪一边的？他不是跟方泽生疏远了吗？怎么此时又凑到了一起？"

王秀禾道："怕是压根就没有疏远，先前那一出，便是做给你看的。"

"做给我看？"

"不做给你看，我又怎么知道？"

翠儿道："夫人的意思是，他们早就知道我在帮着夫人监视他们？"

王秀禾瞥了她一眼："蠢钝如猪，这么明显的事情，你还当自己藏得很好？"

翠儿后知后觉，忙道："可那几日，我根本没有察觉到大当家有任何的不妥……"

"何须那几日？"王秀禾扬着嘴角，皮笑肉不笑道，"怕是早在八年前，他就开始做这个局了，你我，不过都是被他用温水煮熟的活鱼罢了。"

"八年前？"

那不就是方家刚出事的时候？

翠儿顿时毛骨悚然："那付景轩来方家，也是他们合谋的？"

王秀禾道："付景轩应该是个意外，但品茗大会上的这杯茶，他该算计了很久。"

"那……那如今这局面，咱们该怎么办？"

王秀禾不再出声，看了看站在宋大人身边的陶家人，又把目光挪到了胡若松方才坐过的红木椅上。

如今方泽生对她明了牌，当着宋大人的面，亲自把那十万担的生意交给她。若她这单生意败了，必然会成为茶市上的一大笑柄，立足不立足茶商会尚且小事，牵扯天家生意，能否活命都成问题。方泽生故意将方家的点茶技法献出来帮她赢茶，故意将她托高，故意当着众人的面让她承担这份责任，必定留有后手，要在那批茶上做些手脚。她费尽多少心力才走到如今这一步，自然不会让他轻松得逞，只是眼下她虽然握着方家大权，在茶市上却没有帮手，陶家与胡家的小辈都和付景轩亲近，不定跟他一起筹谋了什么，要小心提防。付尚毅虽然不喜付景轩这个儿子,但终归血浓于水,不会愿意跟她站在一边。

而今这茶市上能为她所用的,又让她信得过的,就只剩下一个人了。

"如烟!"

宋大人对着众人交代几句,率先走出了花厅,柳如烟跟在付尚毅后面,看到王秀禾冲着她走过来,停下脚等了她一会儿,问道:"秀娘找我何事?"

王秀禾说:"今日饭局,我能否坐在你的旁边?"

柳如烟说:"那自然好,饭后还要跟我小酌几杯,你是不知我这两日有多心烦,可要好好跟你诉诉苦。"

宋大人来去匆匆,喝了两盏心心念念的白汤,带着一众人去了云鹤楼。方泽生腿脚不便没有随行,将宋大人送到了门口,一转头,竟发现推他的人变成了哑叔。

他本想开口问问,付景轩去哪儿了。

思量半晌,又把这句话吞了回去,示意哑叔送他回书房。

日落西山,绯红的晚霞挂在西边的山头上,好似胭脂落水,晕开一幅彩色画卷。

内宅的厨房生起了炊烟,哑叔从书房拐到厨房,煮了两碗香喷喷的白粥,又布了两碟小菜,端到了方泽生时常用饭的圆桌上。

这张桌子刚好对着门口,方泽生坐在轮椅上等了一会儿,直到粥面起了一层薄薄的粥油,对面的圆凳上还是空无一人。

哑叔见他久久没动筷子,便主动帮他拿起来要递给他,却没想他非但没接,还偷偷摸摸地抬着眼,往门外看了看。

哑叔欣然一笑,顿时明白了他的意思,刚要把筷子放回桌上,就听门外传来了一阵轻快的脚步声,本想比画着说二爷来了,却没想方泽生一反常态,抢过他手中的筷子,低头戳开了粥碗里褶皱的油膜,搅了两下。

这一搅和，便看不出这碗粥其实放了很久。

筷子上沾了一颗米粒，放进嘴里，便造成了一副正在用饭的假象。

付景轩进门时，方泽生正在夹菜，平平淡淡地看了他一眼，方要不动声色地收回目光，却发现那人并没有在饭桌前坐下，转身进了旁边的房间，再出现时竟然换了身衣服，方泽生当即皱起了眉："你要出去？"

付景轩穿着一身青白相间的交领长袍，袍面上绣着几只触角叠交的蝴蝶团花，一举一动，尽显风流："陶先知明日要走，我过去送他一程。"

方泽生点了点头，本没想多说什么，又听付景轩道："刚巧，听说东市那边开了一家酒馆，我想过去玩玩。"

说完转身便走，却没想甩到身后的手臂被人一把拉住。

付二爷面露疑惑，声音里却透着笑意："大当家什么意思？"

方泽生没去看他，把头撇到一边，垂着眼说："别去。"

付景轩问道："为何？大当家关心我去哪里做甚？"

方泽生没出声，稍稍用力将二爷向后拽了半步，闷声说："不要去。"

| 五 |

品茗大会收官，八方来客打点行囊，陆陆续续出了楚州城门。

街头巷尾的小商贩跟着忙活了半个月，趁着今晚人稀，早早收了摊子回家补货，明日再来营生。

陶先知站在东市大街的一家酒楼门口来回踱步，听到有人喊他，猛一回头，呆呆地愣在原地。

他今晚邀了付景轩喝酒。

付二爷准时准点来了，还顺手多带了一个人。

酒桌上，陶少爷略显拘谨，本想豪气干云地要两坛烈酒喝得不醉不归，瞥了一眼左手边的不速之客，讪讪收回一根指头，对小二哥说："先来一壶果酒，再上两道小菜。"

小二哥吆喝一声，双手递上茶壶，报着菜名转身跑了。

陶先知没想到久居方家内宅的方泽生今晚能来，坐在酒楼大厅的四角方桌前，拘束道："我与景轩约得匆忙，没有定到雅间，还请大当家见谅。"

方泽生道："无妨，听闻陶少爷明日要走，方某跟来送你一程。"

陶先知受宠若惊，当即端起茶壶为他倒了一碗粗茶："今日跟宋大人一道走得匆忙，还没来得及问大当家的身体恢复得如何了。"

方泽生说："已无大碍，有劳陶少爷挂心。"

"哪里哪里。"陶先知与他客套一番，趁着他垂眼喝茶，赶紧抹了抹额头上冒出的细汗，看向付景轩。

付景轩深知他对方泽生有些忌惮，没有坐在一旁看戏，待酒菜上桌，帮他倒了一杯，像往常一样闲聊了起来。

方泽生不饮酒，独自坐在一旁不言不语。

陶先知习以为常，他们少时相聚方少爷便是这般模样，冷冷清清的，待谁都有些疏远。

"今日云鹤楼的气氛过于诡异，幸好我有先见之明，提前约了你出来。"陶先知赶了两场局，先是陪着他爷爷跟宋大人吃了两口，又随便找了个借口溜出来跟付景轩同桌，虽他也经商，但还是不喜饭桌上那些钩心斗角，看多了反胃，不好消化。

"怎么？"付景轩道，"宋大人万般有趣，不该让此局难咽吧？"

"若是只有宋大人一个还好，今日还多了一个楚州太守冯大人。先前听说他外出公干，今日特意赶回来为宋大人送行。"陶先知嫌弃道，"你是没瞧见王秀禾那副小人得志的嘴脸，可算是瞧见给她撑腰的来了，都敢跟你爹我爷爷平起平坐了！"

楚州这一带的官家生意能被王秀禾牢牢攥在手里，少不了冯大人的帮衬。地方官员虽然掌权，每个月的俸禄却没有多少，往年还有些油水扣一扣，近几年朝中整顿朝纲，大肆清缴了一批收受贿赂的贪官污吏，使得商户难通官门，送钱送礼都找不到地方。有些官吏是真的怕了，不敢收。有些官吏则换了一种方式，收得不那么明目张胆，甚至跟商户之间偷偷做起了买卖。

冯大人便是如此，王秀禾每出一笔茶账，都要过一过他的手，让他从中顺点钱财。

"官商本就勾结，哪家大户没有花过钱财疏通关系？但也没人像她一样，直接对半劈了方家，生生把方家变成了她和冯太守生财的地方。"陶先知愤愤说完，猛地想起方泽生还坐在桌上，偷偷瞥他一眼，见他没什么反应，才嗫嚅着收声转到了别的话题上。

酒局过半，酒楼的客人换了一茬。

方泽生静静坐在桌前听着他们胡聊，从正经事听到不正经的，聊的尽是些花花草草、字画珍玩。

付二爷今天心情不错，一杯接一杯地喝得脸颊微红，半醉不醉。本以为趁着陶先知离席如厕的时候，可以歇歇，却没想到他又独自饮了两杯，直到酒壶空了，才茫然四顾，晃着酒壶招手寻找小二。

方泽生犹豫片刻，抬手挡住他，将他的手放回桌上："少喝。"

付景轩觑了他一眼，忽而托腮，凑到他眼前，笑着问："大当家管我甚多，不让我赴酒局，也不让我多喝酒，却又口口声声说要赶我走，来来回回的左也不是右也不是，我想问问大当家，这心里，到底是怎么想的啊？"

方泽生被他说得脸热，想要躲远些，又被甜甜的果酒香气锁在了原地，动弹不得。

他确实犹豫不决。

方泽生自知该决绝一些，但就像大道理摆在明面上，懂是一回事，往不往又是另外一回事。这世间的很多事难以用一个"理"字道清。

若他身无残疾，自不会拖延至此，而今却不能再耽搁了……

方泽生合了合眼，刚要同付景轩说话，就听"咣当"一声巨响从邻桌传来——

"我让你胡说八道！今日我便要打死你这碎嘴的畜生！"

大厅中一阵慌乱，不少人听到动静齐刷刷地向这边看来，醉酒大汉掀翻酒桌，举着一把长凳，正要往一个绿袍公子的身上砸，那公子身形偏瘦，系个发冠竟也是绿色的："我怎就碎嘴！本就是你家娘子与西街卖豆腐的王平幽会！我好心告诉你，你怎么看不清？！"

醉汉双目赤红，举着长凳左右乱挥："放屁！我娘子贤良淑德！买块豆腐被你造谣至此？你让她日后如何见人！"

"你光想着她如何见人，怎不想想你还整日被人笑话戴了绿帽子！欸欸——你还真砸啊！"绿油油公子为了躲避醉汉的攻击，围着各桌来回乱窜，醉汉气红了眼，根本什么都不管，毁了不少的餐具。他该是喝了闷酒，醉得不轻，举着那把长凳来回晃荡，不稍片刻便花了眼，迷迷瞪瞪地站在大厅转了一圈，瞥见一抹亮色就冲了过去。

付景轩听到声音本想看看热闹，还没扭头，就觉手腕一紧，眼前一黑，下一刻，鼻腔涌入一股淡淡药香。

方泽生将他牢牢地护在身下，背部朝上，狠狠挨了一平凳，问他："有没有受伤？"

暗流 第四章

| 一 |

陶先知整理着腰带从厕门出来，刚好看见这一幕。

醉汉被掌柜的和跑堂制服，付景轩听到一声轻微的闷哼，顿时酒醒了一大半，挣扎着起来，焦急地问："怎么了？伤哪儿了？"

方泽生缓缓直起身，先是打量付景轩，见他完好无损，才道了句"无碍"。

付景轩不信，当即要让掌柜的找个大夫。

方泽生摇了摇头，示意不用麻烦。

酒楼里还有不少茶市上的后生，大多见过方泽生少年时的模样，方才各自喝酒没人瞧见，此时醉汉一闹，所有人的目光都汇集了过来，有些人先是不敢认，认出来后便对着他的轮椅指指点点、议论纷纷，尽是满目的嘲笑与怜悯。

付景轩不再多说，招呼陶先知结账，推着方泽生返回方家。

亥时左右，内宅书房烛影晃动。

方泽生趴在木榻上，将脸埋在枕头里。

他方才被付景轩挪到床上，脱了上衣，露出青紫的背部，赤着耳根说："我说了无碍。"

付景轩充耳不闻，吩咐哑叔帮他找一些伤药。

哑叔跟在一旁担忧了半天，先是担心少爷的伤，再是担心他两人拉扯之间发生争吵，左右帮不上忙，急出了一头的汗，此时见少爷败下阵来，终于松了一口气，急匆匆地跑去提来了药箱。

药箱里瓶瓶罐罐多是些内服的丸药，跌打损伤的少有，付景轩翻找一会儿，找到一瓶能用的，刚准备坐在榻前为方泽生上药，又在药箱底部发现了一个细长的蓝色布袋。那布袋看起来有些发旧，封口处的抽绳脱了几根细丝，像是时常打开，经常使用。

付景轩拿起布袋沉默半晌，两指在布面上轻轻摩挲，猜着里面的东西，皱起了眉。

半炷香后。

方泽生从榻上翻过身，付景轩帮他涂了药便出去了，一同出去的还有哑叔。

两人并未走远，站在书房门口，相对无言。

付景轩拿着那个蓝色布袋递给哑叔。

哑叔一怔，本能地颤起双手，他方才心急，提药箱的时候忘了这个东西，怕付景轩发现异样，慌忙掩去面上的心酸，笑着比画："二爷何意？"

付景轩见他不说，便把那个布袋打开，从里面取出两根银针，又拿出了一张放在药箱里面的腿部经络图。

哑叔看到这两样东西，喉中一哽，扯着皱巴巴的皮肉又像哭又像笑。

付景轩问："这些针，是用来做什么的？"

哑叔张了张嘴，而后摇了摇头。

"陈富之前说，方泽生的腿早该好了，但每次为他施针，他都没有感觉，所以断为心病所致。"付景轩垂着眼睛，捏着两根银针在指腹间转动。

哑叔叹了口气，本想点头，又听付景轩道："我看不然。"

"凡事熟能生巧，忍痛忍得久了，也就觉得不再痛了。"

哑叔双手未动，付景轩说："你不跟我说，我也能猜到。"

"这针，是方泽生为了瞒过陈富的眼睛，害自己的吧？"

哑叔瞬间红了眼窝，见瞒不住，便缓缓地点了点头。

付景轩合了合眼，将那两根细针握在掌心："那他这些年，腿残真的是装的？"

哑叔先是点头，而后又比画道："六年前，少爷的腿便有了知觉，但要瞒着王氏，不能随便站起来。"

方泽生那年十八，刚好到了主事的年纪，若真的站起来挡了王秀禾的路，不定会被她找个什么理由随意害了性命，唯有装着腿残，在她面前时疯时傻时喜时怒，才得以苟活至今。王秀禾本就多疑，无论方泽生如何表现，都从未完全地信过他，哪怕是这两条当着她的面被砸断的腿，她也不信会迟迟不好。于是，她便找来陈富，让陈大夫帮着施针，说是治腿，实则试探。

哑叔比画得不明，便带着付景轩去了自己屋里，用笔写下来："第一次施针，王氏险些看出端倪，若非被少爷以患风寒为由搪塞过去，怕也瞒不到今日。自那日起，少爷便让我去找了几根银针，对照经络图一根一根地为自己施针，待陈大夫再来时，便能忍下不少了。"

付景轩心下发紧："那他的腿怎么受得了？"

哑叔握着笔迟疑些许，缓缓写道："老奴那时也怕少爷的经络受损，便偷偷找了几味草药，偶尔帮少爷泡一泡。少爷虽不能行走，腿上却有知觉，老奴心想，此时不站也无妨，只要少爷的腿还有知觉，待赶走王氏的那天，总能站起来。"

付景轩眉梢尚未舒展，哑叔笔锋一转，颤着手写道："但此举，往后怕是不成了。"

付景轩问："为什么？"

哑叔道："品茗大会之前，王氏接连让陈大夫过来施针，少爷腿上的经络本就不堪折磨，随之大病一场，再睁开眼睛，腿上……便没有任何知觉了。"

子夜过半，主屋的灯还未亮起。

方泽生穿着中衣半靠在木榻上，哑叔红着眼走了进来，将那个装有银针的布袋交给他，比画了两下。

方泽生看明他的意思，沉默良久，终叹了一口气，吩咐他拿来一件玄色大氅，披在身上，来到了院子里。

院里有风，满园花木被吹得沙沙作响，惊醒了荷塘鲤鱼，带起了"呱"声一片。

付景轩不知何时上了屋顶，背对院子，坐在屋檐上，饮着一坛果酒。

这酒本是甜的，今日不知为何变成了苦的，苦得二爷心头发紧，眼角生涩，难受得快要掉下两滴眼泪来。他不禁迁怒旁人，心道，酒是陶先知买的，必是陶先知故意害他，要看他饮酒流泪，惹人笑话。

一时大意，竟让他得逞了。

付景轩放下酒坛，本想晾晾眼珠，赏一赏头顶月色，忽而看到一盏天灯飘到了眼前，而后又飘来一盏，又一盏。

"二爷再不回头，我的灯，就要放完了。"

付景轩一怔，转过身，看到了坐在院子里的方泽生。

方泽生神情淡淡，手里捧着最后一盏素白天灯，竟然轻扬嘴角，露出久违的笑容。

这一笑，犹如寒山化雪。

像极了他儿时的模样。

付景轩一时愣神，问道："大当家为何笑？"

方泽生将那盏天灯放飞到他的眼前："二爷如此待我，我心生欢喜。

"想笑，便笑了。"

| 二 |

夏日天长，寅时三刻便进了黎明。

付二爷心里难挨，见了方泽生展颜一笑，稍稍好了一些。

他从屋顶下来，并未多说，回房缓了缓精神，便恢复了往日的神采。

无论方泽生真残还是假残，对二爷来说都是一样，他本就不在乎这些。

今日早饭，两人同桌。

方泽生见付二爷像往常一样迈进门槛，知道他已无大碍，当即松了一口气。

这顿饭吃得还算和睦，两人有一搭没一搭地闲聊。

付景轩放下碗筷，对着方大当家那张好看的侧脸问："我的眼睛里，是有什么洪水猛兽吗？"

方泽生摇头，对着书房的门槛一板一眼地夸奖："二爷长得好看，眼中尽是星辰。"

"哦？原来你昨晚笑，是因我距离你比较远？"

"二爷哪里的话，方某想笑便笑，何来远近之说。"

昨晚，方泽生只因担心付景轩听了哑叔提及过往为他难过，才想了放天灯的法子哄他高兴。如今虽见成效，但独自面对付二爷的时候大当家多少有些磨不开面子。

三宝抱着一捆木柴进了厨房，摸出一块哑叔留给他的白糖糕，一边嚼一边欢蹦乱跳地跑出来，瞧见哑叔站在书房门口，刚要张嘴，就见哑叔急忙摆了摆手，而后竖起一根手指，示意他不要说话。

三宝不明所以，悄悄地走过去，学着哑叔比画着问："怎么了？"

哑叔没回答，一双眼睛弯成了月牙。

|三|

方宅外。

王秀禾穿着一身富贵裙装，从马车上走了下来。

她刚刚送走了宋大人以及各大茶行的各位当家，带着翠儿从云鹤楼回来。

陈二靠在门口打盹，周齐捅了捅他，让他赶紧起来，陈二稍有些不耐烦，瞧见王秀禾站在台阶上，忙抖了抖精神，喊声："夫人。"

王秀禾应了一声，脚步没动，仰头看着方家门楣上挂着的那块匾额。

翠儿拿着一本账册跟在后面。

王秀禾笑了笑，对着匾额说："先去内宅，瞧瞧方大当家。"

内宅的看守还在，王秀禾走进来，对着那几人招了招手。

领头的急忙过来问好，顺带要说说这几日内宅的情况，王秀禾没听，说了句："回吧，日后不必守着了。"

看守本就听她的安排，让来便来，让走便走，没有多问。

倒是翠儿不解："夫人不派人盯着大当家了？"

王秀禾瞥她一眼，扶了扶头上的翡翠玉簪："该盯的时候没盯住，如今不该盯了，还盯着做什么？"

翠儿一怔，似是觉得她话里有话，赶忙垂下眼睛，不再出声。

三宝早就瞧见王秀禾进了院，转身跑进书房通知他家少爷。

书房里的气氛从清晨起就异常诡异。

方泽生用过早饭便挪到了桌案前执笔写字，付二爷坐他对面，倚在檀木椅的靠背上，翻着大当家摆在桌上的闲书。这堆闲书曾是为了掩人耳目随意买来的，尽是些不入流的话本，不是"赶考的秀才被狐妖勾了魂"，就是"忠厚的良家汉子被狐妖抢了清白"。

付二爷先前跟着大当家看过两页，如今终有机会拿到自己手里，更是一页页看得目不转睛，时不时还要发出几声夸张的惊叹——"哇！""哦？""啧啧……"

三宝一进门便瞧见了这幅画面。

他家少爷笑吟吟地拿着话本趴在桌上，眼睁睁看着方大当家手里握着笔却呆呆愣着，并不写字。

"少爷？"三宝跟着看了一会儿，察觉大当家这是出神了，于是悄声说，"王秀禾来了。"

"嗯。"

"不去见见吗？"

"见。"付景轩笑了笑，起身在方泽生眼前晃了晃手指。

方泽生当下一惊，故作镇定道："如何？"

付景轩说："王秀禾来了，估计正在花厅等你。"

听到这个名字，大当家怔了片刻，随即定下心绪和付景轩一起去了花厅。

花厅的茶续了半杯。

王秀禾坐于上首，笑着对方泽生说："前几日事忙，没能亲自回来瞧瞧你身体如何，昨日一见，看你还能为宋大人点茶，终是放下心了。"

方泽生说："有劳姑母费心了。"

王秀禾端起茶碗抿了一口，又掀着眼皮瞅了瞅付景轩，笑道："生儿哪里的话。你父母不在，身边又无其他亲友，虽说景轩来了，但人家到底是个富贵公子，不能常常贴身照顾你，姑母前些年事忙，也常常疏忽你，你可万万不要责怪姑母呀。"

方泽生淡淡说："姑母哪里的话。这么多年，方家上上下下都由姑母打理，已经是对侄儿最大的关照了。"

王秀禾放下茶碗掩着嘴轻声笑笑："这又算得了什么。"

两人你来我往，相互客套，就像先前的品茗大会根本没有举办，点茶局上的事情也无人知晓。

王秀禾拿出账本翻了几页，递给方泽生："我昨日连夜派人清点了库存，'雕莲'预留得不多，茶碎也远远不足十万担，宋大人那日说了交期为八月十五，距离今日还有整整两个月的时间，库房的新芽倒是足够压饼，只是茶碎要日夜赶工，采摘煎烤。"

方泽生依旧对账目漠不关心，此番更是连账本都没接："姑母做事侄儿向来放心，姑母若觉得妥当，我便没有任何异议。"

王秀禾一双精明的眼睛在他的脸上停留少顷，随后拿回账本，递给翠儿："既然生儿如此说，那之后的事情，就由我全权安排了？"

方泽生点头："全凭姑母安排。"

他如此泰然自若，倒是让王秀禾显得些许浮躁，原本一张慈爱的脸阴沉了几分。她又与方泽生说了几句茶事，随意道："后宅的库房地方不多了，想必放不下那些茶品，过几日我再派人找一处空旷的地方存茶，最好离渡口近一些，也好过在船运的时候，再耗费人力搬过去了。"

方泽生淡淡点头。

王秀禾本想从他脸上看出些端倪，却无论如何都看不到一丝多余的表情。

莫非是她猜错了路数？刚要皱眉，就见方泽生抬眼看了看付景轩，付二少爷那厢也在看他，一改往日笑眼，神情肃穆。

王秀禾当即松了一口气，端起茶碗，对付景轩说："二少爷可遇到了什么难事？"

付景轩立刻笑道："夫人说笑了，我整日吃吃喝喝不务正业，能有什么难事？"

王秀禾道："二少爷何须贬低自己。"她瞧了瞧时辰不早，起身来到付景轩身边，笑道，"你那一身识茶的本领不该埋没至此，不如等忙过这段时间，我帮着二少爷在茶行谋个事做如何？"

付景轩说："承蒙夫人看得起，若是付某能做，自然用心去做。"

王秀禾笑了笑："自然能做，只是你去忙了，这内宅里就没人陪着泽生了。不如，等到那时为他说一门亲，你觉如何？"

付二爷笑容依旧，听到这话反倒更乐了几分；"如此甚好，我来此本就是为了两家的颜面，舍妹与他也不过是一个空名，若是夫人帮他择选一位美娇娘，想必他会欣喜。"

王秀禾没想他如此痛快，跟着笑道："那这事先记下了，待忙过了这茬再操办起来。"

送走王夫人，付二爷笑吟吟地来到方泽生的身边，对着他抬起一只手掌。

方泽生随即也抬起手掌与他轻轻一击。

掌声清脆，两人在花厅当中似乎达成了某种共识。

|四|

夜里，两人棋桌对弈。

这盘棋下得平缓，灯影之下，未见杀招。

付景轩单手托腮，笑道："还能跟大当家这样和睦地坐在一起，着实不容易。"

方泽生不吭声，他便自顾自说道："你可能不知道，当年得知你出事，我一个人乘船爬山急匆匆地跑到楚州，站在你家大门口敲了三个时辰的门。

"第一个时辰，我想，你若来开门，我便原谅你，毕竟听说你伤了腿，可能在来见我路上走得慢了点。

"第二个时辰，我想，你若来开门，我便生一会儿气，毕竟我亲自来瞧你，你走得再慢，心里也总是着急的。

"第三个时辰。天黑了，还下了雨，我站在你家门前又冷又饿，心想，你若是来开门，我便什么都不说了，只要你开门，让我瞧瞧你伤得重不重就行了。

"结果，你偏偏没来。非但没来，还为此躲了我许多年。"

说着，二爷嘴角微微上扬："不过我这人大度，倒不会跟你计较这些小事。"

方泽生拿起一枚棋子，迟迟没有落下。

付景轩前来找他的事情，他知道。

他那时在门外站了三个时辰，他便隔着一层门板陪了三个时辰，每每忍不住想要开门，看到腿上的烧伤，便又把手缩了回去。那时年少，心气也高，除了想要跟他撇清关系不让他蹚方家这趟浑水，还怕他亲眼看到自己那副落魄的鬼样子，怕他心里嫌他。

这么多年，他鲜少想起付景轩。

一是不敢想，二是觉得不该想。不该让他知道自己家中的那些事，不该让他为了两人儿时的情谊也一同没入泥沼当中。

可如今他来了，他又无法真心实意地轰他走。

方泽生思量许久，最终将手中的棋子落在了棋盘上："你若真的愿意……愿意蹚这浑水，那我便真的不让你走了。"

次日天晴。

付景轩吃过早饭带着三宝出门。

方泽生没有多问，留在书房看书。

盛夏草木繁茂，过了晌午，正阳大街便安静了下来。

道路两旁的小摊贩为了遮阳全都支起了棚子，没有客人经过，便歪在棚子底下打个盹，等临近傍晚不这么热了，再起来叫卖。

付景轩展开折扇挡在额前，带着三宝去临江渡口转了一圈。

渡口有十几个船工正在休息，打着赤膊，头上盖着斗笠，仰躺在麻绳编织的货袋子上，此起彼伏地打着呼噜。

付景轩找了一个呼噜没那么响亮的，合上扇子敲了敲他的帽檐："劳驾，问您点事。"

船工拿开斗笠，顶着一张黝黑的脸坐起来："公子有货要走船？"

付景轩说："没货。"

船工道："没货你问什么？"

付景轩说："不知道临江渡附近可还有空闲的仓库？"

船工说："有倒是有，不过空闲的不多，要看公子需要多大的地方放置什么东西。"

付景轩说："要放十万担碎茶、九万块茶饼。"

船工眯着眼挠了挠后颈："公子是方家的人？"

付景轩道："正是。"

船工道："先前已经有人来租过了，就在沿江西北角那处最宽敞的地方。"

付景轩听闻一顿，从三宝那儿要来一锭银子递给船工："多谢大哥告知，若是有人问起，便说我不曾来过。"

船工不过睡了一个午觉，平白赚了一锭银子，还当是在做梦，举着银子在太阳底下照了照，又放在嘴里咬了咬，见是真的，赶忙塞进货物旁边的衣服里，盖上斗笠继续睡觉。

这一幕刚好被远处山亭上的两个人瞧个正着。

其中一个是王秀禾。

另外一个，则是没跟付尚毅一起回家的柳如烟。

两人隐在亭林当中，目送付景轩离开，相视一笑。

王秀禾做了一个请的手势，邀柳二娘来到亭中坐下。亭子里的石桌上摆着茶水、果盘。

葡萄少了三颗，茶水皆是半盏。

人该是早就来了，一直坐在这里乘凉。

王秀禾示意翠儿续茶，笑着对柳二娘说："我强留你多住几天，也不知道程夫人会不会有话说。"

柳二娘道："她能有什么话说，怕是乐得我死在外面永远别回去才好。"

王秀禾惊道："程夫人看似那般温柔豁达，竟在家中这般容不下你？"

柳二娘叹气："秀娘独身，不知嫁人的苦楚，若我是正房还好，我一个做小的，这些年过得也实在不如意。"

王秀禾一阵怜惜："据我耳闻，说是程夫人的身体越发不好了吧？"

柳二娘瞧她一眼，眼中掩不住的窃喜："倒也不是我咒她，她那身子拖拖拉拉的几年见不得风，今年偏要在祭祖的时候出来瞧瞧，结果怎么着，又见风了吧。"

王秀禾跟着抿嘴笑："那二夫人，可是要守得云开见月明了。"

| 五 |

柳如烟捏了一颗葡萄放进嘴里，笑着说："还早还早。"

王秀禾道："不早了，二夫人操劳多年，也该享一享当家夫人的福了。"

柳如烟但笑不语，似是觉得不能把话说得太过直白，让人知道了她想做主的心。

王秀禾拉过她的手:"若程惜秋真的没了,你们付家在茶市怕也不太好过。"

柳二娘道:"这个倒是实话,我家老爷那性子是要有个能帮他做主的。"

王秀禾道:"那不就是你吗?"

"哈哈。"柳如烟笑道,"秀娘说到我的心坎里了。"

"只是,如今能在茶市上立足实在不容易。"王秀禾话锋一转,忧心道,"瞧瞧林家、卫家那一户户扒着眼睛要往四大家里钻的,若是程夫人真的走了,怕是付家也很危险呀。"

柳如烟道:"确实,若是当真如此,我家连点茶局都难以胜出。"

王秀禾拍着她的手:"这一点如烟大可放心,茶市上本就只有你我二人同为女子,只要我们互相帮扶,必定可以稳住当前局势。"

柳如烟揶揄道:"当前这局势我可不满,我付家才排位第四,你王家可是第一啊。"

王秀禾被"王家"两字哄得一乐,笑道:"如烟哪里的话,如今我们姐妹相称,什么第一第四,以后我们互相帮扶,我把这第一让给你,再帮你挡着陶、胡两家,又有何不可?"

柳如烟道:"秀娘可是说真的?"

王秀禾说:"当然是真的,只不过眼下有一件事情,你得先帮帮我……"

柳如烟道:"何事?"

王秀禾说:"我听闻付家除了做茶叶买卖,还经营着一桩其他的生意?"

柳如烟道:"确实还有一桩小生意。"

"那你瞧,不如我们合作一番。这样如何……"王秀禾说着,凑到她耳边小声嘀咕。

柳如烟听闻一愣:"秀娘真的如此信我?"

王秀禾点头:"你我亲如姐妹,我自是对你深信不疑。"

付景轩离开渡口没有直接回方家,而是拐去花鸟市闲逛了一圈。

花鸟市热闹,不是人语,尽是啾鸣,付二爷瞅了两个鸟笼,没瞧上掌柜极力推荐的绣眼,倒是瞧上了人家鱼缸里面养着的两条色泽罕见的燕子鱼。

一青一紫,煞是好看。

于是要买,他讨价还价好一番才从掌柜手里买了下来,却没想回去的路上三宝举着水盂摔了一跤,直接把那两条珍贵的燕子鱼摔到地上,干巴巴地就要翻白眼。

二爷瞧瞧路程还有一里,急忙捡起一片还装着几滴水的瓷片把鱼放进去,顶着炎炎烈日往方宅跑去。

"快快快周叔!快帮我准备一个装水的瓷盂!"

方泽生正在看书,听到付景轩的声音往外看了一眼,还未看见他的人影,书房的门就已经被撞开了。

二爷脸上烧红,手上捧着一件东西急得原地跺脚。哑叔听闻便去准备水盂了,此时急急忙忙地跑进来,还当他出了什么大事,瞧见他手上的东西,立即了然,托着水盂让他把那两条濒死的燕子鱼放了进去。

鱼入水中险些沉底,过了半响,抖了抖尾巴,终于活了过来。

二爷总算松了一口气,额上大汗淋漓,贴身的衣服早就湿透了。

方泽生看了他半响,转着轮椅过来,递给他一杯水:"不去洗一洗吗?"

付景轩抽出扇子扇风,见那两条鱼游得正欢,吩咐刚刚跑回来的三宝准备热水,又接过方泽生递来的汗巾擦了擦额头:"那我去洗一洗,你帮我看着这两条鱼，有什么问题及时叫我。"

方泽生说："让周叔来看吧。"

"嗯？"

"你头发也汗湿了，待会来院子里，我帮你洗一洗。"

大当家这话说得平平淡淡，没有红脸，也没有瞧着付景轩。

申时过半，太阳不那么晒了。

付二爷洗了澡换了一身干净的中衣，清清爽爽地来到院子里。

哑叔帮他准备了一盆温水，放在桂树下的石凳上，方泽生坐在石凳旁边，正前方的地上放了一块厚厚的蒲团，付景轩走过去坐在蒲团上，歪着头就能将发尾放进水里。

方泽生取了一点皂膏抹在他的头发上，帮他仔细揉搓。

许是看不到对方的眼睛，方泽生放松许多，洗了半晌，拧干长长发尾让付景轩自己拿着，又抬起双手托着他的头让他尽量靠近水盆，而后拿起石桌上装水的木瓢，一点一点往他头上浇水。

水温刚好，微风吹过还有一丝丝清凉，付二爷眯着眼睛还没洗够，大当家那边就让哑叔拿来一块干发的长巾，裹在了他的头发上。

付景轩仰头看他，笑眯眯地说："还可以再洗一会儿。"

方泽生摇头："不可贪凉。"

|六|

三伏天至，酷暑难挨。

眼看距离茶货交期的日子越来越近，方家内宅却没有传出半点多余的动静。

王秀禾撤了内宅看守，翠儿放心不下，时不时还会过去看看。

只是看来看去,什么都看不出来。

不是瞧见那两人同在书房看书,就是瞧见那两人一同坐在院子里下棋。付二少爷偶尔出门闲逛,会带一些稀奇古怪的玩意回来,要不然就是买些糕点,各式各样的新鲜点心来自东市西市所有的糕饼店。翠儿上心,去那些铺子一一查过,除了查出那些糕点非常甜,其他什么也没查出来。

王秀禾坐在外宅的卧房喝茶。

翠儿一边帮她捶肩,一边把这几日看到的事情全都说了一遍。

王秀禾早知如此,又一次掀开了放在桌上的妆盒,翻出那几封信来:"我早就跟你说了此时不用去盯。"

翠儿喏道:"奴婢也是怕他们再挡了夫人的路。"

王秀禾瞥了一眼翠儿:"路他们自然要挡,但也不是现在,等茶货交期之前有你盯的时候,眼下无须着急。"

翠儿应了一声,见她最近又频繁看信,问道:"夫人真的要找柳氏帮忙吗?"

"自然。"

"可是咱们与她并不亲近,您怎如此信得过她?把那么重要的事情交给她?"

王秀禾微微一笑,合上妆盒的盖子:"自然信得过。毕竟在这世上,唯有她不会与付景轩同谋。"

转眼到了七月底。

临江渡西北角的库房里面放满了方家茶品,择日就会经船运进京,十五之前入库采买司。

方泽生说了不管这事,便全程不曾问过一句。王秀禾面上依旧做得到位,即便方泽生说了不管,还是在茶品进京的前两天亲自推他来渡口看了看。

她也邀了付景轩一起同来，只是今日付景轩一脸病容，卧在床榻上病恹恹的。

渡口处。

王秀禾关心道："景轩这是怎么了？前几日还好好的。"

方泽生淡淡道："染了风寒。"

王秀禾眼中不信，嘴上却说："可请大夫了？"

方泽生说："请过了，有劳姑母关心。"

王秀禾道："生儿怎么还是如此客气？景轩既然住在咱们方家，我关心他也是应该，今日回去再让陈富过来瞧瞧，抓几服药调理一下。"

方泽生点了点头，由王秀禾推着进入仓库大门。

渡口租借来的仓库确实比方家后宅的大了一些，茶品由防水的油脂布裹着，一包一包地装进麻绳袋里。王秀禾吩咐茶工打开一袋，从里面取一块茶饼递给方泽生："本次'雕莲'的工艺我已经让茶工重新参照压饼的技法做了调整，品级无忧，不会砸了方家招牌。茶碎全部换了新芽煎烤，也根据番人的口味做了相应的调试，东边牧族的汤色重些，西边寨族的汤色浅些，也免得到时他们喝不懂咱们的回礼，再说了咱们的不是。"

方泽生静默地听王秀禾说完："姑母一直很有经商的头脑，当年刚来方家，父亲便说姑母天资聪颖，让我好好跟姑母学习。"

王秀禾微微一怔，半晌笑道："能跟我学什么？我一不会识茶，二不会煮汤，不过会扒拉两下算盘，如今你父亲早就走了，咱们就不提从前的事情了。"

方泽生应了一声，似漠不关心地看了一眼仓库的货品："回去吧，接下来船运的事情，还要劳烦姑母多多费心。"

王秀禾笑着说"好"，而后给翠儿使了一个眼神，让她留在了渡口。

付景轩今日这风寒来得蹊跷，想来两人是觉得时机已到，准备对这批茶品下手了。

夜里，江潮翻涌。

临江渡口仅有几名方家茶工，各自举着火把，在仓库门口走来走去。

远处的江面上红光点点，好似有几十艘货船即将靠岸，不知是来楚卸货的，还是路过歇脚的。

一名头戴斗笠、身披蓑衣、趁着夜深人静前来捕鱼的老翁急忙收网，网兜里只捞出了几只干瘪的小鱼，不够塞牙缝的。只得再放回江里养养，待一个没有商船经过的夜里再来捕捞。

翠儿站在渡口附近，瞧见时辰不早，来到仓库门口让巡逻的茶工换班休息，而后又来到一处暗角，悄声说："夫人，人都安排好了。"

王秀禾站在那里，静静看着仓库两旁忽明忽暗的火把，点头道："快来了。"

一炷香后，果然有两个行踪诡异的人趁着茶工换班时，偷偷摸到了仓库门口。

一个左顾右盼帮着把风，另外一个穿着暗色长袍蒙头盖脸，佝偻着背趴在仓库的大门上正在撬锁。

王秀禾掩着嘴笑："倒是难为了付家二少爷，堂堂一个大家公子，竟然做出这般鸡鸣狗盗的事情。"

翠儿眯着眼仔细看了半晌，三宝她倒是认出来了，另外一个虽然看不清楚，但应该就是今天早上装病卧床的付景轩，跟着笑道："夫人准备如何处置他们？"

王秀禾说："自然是送官法办，染指天家货物，无论做些什么，都是要了命的大罪。"

翠儿道："那要是大当家求您放了他们呢？"

"他若求我，我自然不会铁石心肠。"王秀禾温和道，"让他拿方

家来换,怎么斟酌,都是一桩合适的买卖。"

这厢说着,仓库那边的大门已经打开了,王秀禾又等了片刻,吩咐翠儿召齐隐藏在附近的几十个茶工,举着点燃的火把,浩浩荡荡地走过去,站在仓库门口高声道:"人赃并获,二少爷何须再躲?"

仓库大门虚掩着,里面黑漆漆的没人出声,王秀禾抬了抬手,身后的茶工一哄而上撞破大门,顺着一排排货物翻出两个人来。

三宝遮着面,一双奇特的小眼睛骨碌碌乱转,用不着猜也知道是谁。

另一个则捂得严实些,此时又低低地埋着头弯着腰,着实有些不好分辨。

王秀禾当他没脸见人,吩咐茶工揪起他的后领,粗鲁地扯下了他的面罩。

"周齐?"

翠儿看清那人正脸,站在王秀禾旁边惊呼道:"怎么是你?!"

跟着三宝一起溜进仓库大门的正是周齐,此时他愤愤地看着王秀禾,将头甩到一边。

王秀禾没想到眼前竟是这种局面,皱了皱眉,厉声道:"付景轩呢?"

三宝先是毫不客气地对她翻了一记白眼,随后对着江面抬了抬滚圆的下巴。

江面上的船队越来越近,临近渡口时,主船扬起了一面大旗,旗面随着夜风来回摆动,隐隐约约,好似瞧见上面写了一个"付"字。

王秀禾当即一震,怔怔地后退了几步,待主船停稳,付景轩一袭圆领青衫从船帘后面走了出来,跟他一起出来的还有一人。

便是王秀禾深信不疑,以姐妹相称的——柳氏,柳如烟。

第五章 真相

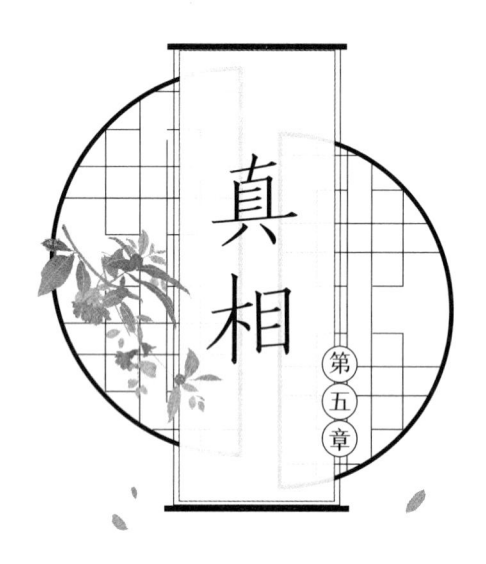

| 一 |

柳如烟一袭藕荷裙装,站在甲板上笑了笑,对着王秀禾说:"几日不见,秀娘可想我了?"

王秀禾瞠目看她,颤着手道:"你怎么和他在一起?!"

这个他自然指的是付景轩。

柳二娘嫌弃地瞥了付景轩一眼:"我确实不想跟他一起,若非要跟他做笔值钱的买卖,我才懒得理他。"

付景轩挑了挑眉,由后腰抽出一把折扇摇了摇,也没去理她。

这两人的关系明显不和,又为何凑到了一起?

王秀禾皱紧眉头,声音变得尖细:"你先前不是答应了与我做生意?怎又出尔反尔?"

柳如烟听后一惊,"哈哈"大笑:"秀娘此时倒像个不谙世事的女儿家了。你我都是生意人,生意便要慎重择优,付景轩出的条件比你好,

我自然是要帮他的。"

王秀禾怒极:"何等生意能超了天家赏赐的半数!"

柳如烟哼笑:"秀娘真当我只认钱财,不识好赖?"

"你……"

"你什么你!"柳如烟面色一转,眼神凌厉,她年轻时就是个泼辣性子,如今隐忍了几个月,终于对着王秀禾说了出来,"从品茗大会上我就知道你没安好心,方家的宗亲后辈全都死绝了怎的?你偏偏让付景轩出来显露身手搅我付家安宁?你安的是什么心?!"

王秀禾半晌无语,回忆道:"你在品茶局是装晕?你们那时就勾结在一起了?"

柳如烟道:"不然呢?我还能真的让他一个毛头小儿气倒在聿茗山顶上?"

"可你们明明水火不容!"

"何为水火不容?他若还在付家便是我的死敌,但他如今来了方家,那便顶多算我一个对家。秀娘聪明一世,不会连这份利害关系都看不出来吧?"

王秀禾喃喃道:"不可能,你怎么会跟他一道?你心中该是恨他才对。"

柳如烟说:"秀娘可是有些意思,我恨他那是我家的事情,如今你从中挑拨,不就是要拆了我两人的家?他再不济也是姓付,我再不济也是他二娘,我俩即便是窝里斗死其中一个,也不能让你一个姓王的拆了我们姓付的台面!"

王秀禾没想到柳如烟一个浑人竟如此拎得清,见此局难收,稳了稳心神,解释道:"品茗大会确是我考虑不周,但前些日子我们不还姐妹相称一起为日后谋划吗?我如此信得过你……"

"但我却信不过你啊。"柳二娘勾唇一笑,"我自诩不是好人,可秀娘却比我还要不堪,你那背信弃义的活字招牌早就挂在脑门子上了,你还想让我信你?我呸!什么日后为我挡着陶胡两家助我上位,我看你是要联合我灭了陶胡两家,再将我踹下马做第二个方昌儒吧!"

王秀禾摇头,眼中早已赤红一片:"我没有背信弃义,是方家负我在先!你若不帮便不帮,把我的茶都还过来!"

柳如烟道:"茶不在我这儿。"

"你说什么?"王秀禾看着主船后面几艘空荡荡的商船再也沉稳不住。

她早知道方、付二人要对这批茶品下手,从品茗大会结束她就知道要走这么一遭。于是将计就计,在渡口租了一个仓库把茶全都放在这里,待两人动手的时候便像今日这般抓他们现行。但她又向来谨慎,思来想去觉得渡口不安全,方家更不安全,于是便找到了柳如烟。

四大家虽主做茶叶买卖,但多多少少也会做些与茶相关的副业,比如方家的副业便是酒楼,而付家的副业便是船运。

她知道柳如烟厌弃付景轩,无论如何都不会跟他合谋,于是就跟她做了一笔船运买卖,提前几天把备好的茶品送上柳如烟的商船,再安排几个可靠的人手跟着一起押送进京,又在渡口的仓库里放些假货,等着瓮中捉鳖。

却没想到柳如烟竟会临阵倒戈,真的跟付景轩合谋摆了她一道!

"我的茶呢?那可是天家买卖,你随意挪动便是杀头的罪过!"

"为何要杀头?"柳如烟笑道,"方家的茶早就被我送回了方家。此时算算时辰,估计早就送到了。"

王秀禾听罢大惊失色,怔怔看她片刻,提着裙摆便向方宅奔去。

柳二娘望着她跟跟跄跄的背影,瞥了付景轩一眼:"我有一事不明。"

付景轩道:"二娘请讲。"

柳如烟道:"王秀禾与我不算熟识,勉强算作'亲家',为何信我至此,敢把十万担的茶品交给我来运输？"

付景轩挑了挑眉，嘴角带着一丝浅笑："二娘可还记得，我每年都会给方家写信？"

柳如烟记得，每每信差来家中收信，三宝都会递上去一封："你不是写给方泽生的？"

付景轩道："只有前两封是写给他的。"

"那后面的？"

付景轩将扇子一歪，指向了王秀禾的方向："全是写给她的。"

柳如烟皱眉："你写了什么？"

付二爷笑道："不过是一些家中琐事，写一写二娘的不是，再写一写我对二娘的不满；写一写大娘的身体，再写一写父亲的不作为。那些信上尽是我们付家的烂事，让她看了便会以为拿住了我们付家的底牌，才会对我一再松懈。"

柳如烟惊异："你难道早就料到了会有今天这一幕？"

"怎能？我又不是神算子。"付景轩冲她眨眼，"只不过我早知道，我会来到方家。说起这事，还要感谢二娘。"

柳二娘怔愣片刻，随即一道惊雷从胸中炸响，颤颤指着付景轩："你耍我？替双儿那事是你耍我？！"

付景轩摇摇扇子，笑道："过去的事情不提也罢。如今我在方家谋活，二娘便是我最亲近的自家人。"

柳如烟当下便要发怒，付景轩立即道："我那品茶的功夫可以全数教给大哥。儿时拿你的把柄，也会烂在肚子里。"

柳如烟眨了眨眼，硬是把将要破口而出的恶言恶语咽了回去，扶了扶发簪说："耍便耍了，倒也不是什么大事，你还是快去方家瞧瞧那位大当家如何了吧。"

方宅后院，灯火通明。

十万担茶碎、九万块茶饼，如山一般摆在空旷的院子当中。

王秀禾跑歪了发髻，贵重的流苏簪子将落不落，歪歪斜斜地挂在她松散的头发上，甚有些狼狈。她这些年重新换置的方家家丁全被关进了柴房，帮着柳如烟前来送货的茶工没走，一个一个举着火把，站在后宅的院落两旁。

王秀禾扶着乌木古门喘了半晌，在灯光的映照之下，看到方泽生一袭玄色大氅，稳稳地坐在茶山之前，静静地看着她。

| 二 |

"泽生……生儿……"

王秀禾脚步蹒跚，一步步走进院子，提了提嘴角，像往常一样关怀道："怎么这么晚了，还坐在院子里？"

方泽生不语。

她便又上前几步，眼中尽是她奔波操劳了小两个月的茶山："先前忘了跟你说，走货的日子提前了两天，姑母也是怕路上多风雨，再耽搁了天家的买卖。"

方泽生依旧不出声，王秀禾颤颤嘴角："生儿不是说了对姑母放心吗？如今怎么又把茶都运了回来？你若是真的想运，为何不知会我一声？这是咱们自家的事情，何必劳烦付家的船工来回辛苦？"

方泽生那厢死寂般的沉默让王秀禾止不住发慌。

她不知道方泽生为何要将这批货品运回方家，但她却知道，若是被方泽生抓住了这次机会，她多年铸建的心血必定功亏一篑，日后再难翻身。

王秀禾扶了扶头发，强行镇定道："生儿为何不说话？你若真的想要亲自清点这批茶，便直接跟我说一声，我还能拦着你怎的？何须费这么大的力气绕这么大的圈子？"

方泽生平静道："姑母也说何须绕这么大的圈子，那又为何瞒着我提前走货，放置一批假货在渡口装模作样？"

王秀禾顿时哑口无言，张了张嘴，半晌未能吐出半个字来。她躲开方泽生的目光，眼珠转了转，计划着下一步该如何走。说到底，无论此时掌权与否，方泽生都是方家真正的当家，若两人真的撕破了脸面，她不一定能占到什么便宜。也怪她一直想要名正言顺地拿下方家，等着方泽生主动让位给她，却没想等来等去，还是等来了这个她防备已久的圈套。

王秀禾不吭声，方泽生也不急，一双暗色的眸子里闪着簌簌火光，半晌，他示意哑叔拿出一张边角泛黄的纸递给她。

这张纸有些年头了，看字迹格式，该是一张订货用的货单，王秀禾在晃动的火光之下眯着眼睛一字一字全部看完，拇指落在货单底部的一方小印上面。

印记篆刻精美，只有四个字"正川茶楼"。

方泽生问："姑母可还记得这张货单？"

王秀禾看清印记，如遭雷击，布满猩红血丝的眼中尽是不可置信："不可能……不可能！"

二十年前。
楚州落雪。
大雪下了整整三天，有半尺来高。
放晴那日，方家家丁来到门前扫雪，从雪堆里面挖出了一个身着破烂衣裳，满身伤痕的姑娘。

那姑娘看起来只有十四五岁，绾着未出阁的发髻，早已经冻得奄奄一息。

家丁急忙跑去书房禀报方昌儒。

方昌儒听闻一惊，带着妻子一同出门查看，所幸在那姑娘的包裹里面找到一封书信，信上写明了她姓甚名谁，来自哪个地方，与方家是何关系，愿方家收她做个奴婢，让她得以生存。

谢君兰见她可怜，便让家丁将她扶了进去，为她烧水煎药，亲自坐在床边照顾了她一天一夜。

那姑娘醒来甚为感激，跪在床上连连磕头，因家中事宜哭得泪流满面。

谢君兰得知她家中穷苦，母亲改嫁，继父对她非打即骂，为了钱财要将她嫁给一个有钱的傻子，便心疼她的遭遇，让她日后留在方家，还让她去茶行帮些小忙。

渐渐地，那姑娘的能力显露了出来，她会算账，还能敲一手旁人所不能及的好算盘。

方昌儒不愿埋没她的才能，亲自带她走商，教她如何做掌柜。

姑娘感恩戴德，将整颗心全都扑在了方家的事业上，不辞辛苦，从无半句怨言。

年复一年，她所掌管的铺子越来越多，方家的宗亲嫉妒眼红，前来说她鸠占鹊巢，排挤她奚落她，她也从不多说半个字。

那时，有一位爱慕她的公子要向她提亲，她只考虑了一会儿，便拒绝道："我此生都愿留在方家还恩，无论旁人如何看我，只要先生和夫人待我好，我便无怨无悔。"

她所求不多，只求方昌儒夫妇长长久久地待她好，不离她不弃她，不要将她赶出方家大门，不要让她再置身寒冷的雪地。

只是好景不长。

那年，她接了一单生意，忙了几天几夜终将货单上的茶品全数备好，却在走货的前一天，被方家的叔伯押解着，送到了方家外宅的大厅里。

方昌儒位于上首，谢君兰坐在旁边，皆是眉头深锁地看着她。

她内心恐慌不安，不住地问是怎么了，才得知，她那单生意备错了货，给方家造成了巨大的损失，差点有损方家的名望。

厅堂上，尽是叔伯对她的冷嘲热讽，说她一个外姓村女，终归成不了大事。她倒不在意旁人怎么说，跪在地上不住地辩解，只求方昌儒能信她一次，却没想到方昌儒只是无奈地摇了摇头，丢下那张货单转身走了。

善恶或许就在那一瞬间。

她满心为了方家，换来的却还是宗亲的不断排挤与方昌儒的不信任。她被宗亲关在柴房思过，逼迫她主动承认那批货品是她的问题，不仅让她交出铺面账房的钥匙，还要逼她让出掌柜的位置。

可她如何承认？

她从接手那单生意开始，货单上面的茶品数量就从未变过，又怎么可能备错货？她本就敏感多疑，甚至开始胡思乱想，猜想这一切都是方家宗亲的计谋，为了将她赶走，伪造货单，嫁祸她。

她不住地向方昌儒夫妇喊冤，可方昌儒除了皱着眉头看她，从未信过她一个字。

她不想再回到乡下，不想离开方家，更不想放弃这些年尽心尽力打理的几十间茶行。那些茶行都是她的心血，她为方家付出了那么多，竟只因为一单生意就要将她所有的功劳全部抹杀！

她逃出柴房，本想再去找方昌儒解释，却没想到方昌儒果然还是姓方，竟在书房里和方家叔伯讨论着，如何将她打理的铺子分给其他人。

王秀禾的回忆断了，她迟缓地眨了下眼睛，艰涩地问道："为什么……会这样？我那时的货单为什么和这张不一样？"

方泽生说:"那时跟你走商的仆人将货单弄丢了,凭借零散的记忆草拟了一份新的给你,你没去检查。"

王秀禾摇头:"那这根本不是我的错……你父亲为何不信我……"

方泽生说:"父亲那时没有查明真相,如何当着众宗亲的面袒护你?"

王秀禾尖声道:"那他为何不与我说明!就连你母亲也对我满目的失望!"

方泽生面无表情:"他们只是怨你不分青红皂白便一口咬定宗亲们诬陷你,而不去看看货单真伪,从自身找问题。"

王秀禾拿着手上的那张货单颤抖道:"那这张货单又是从何而来?"

方泽生道:"自然是父亲为你奔走,亲自去正川茶楼帮你拿了底单,想要帮你开脱一些,证明错不全在你。"

王秀禾怔怔道:"那你们查明真相为何不告诉我,你们为何……"

嘶哑的喊声戛然而止,后宅的院子彻底陷入一片死寂。

方泽生静默地看着她,抬了抬手,示意几名茶工举着火把,点燃了那座十万担的茶山。

顿时,红光骤起,火焰冲天。

方泽生一瞬不瞬地望着那一簇簇高蹿的火苗,语气毫无起伏地问道:"姑母还记得那场大火吗?"

王秀禾仿佛一具被抽干了灵魂的行尸走肉,瘫倒在地上。

她那时满心屈辱地跪在方家宗亲面前认了罪,将整个方家记恨在心里,包括待她恩重如山对她有救命之恩的方家夫妇。

她鬼迷心窍地放了一场火,誓要彻底掌控方家,让这些逼迫她的人都付出代价!

她何其可笑?!

她这些年心安理得地占着方家,满口方家负她,却根本忘了她这一条命都是方家捡回来的,何来旁人负她?

方昌儒待她真好，不嫌她是女儿家，亲自带着她到茶市闯荡，教她做掌柜，教她写账本，让她在方家立足，将所有茶事都说给她听。

谢君兰待她也好，把她当作亲妹妹看待，每每做件新衣服都要给她做上一件，她从未穿过那么好的布料，从未在那样温暖的怀抱里安心入眠……君兰姐姐那样怕疼，又是如何在大火里面挣扎而死的？

| 三 |

那天，方昌儒刚从百里之外的正川茶楼回来，拿着正确的货运底单，带着方泽生一起来到库房清点货品。

半晌，谢君兰也来了，穿着一袭素色的兰花衣裙，唉声叹气。

方昌儒问她怎么了。

她道："今日又有一位公子上门提亲，我本意是让秀儿瞧瞧，却没想到她听闻直接给我跪下了，哭着喊着求我不要让她离开方家。"

"我哪里是要赶她走？她若这辈子不嫁，我们也会养她。只是想让她抽出时间多歇一歇，跟人家出门闲逛一逛。"

方昌儒瞧着夫人委屈，抚了抚她的头发，笑道："为夫知道，回头我去跟她说说，给她放几日的假。"

谢君兰温声道："你若是给她放假，她又要担心咱们要将她赶走了。"

方昌儒道："可这次备货的问题很大，确实要好好跟她谈谈。"

"那你要好声好气地跟她说，她自来敏感多疑，又固执己见，此次被叔伯们逼着承认了错误，心里必定不舒服。你们别再因为这次货物的事情闹了误会，让她误以为咱们是跟叔伯站在一头，真的要将她赶走。"

"夫人放心，我会说得婉转一些，但是秀禾这些年确实有些急功近利，是要收一收她手上的权，让她稳一稳身心。"

谢君兰笑道："那不如你同她说休假的事情，我们一家人陪她出去走走如何？这样她也可以安心，没准路上还能遇到一位如意郎君，收获一段美好良缘！"

"要去江陵府走走吗？"谢君兰话音未落，方泽生便从货仓一角钻了出来，说道，"江陵府的才俊多，可以让姑母仔细瞧瞧。"

谢夫人笑他："江陵府的才俊在哪儿？是不是还要去付家后院问问付家的小二少爷？"

方泽生面上一红，板着稚嫩的脸解释道："他是江陵本地人，有他带着，自然游玩得畅快些。"

方昌儒对着夫人努了努嘴，又瞥了儿子一眼，故意道："那便不去江陵，要去也不去付家。"

"为何？"

方昌儒道："为父实乃江陵常客，何须再找小二少爷帮着领路，由我带着你娘就能游遍江陵河山，为何要找旁人帮忙？"

"可是，可是父亲到底不是本地人……"

夫妇两人见他心急，相视一笑，问道："那你说说，你为何总是想要往付家跑。"

方泽生当即一怔，低着头躲到一边不再说话了。

三人原本计划得很好，方泽生到底哄着娘亲要去江陵府看一看，却没想到突然一声巨响，仓库的铁门被人从外面落了一把锁，关得严严实实。

那日的大火，也烧得像今日这般惨烈。

火舌乱窜，吞噬着库房里随处可见的茶碎、茶饼。新采的绿芽还带着水分，经过烈火的烘烤蜷缩枯萎，最终被烧成了一缕缕的灰烬。方昌儒为了保护妻子，扑向了轰然倒塌的茶山，方泽生为了去救父母，被一根烧断的房梁拦住去路，砸断了腿。哑叔赶来时，只看到方泽生一个人，他奋力挪走了方泽生腿上的木头，将他拖出仓库，又顶着剧烈的浓烟闯入火光深处，寻找方昌儒和谢君兰的踪影，却还是晚了一步……

付景轩赶来时，王秀禾正失魂落魄地往门外走，边走边笑，嘴里念念有词，好似疯了一样。

他无暇顾及太多，匆匆跑到方泽生身边。

方泽生还在望着熊熊烈火，火光染红了夜空，残酷的灼烧感仿佛又将他拉回了出事的那天。

相识以来，付景轩还从未见方泽生哭过，此刻，他面对方泽生无声滑落的眼泪竟有些不知所措。

方泽生看到付景轩来了，如梦初醒一般，慌忙转过头，满脸的哀伤无措来不及掩饰，只得紧紧抿着颤抖的嘴角，板着一张脸，装作无事发生。

一只手压在方泽生的肩膀，方泽生转头，看到付景轩闭着眼睛，只听他说："我没看到，什么也没看到。"

仿佛一根紧紧绷着的弦猝然崩断，方泽生的眼泪汹涌而下。

这八年来的隐忍与辛酸，似乎也随着今夜的大火燃尽了。

次日，楚州城落了一场秋雨。

天气忽而转凉，一棵棵桂树经过了夜雨的洗礼，碎金压枝，簇簇含苞待放。

方家内宅的石桌上放着一个白瓷水盂，一青一紫的两条燕子鱼躲在碧绿的碗莲下来回嬉戏，早已恢复了生机。

哑叔一早便去了厨房。三宝跟着他忙了一会，等到太阳出来，跑到屋里拎出一个雀鸟笼子，挂在石桌上方的树杈上，树杈随着鸟笼摇摇晃晃，不堪重负地落下两片半截泛黄的树叶，一片落在水盂里，一片落在石桌上。

昨晚那场大火，烧尽了王秀禾的心血，也摧毁了她的野心。货单的事情归根到底只是一个契机，王秀禾留在方家多年，本就起了歹心，只是那时还有一丝良知，还知道方家对她有恩，不该奢求太多。

只不过贪嗔痴念，最是贪海难平。

她睡过雪地，自然不想再去感受那般寒冷。她口口声声不愿离开方家，便是不愿离开方家的高床软枕、富贵衣裙。她想得越多，便越是惧怕方家人将她赶走，索性一不做二不休，借着那次机会，为自己找了一个借口，彻底掠夺方家。

她内心深处或许一直在刻意躲避真相，想要通过那场误会，为自己的丑恶嘴脸蒙上一层遮羞布。

方泽生艰难地睁开眼睛，只觉喉咙沙哑，眼眶生疼，抬手轻轻碰了碰眼角，一阵阵刺痛，眼周围似乎肿了起来。

他恍惚了半晌，将昨晚的记忆拼凑完整，微微转过头，静静看着趴在床边睡着的付景轩。

这段时间他们同住一个院落，他却从未这样心无旁骛地看过他，如今心口放下了一块大石，便想仔细看看他，看看他与年少时相比变了几番模样？

好像变了，又好像没变。

眼前人仅仅褪去了少年时的稚气，棱角更鲜明了一些。

方泽生缓缓撑起身子，竟在他光洁的额头上看到了一处浅浅的疤，轻声自问："是摔倒了？"

"不是。"

睡梦中的付景轩突然开口，依旧趴在床边，如梦话一般低语："编鸟笼的时候被铁线划了一下，不太疼，但留了疤。"

方泽生原本吓了一跳，见他没睁开眼睛，便问："为什么要自己编鸟笼？"

付景轩哼道："还不是付景业那厮，明着斗不过我，就跑去我院子里捣乱，我那年刚买了两只金翅鸟，还没新鲜够，就被他偷偷放走，我

的鸟笼还被他踩烂了。"

方泽生松了一口气，问道："那付景业如何了？"

付景轩闭目挑眉："你不是应该问问我心情如何？"

方泽生道："你心情自然不好。"

"哈哈。"付景轩说，"何止不好，那时都快气煞我了。"

方泽生见他嘴上说着生气，眼角却上挑飞扬，眉心也跟着舒展，问道："你是如何做的？"

付景轩说："我派人送了他几本春宫小册，待他关上门看得面红耳赤时把我爹引了过去。我爹虽然旁事不行，管教起付景业还是很有一套，他当即抽出戒尺将付景业打了一顿，还罚他抄了百遍茶经。"

"你二娘得知真相，怕又记了你一笔？"

"自然，她这人就是偏心。"

方泽生道："亲疏有别。"

"是啊。"付景轩趴累了，坐起来说，"虽然我与她不对付，却能理解她的所作所为。谁与她利益相冲，谁便是她的敌人，她也不能说险恶，顶多不算善人罢了。不过这世间人心，少有半数都是同她一样，我也一样，若非王氏动了你，我何须这样对付她。"

方泽生听罢，垂了垂眼。

付景轩心里暗笑，面上不显，转移话题道："你的腿真的没有一点感觉了？"

"先前还会有些刺痛，现在不会了。"

这时，哑叔急匆匆地从门外跑进来。

"何事？"

哑叔指着门外比画了两下。

付景轩与方泽生对视片刻，起身来到窗口，打开了一扇窗。

窗外的院子里跪着一个人，一袭翠色裙装，背着包裹，手上捧着一条白绫。

正是王秀禾的贴身婢女,翠儿。

付景轩只看了她两眼,便抬头去看今晨晴朗的天色,畅快道:"方泽生。"

"嗯?"

"今日天气不错,我们外出走走,踏秋如何?"

|四|

这厢话音未落,柳二娘便提着长裙从院门口走了进来。

她瞧见翠儿先是摇了摇头,又顺着主屋的窗户瞧见了付景轩,冲他道:"我今天便要去叶县接应入库采买司的商船,你先让方家世侄套件衣服出来,看看还有没有要交代的。"

方泽生已然听见了她的声音,由哑叔扶着从床上挪到了轮椅上,刚要简单绑个头发,付景轩便几步走过来帮了他一把,而后又给他套上一件浅色长袍,推着方泽生来到了花厅。

三宝给柳二娘倒了杯茶,此时躲在一边站着,不愿意伺候她。一码归一码,虽说这次她跟少爷做成了生意,但以前的恩恩怨怨可没说一笔勾销,待这笔买卖做完还是要各走各的,最好老死不相往来,谁也不碍着谁。

柳二娘对三宝也没有好脸,倒是瞧见方泽生出来忙放下茶碗起身笑道:"世侄快来,身体可好多了?"寒暄一番,看着十分热情。

方泽生颔首,做了一个请的手势:"柳夫人请坐。"

柳二娘抿嘴一乐,捧着茶碗嘬了一口。

茶市上有个规矩,女子若是主事管账,便要唤本家姓,不可冠夫家姓,比如谢夫人、程夫人,还有林家的舒夫人、曾经代管方家的王夫人。

若是唤夫家姓便是对人家不敬重，经商买卖本就各凭本事，夫家不可挡在身前，埋没了人家的能力。

柳二娘先前没管过账，自然没人唤她柳夫人，大多叫她二夫人。

如今方泽生这样叫她，她自然高兴，瞥了一眼付景轩，面上尽是得意扬扬。

付景轩心情不错，给面子地拜了礼，抬眼看了看还跪在院子里的翠儿。

柳如烟也跟着瞧了瞧，她今日进门之前先去了一趟外宅，本想去王秀禾的院子里挖苦一番，却没想到那人已经蒙了白布自缢了。

柳如烟撇撇茶沫，叹了口气，眼中倒是没有半点怜悯的意思："她这样的人，绝不会羞愧而死。"

付景轩道："二娘怎么看？"

柳如烟说："估摸是瞧着大势已去，其余三家又全都站在方世侄这边，待咱们备的那批茶品入库采买司，没她半点功劳不说，说不定还要被扫地出门。她那伪善的面皮子挂了半辈子，怎可能让万千世人敞开了戳她的脊梁骨说她不是个东西？她死也是为自己死，不值得半点同情。"

三宝从旁听得一头雾水，凑到付景轩身边小声问："昨夜的茶不都烧了吗？又怎能入库采买司了？"

付景轩坐在花厅侧首的椅子上，拿起折扇敲了敲三宝的榆木脑袋："自然是提前说好的。"

三宝眨了眨眼，回想半晌，顿时恍然大悟。

此局还要从品茗大会说起，宋大人来楚早在方、付两人的意料之中，胡云杉的到来虽然是个意外，但利用王秀禾手中的隐士赢得品茶局却是早就谋划好的。赢了此局，王秀禾便可以接到天家生意，付景轩再故意泄露方泽生隐忍多年终于有了要反她的动静，让她疑心病起，胡乱猜疑。她想将计就计，这边便顺水推舟。在此之前，付景轩也留了后手，先后找陶先知、胡若松、柳二娘分别谈了三桩生意,这生意便是购置陶家的新芽,租用胡家的茶工,再用付家的船运,由三家一同准备天家茶品,从付家集合,再送往京中。

此番赏赐方家分文不收,进京压货的人员也可由三家自行挑选,进入采买司便有机会与采买官说话,不定哪句话说着了,就能成就一桩大买卖。

方泽生腿上有疾人尽皆知,不便亲自押送进京也情有可原,他以茶商会的名义给采买司的张大人带了一封信,表示不敢怠慢天家买卖,由四大家一同出力,以确保万无一失。

如此一来便撇去了个人小利,在天家面前给了三家脸面,三大家自然高高兴兴,乐得帮忙。

只是如今,"瑞草雕莲"的工艺技法不再是方家独有的秘密了,胡家的茶工要帮忙制茶,自然是要好好学一学的。

柳如烟自知道这样的分配以后,就有点眼红,后来想想还是算了,卖旁人的茶哪好过卖自己的茶?若哪天说付家也出了"瑞草雕莲",那必然不是真的"瑞草雕莲"。

"外面那小丫头,你们准备如何处置?"

方泽生说:"让她走便是了。"

柳如烟不依不饶:"那也太便宜她了,那小丫头铁定跟着王秀禾干了不少坏事,没准心肠都跟着熏黑了,还是送官的好。"

方泽生点了点头,并未说话,交给哑叔去处理。

哑叔没将翠儿送官,而是对她比画了两下,让她日后怀有良知,学着分辨是非黑白,并非主子说的全是对的,万万不可人云亦云,轻易被旁人操控了心智。

翠儿提着包袱感激落泪,站在外宅门口,求着哑叔把王秀禾的尸身交给她。王秀禾这些年虽然对方家不好,对翠儿却还有几分恩情,她是被王秀禾在大街上买回来的，这些年管吃管住，没再让她挨饿受冻。如今人死灯灭，亲手将她埋了，也算彻底还了这份恩情。

哑叔点了点头，帮她推来一个板车，便不再管她了，又按着方泽生的吩咐遣散了方家所有的家丁，只留下周齐一个，回到了内宅。

柳二娘过来坐了一会儿便走了，付家还有大事等着她去忙，若是此次上京被陶、胡两家在采买司抢去了风头，她岂不是白忙一场。

原本说是趁着清晨去郊外踏秋，如此一忙，两个时辰便晃了过去。

秋日当头，桂子飘香。

付景轩不愿意耽误这番美景，让三宝找来一辆马车，又让哑叔帮忙买来一些糕点，他自己则揣着两本话本，拿了两件御寒披风，备了茶具、棋盘、两坛果酒、一把竹笛，一件一件地如蚂蚁搬家一般往马车上挪。

方泽生早就出来了，穿着一身泼墨舞鹤的秋日衫，抱着几幅空白的画轴坐在马车附近，他只有这么几样东西，其余马车上满满当当的都是付景轩要带的。

付二爷正蹲在马车里清点物品，点来点去，总觉得缺了点什么。

这车上该有的都有，就连方泽生挂在书房里那把许久没弹过的古琴都被他搬了出来。

那到底还缺了什么？

付景轩盯着那把古琴看了半晌，忽而挑了挑眉，从车上跳下来，直奔方泽生身边。

方泽生问："你做什么？"

付二爷眯眼一笑，"我还当是什么东西忘拿了。

"原来是这一件。"

度余生

卷三

一道银色的流光平地而起,夜色里绽开了万朵烟花。

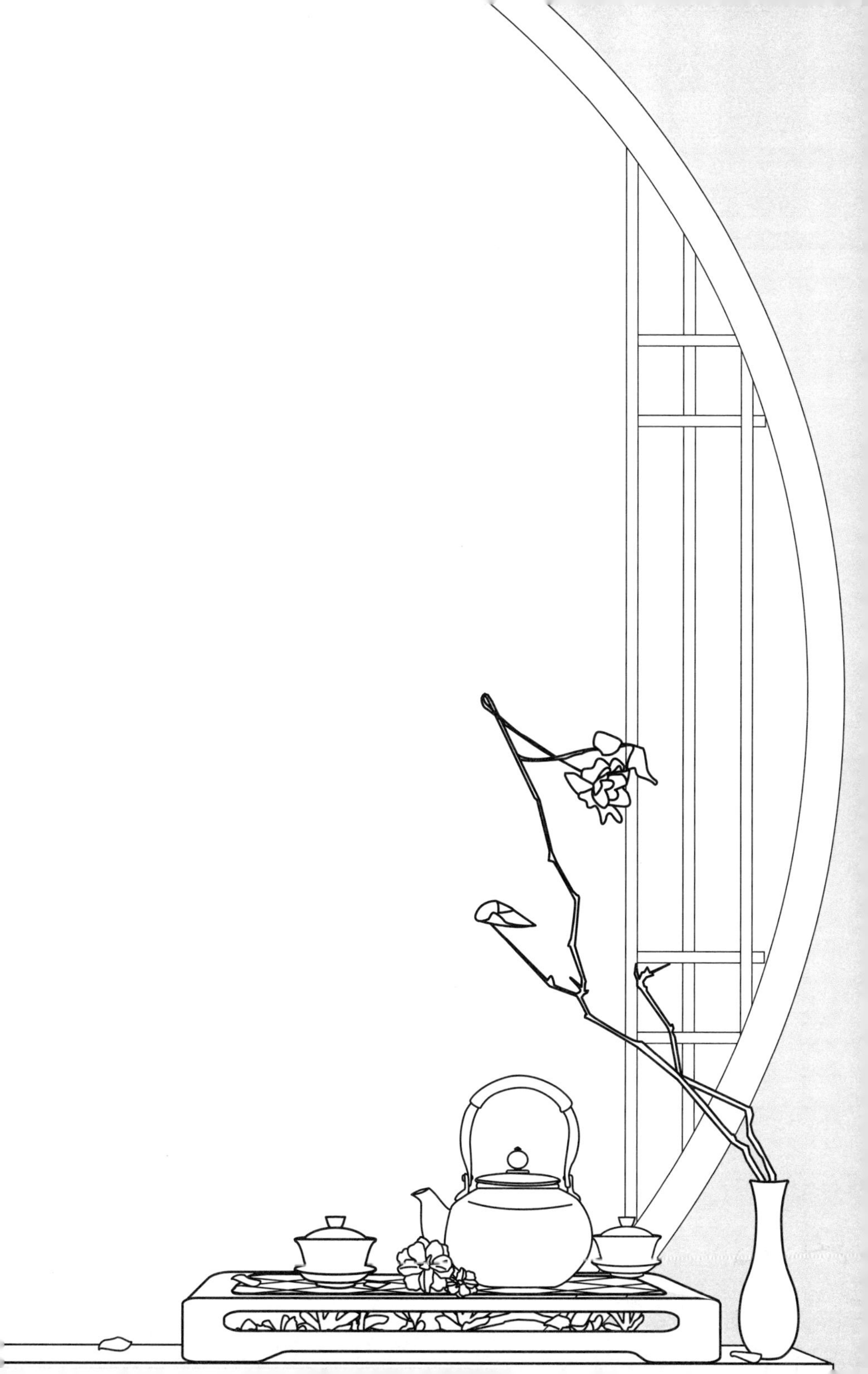

第一章 踏秋

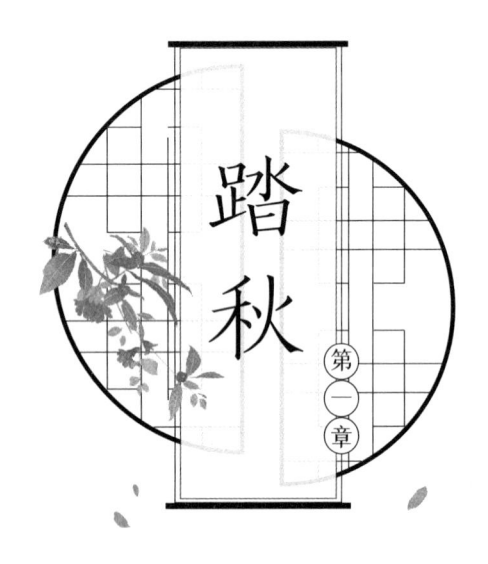

| 一 |

哑叔多年没有离开过方泽生的身边，此时忙着处理家丁杂事，不便跟着他们一起出门，只得不放心地塞给方泽生一个粗布荷包，让他好好带着。

付景轩挑开车帘见他忧心忡忡，安抚道："周叔放心，由我看着方泽生，绝对不会有事。"

哑叔比画："并非只担心少爷，二爷也不可玩得太疯，万万不可像年幼那般如脱了缰似的让人担心。"

付景轩大笑两声，而后摆出一副成熟稳重的大家公子模样："周叔对我的印象还留在儿时，如今多少年过去了，我早就大不一样了。"

哑叔费力地从嗓子里挤出一个"嗯"字，比画道："是老奴眼浅，即便如此，也要注意自身安危。"

三宝抱着一兜糯米糕爬上马车前室，坐在车夫身边，脆生生道："周叔您就放心吧，凡事有我和这位赶车大哥，您和周齐好好忙家里的事，待我们后天回来捉几只秋日蚂蚱给您炸着吃！"

哑叔闻言笑笑，对着三宝那张来到方家后胖了两圈的圆脸，挥手作别。

午后。

清风飒爽，霁色初开，"嗒嗒"马蹄迎着翠草新泥，一路迈上正阳大街，出了楚州城门，往郊外的曲山亭而去。

曲山亭并非一座亭子，如聿茗山一样，是处地名，位于城外五里，以一条九曲十弯的盘山道得名。山道尽头确实有一座亭子，只不过是后人为了应景单独修建的，并非古迹。

方泽生腿脚不便不能上山，付景轩便让车夫顺着官道一路走走停停，欣赏沿途风景。

沿途风光正盛，草木桥溪，农舍茶田。方泽生短了八年的见识，瞧见什么都觉得新鲜，偶尔挑开车帘子看上一眼，收回目光，便要在脑子里过上两遍，仔细回味。他断腿的这些年只出过两次门，第一次便是跟付景轩去东市酒楼送陶先知离楚，那时又是谋划着扳倒王秀禾，又是担心牵累了付景轩，根本没心思赏景。

第二次便是这次，付景轩就坐在他的对面。

看着付景轩，方泽生怔了怔，随即面无表情地放下车帘，端坐在车厢里。

付景轩从窗外扭过头，刚想跟方泽生说话，就见他一本正经地板着俊脸闭目养神，似是对凡间俗世漠不关心，不禁敲了敲手中折扇，惊喜道："方泽生快看！这是什么？这东西我怎么从未见过？"

方泽生眉梢挑动，蒙在眼睑下的眼珠转了几转，没有睁眼。

付景轩见他不上当，随手捏着车帘子晃了两下，跺着脚急促道："快看啊！到底是什么？怎么自小都没见过。"

方泽生皱了皱眉，微微蜷起手指，沉吟许久，探着头，悄悄地睁开了一只眼睛。

这只眼睛不睁还好，一睁便瞧见付景轩不知何时来到他面前，扯着自己的脸皮说："瞧见了吗？原来是位举世无双的付姓公子，落入了凡间。"

"噗！"泽生依旧闭着一只眼，想忍着笑却没忍住，只得用力抿着嘴角将头扭到一边，掩着鼻梁咳嗽一声。

付景轩索性坐在他身边，挑开车帘陪他一起看窗外的风景。

马车悠悠而行，走得不紧不慢，拐入乡道便瞧见了一处果林，火红火红的石榴苹果缀满枝头，直叫人口齿生津，胃向往之。

付景轩喊了一声"停"，利落地跳下马车，来到果林附近溜达了一圈，果林无人看管，只在田间地头竖了几个稻草人迎风摇摆。付二爷左右侦察片刻，回到马车旁边卸下方泽生的轮椅，将他扶下车，又从车里翻出一个装有糕点的竹篮子，将糕点腾出来，拿着空篮子放在方泽生的腿上。

方泽生瞧见他这番举动就知道他要做什么："主人家不在，还是不要随便动别人的东西了。"

付二爷大方："无妨，到时放下几锭银子就好了。"

方泽生自知劝不住他，也不愿继续劝，想了想，便由他推着一起去了果林。

三宝自然也跟来了，站在一棵粗壮的石榴树下蹦着去够一颗熟透的红石榴。只是树长得太高，三宝又太矮，蹦了几下没够着，只得去想别的办法。

付景轩站在树下比了身高，而后撩起长袍下摆别在腰间，直接抱着树干爬了上去。

方泽生明知他会爬树，还是担心地抬起双手，虚虚地扶在半空，生怕他脚下打滑从树上摔下来，没承想付二爷身姿矫健，还如少年时一般灵活敏捷，三五下便爬到树上，对他挑了挑眉。

方泽生目光柔和，让他多加小心。

付景轩站在树上，能摘到最红的果子，左右是要给钱，自然专挑最好的摘，他摘完一个便蹲下来放到方泽生托高的竹篮里，不敢扔，怕扔不准再砸到方大当家的脑袋。

半炷香后，眼前这棵石榴树就要被付二爷摘秃了，刚准备爬下来换一棵欺负，就见不远处跑来一群举着锄头的佃户，高喊着："抓贼——"

"抓贼啊！"

付景轩先瞥了一眼没当回事，数了数跑来的人头，摸出钱袋——

嗯？钱袋呢？

付二爷眨了眨眼，找到还在另一棵树底下蹦跶的三宝："你带了多少银子过来？"

三宝好不容易拽下一把树叶，听见少爷问他，忙摸了摸腰——

钱袋呢？

三宝一惊，急忙扬了树叶翻了翻胸口——

糟了！

"少爷！咱们忘带钱了！"

付景轩陡然一惊，千算万算竟没算到这一茬。远处的佃户举着锄头一哄而来，吓得付二爷急忙从树上爬下来，直直地往果林深处的草堆旁跑去，跑着跑着惊觉不对，一扭头，看到方泽生正一脸茫然地端坐在石榴树下的轮椅上，手里捧着满满一篮圆滚滚的红石榴，呆呆望着他……

翻墙爬树这事两人儿时没少干过，每次被长辈发现喊打喊骂，方泽生都紧紧地跟在付景轩的后面，或是拉着他的手腕跑到他的前头。方才付二爷仿佛又回到了小时候，还当方泽生有一双好腿，还能像以前一样紧紧跟着他。

赶来抓贼的佃户已然将方泽生围了起来，付景轩刚要往回跑，就见方大当家不紧不慢地掏出了一个钱袋，递给了扛着锄头的佃户。

万幸哑叔有先见之明，临行前帮着多带了一些银两，才得以逃过此劫。

付景轩讪讪抚了抚鼻子，待佃户走后，回到他的身边。

方泽生瞥他一眼，没说话，不仅此时没有说话，而后在车上将近一个时辰，都没有说话。

景色也不看了，闭着眼睛好似在睡觉。

"方才确实是我不对，一时心急把你忘了。"付二爷避重就轻，没做具体解释，殷勤地帮他捏了捏肩膀，又帮他捏了捏腿，虽然他腿上没有知觉，但二爷态度端正，对着他的脸说，"但做贼谁人不虚？一时慌了阵脚也是情有可原。"

方泽生不语，把头扭到一边。

付景轩见他有了回应，追着他一起扭头："我跑到半路就想起你了，但那些佃户已经围了过来，我瞧着没有伤你的意思，才跟着三宝又躲起来的。"

此番画面跟儿时有些相似，付景轩自小调皮捣蛋，常常闯些小祸，方泽生若不在，就由程夫人教育他，方泽生若是在的话，必定会为他背一些黑锅，或是帮他承担一些责任。且不说这背黑锅和担责任是不是自愿的，每每事发，两人都要气上一回。

若是付景轩错了，他便主动承认错误；若是付景轩没错，两人就僵持着谁也不理，直到忍不住了，才会别别扭扭地选择和好。

今次明显是付二爷的问题，左右得不到方泽生的回应，只得叹气："要不然我从车上跳下去以死明志吧，也免得让你看着心烦。"

明知道他不会跳，方泽生还是睁开了眼，似乎这半响想明白了一样：

"也对，古话说大难临头各自飞，你又何必管我。"

"我当然管你。不仅摘石榴要管，王氏欺负你要管，往后你遇着什么事，我都要管。"

方泽生被他说得一愣，看着付景轩认真的神色，慌忙地闭上了眼睛。

|二|

马车行至日暮，来到一座花木围簇的别院前。

这座别院是三宝租车时一并租来的，置于山野之中，招待闲游散客。

付景轩从车上下来，站在半人高的篱笆外往院子里看，院内陈设古旧，打扫得却十分干净，一张石桌，两棵古树，结茅草为庐。院子正前方是一条平缓的江流，正后面依靠着一座巍巍高山，山顶上建有无名古寺，能听松声禅韵，可观日落江河，是一处寻访清幽的好地方。

今晚便在这里住下，屋内一床一榻，一张用饭的四角方桌，桌上摆着几副公用碗筷，若是自行带了家当便可收到一边。三宝把马车上的行李搬下来，一件件安置在屋里，而后又跑去院子里的厨房生火做饭，今明两天的吃食都是哑叔提前准备好的，简单煮一点白粥，再热一两个糖饼，便能凑合一顿。

这次下车，付景轩没有推着方泽生，而是将他交给了一路随行的车夫，自己在院中闲晃。半晌，车夫推着方泽生从院外走了进来，礼貌地将轮椅递还给他，颠颠跑去厨房帮忙。

方泽生始终没有出声，微垂着眼角，手指湿润，像是刚洗了手。

付二爷笑吟吟道："都说了我来帮你，你偏偏不让。"

此时天色尚早，太阳还未彻底落下，付景轩来到屋里，翻出一早准备好的棋盘，放在纸窗前的木榻上，对方泽生说："要不要对上一局？"

方泽生被他揶揄了一路，此时终于有机会扳回面子，于是挑了挑眉，任他扶着上榻，倚靠在窗前，捏起了一枚棋子。

执黑先行，付景轩占了先机。

说到棋艺造诣，付景轩比方泽生稍稍差了一点儿火候，他小时候喜动不喜静，每每能安心坐下，都是由方泽生陪着，不然铁定坐不安稳，草草下几盘就要结束。他自认为早就摸清了方泽生的棋路，看似温温吞吞，实则处处留有后手，两人对弈常常不分伯仲，有时付景轩还能多赢一些，一目半目的，能让他欢快许久。

今次这局却一改往日路数，白子落盘便是杀招，击得黑子节节败退，不留一点情面。

终盘将近，再落一子便可定夺输赢，付景轩盘腿坐在棋桌前，两指夹着棋子斟酌许久，终于落在一处空位上。

方泽生嘴角微扬，刚要落子收盘，就见付景轩急忙抓住他的手腕，耍赖般地将方才落下的那枚棋子又捡了回去。

"这子不算，容我再想了一想。"

这一想，便想了小有一炷香的时辰。

三宝端来的饭菜早就凉了，见两人不吃，换了几块可以果腹的甜糕，点燃了一盏小灯。

方泽生趁着付景轩沉浸棋局，静静看他许久。

夜半虫鸣，付景轩还未将棋局解出来。

方泽生挑了挑灯芯："先睡吧，明日再解。"

付景轩问："可是死局？"

方泽生说："有一处可破。"

付景轩本想问他，少顷，摇了摇头，将棋子放在桌上，扶他来到床边，宽衣睡觉。

次日天明，付二爷穿着中衣再次跑到棋盘前苦思冥想。

三宝受了哑叔的委托，一边伺候方泽生穿衣洗漱，一边伸着脖子看

自家少爷，小声说：'大当家可真厉害，我还从未见少爷下棋时这般犯难。'

方泽生眉眼柔和，放下手中的漱口杯，谢过三宝，又来到饭桌前吃了点粥，带着两幅空白的画卷来到院子里。

院里能瞧见付二爷顶着一头乱蓬蓬的头发靠在窗前，时而展颜欢笑，时而又蹙眉摇头。方泽生展开一幅画轴，坐在石桌前，对照窗前的景色细细勾绘起来。

良久，画作完成，付景轩也终于破解了棋局，顺着窗户冲着方泽生大喊一声，方泽生心下一动，提笔在画卷中写了两句话：

秋萍翠水依山院，

落影窗前有所怀。

写完又急忙拿空白的画纸盖上，寥寥几笔勾出了兰草，假意描绘其中细节。

付景轩那厢匆匆下榻洗漱穿衣，胡乱吃了几口饭菜，搬着棋盘走出来，见他正在勾画兰草，环顾四处，将棋盘压在画纸上："这院子里有半根兰草吗？"

方泽生说："心里有。"

他偷偷掩了掩之前那幅画卷，捏起一枚棋子，将被破解的棋局又堵了回去。

原计划今日在山间走走，却没想这盘棋局一直下到傍晚才分出输赢，最终还是付景轩赢了半目，笑吟吟地伸了一个懒腰，推着方泽生来到了江边散步。

这条江流无名无姓，由南向北看不到尽头，江边竖着一盏渔灯，灯下有鱼篓、鱼线，还有几件蓑衣、几个软垫。付景轩吩咐三宝拿来两件披风，跟方泽生各自披上，一起席地而坐，静静地在江边钓鱼。

他不喜欢钓鱼。

无论钓鱼还是下棋,都不是付景轩儿时喜欢的事情。

他喜欢跑跑跳跳,每每来了山里,必定会漫山遍野地寻找新鲜玩意,一刻不能得闲。

而今却这样静坐了整整一天,哪儿都没有去成。

方泽生听他无聊地打了一个哈欠,垂了垂眼,光落在了自己的双腿上。

付景轩与他并肩坐着,问道:"你在想什么?"

方泽生迟疑半晌,拇指指腹摩挲着竹制的鱼竿,许久才说:"我不知道……这样放任地将你留在身边,到底对,还是不对。"

付景轩说:"你觉得不对?"

方泽生目光深远,点了点头。

"为什么?"

"总该有个健全的人陪着你。陪你摘石榴也好,陪你踏秋也好。"

付景轩笑道:"真的?"

方泽生皱了皱眉,似是很不情愿地说:"这样对你好。"

付景轩没接这句话的话茬,而是问:"你知道这世间最温善又最自私的,是哪句话?"

方泽生没出声。

付景轩看着他:"便是,为了你好。"

"能说出这句话的人,大部分都是自以为是的温善,却不知,这才是彻头彻尾的自私。

"何为真的为我?站在我的角度,站在我的立场,想我所想,才是真的为我。

"而不是从你的心眼里出发,你觉得如何,我便要如何。如此随了你的心性,又怎么能说是为了我好?这明明就是为了你好吧。"

方泽生与他对视:"那怎样才算是真的为你好?"

付二爷挑眉一笑:"自然是随着我的心意,为我着想。"

江面上的鱼漂猛地下沉,似乎有鱼上钩了。

方泽生没去看鱼,而是静静地看着付景轩。

|三|

碍于方家还有许多其他的事情要去处理,两人仅在山里住了两晚便拐了回去。

方家的家丁已经全部遣散完了,王秀禾吊死这事几天之内传遍了整个茶商会。有人拍手叫好,也有人漠不关心。方家的宗亲这些年早被王秀禾打压得没了脾气,听到这事还当白日做梦,待看清楚仆人送来的请柬上面印有方家总账房的印章,才急急忙忙套上衣衫往方宅跑去。

方宅门口停着几辆马车,各位叔伯婶娘围聚在外宅花厅等着方泽生过来。他们许久没有见过方泽生了,前些年还会为了方家的事情跟王秀禾对抗周旋,渐渐累了疲了,被王秀禾下的绊子多了,也就老实认命,交出了手里的铺子不再挣扎。有些甚至已经不做茶叶买卖了,想着方家就此衰败,再难回天。

方昌嵘是方泽生的大伯,如今六十有七,早已鬓发花白,前些年跟着子孙去了和县养老,听到这事连夜赶了回来,见到方泽生的那一刻,他凹陷的眼窝闪着泪光,扶着他的手颤颤地来到轮椅前:"是大伯没用,不能为你爹娘报仇,还让你受了诸多委屈。"

方泽生急忙托住了方昌嵘的手臂,示意哑叔扶他坐下。

方家这些年关了不少铺面,散户流失,已经没有多少生意可做了,官家那边又是冯太守做主,跟着王秀禾互惠互利,占了不少方家的便宜。

如今王秀禾死了一了百了,方家的生意却要从头做起。

方泽生今日并没有跟各位叔伯说太多,只是简单交代了几句如今的情况，便让他们回去了。

付景轩醒来的时候，方泽生刚好从外宅回来，两人一起坐在书房吃了一顿中饭，谈论着接下来的事情。

"库房的茶品基本都烧完了，'雕莲'也因为这几年的工艺问题口感下降没了买家，眼瞅着又到了冬天，想要重新开铺，也只能等到明年春天再做定夺。"付景轩搅着粥，往寡淡的白粥里面加了一勺糖，加得有点多，撇出一些放在方泽生的碗里。方泽生等着粥碗里面的细砂糖融化，喝了口，说道："要等第一批春芽下来才可重新制茶，今冬便去寻访一下曾经的工人，看看他们还愿不愿意回来方家帮忙。"

付景轩道："方伯伯仁义，你家很多茶工受过他的恩惠，若你亲自登门寻访，必定都会回来。"

方泽生点了点头，半晌，看着他说："你陪我一起吧。"

付景轩眨眨眼："为什么？"

方泽生嘴角动了动，低声道："你既然已经决定留下帮我……自然要陪我一起。"

付景轩故意装作为难的样子，笑道："我若是不想呢？"

方泽生对着竹灯沉吟许久，刚准备尝试着说几句软话，就见三宝迎头闯了进来，高声道："少爷，大当家！有客来了！姓胡，叫胡云杉！"

付景轩本想一脚踹上三宝的屁股把他轰出去，听到这个名字不禁跟方泽生对视一眼，推着他来到了内宅花厅。

花厅坐着一位蓝衣公子，正是品茗大会时王秀禾请来点茶的隐士，胡云杉。

付景轩与他见过，对他点了点头。

胡云杉拱手拜礼，礼数周全地见过方泽生。

方泽生颔首："胡少爷请坐。"

胡云杉坐在椅子上说："今日冒昧叨扰，还请大当家见谅。"

方泽生道:"无妨,不知胡少爷此次前来,有何贵干?"

胡云杉迟疑片刻,站了起来,来到花厅正中,跪在方泽生的面前:"今日前来,是想拜大当家为师,恳请大当家收胡某为徒,指点胡某点茶技法。"

方泽生微微皱眉,看了付景轩一眼,付景轩说:"你是胡家人,为何要来拜方家的师?"

胡云杉说:"我并未认回胡家。"

"为何?"付景轩说,"你当初费尽心机找到王氏,不就是想要在品茗大会上一举夺魁,回到胡家?"

胡云杉说:"那时确实想要认祖归宗。只是经此一役,才让我看清我那些自以为是的点茶技法根本登不上台面。"

付景轩抽出折扇敲了敲手心:"所以你来方家拜师,学成真章以后,再回胡家效力?"

胡云杉忙说:"并非如此,我如今已经无所谓能否回到胡家,只想好好钻研点茶技艺,完成我娘的遗愿。"

付景轩倒是知道他爹的遗愿,至于他娘的遗愿就不得而知了。

"你娘的遗愿是?"

"我娘本就没想我认回胡家,只想让我静心研茶,远离争端。先前是我不自量力,觉得我这份点茶的天分世间少有,必定要回到胡家显露一番身手,让他们后悔瞧不起我。如今却觉得胡家人没有错,确是我心浮气躁又自命清高,不配归入高门。"

方泽生静静听着,并没有要收他的意思,且不说他是不是胡家的人,即便在年岁上也不太合适,他是胡若松的弟弟,大家本就同辈,差不了一两岁的年纪。

胡云杉见方泽生无动于衷,急忙对付景轩说:"还请二爷给我一次机会,我此番前来确实诚心拜师,学成之后也愿永远留在方家为方家效劳,二爷若是不信我的人品,也该信胡若松的人品,他必定不会让我拿着方家的技法迈入胡家半步。"

胡若松的人品倒是可信,胡云杉这人虽然有些小聪明,却并非奸恶之徒,倒也不怕他拜师之后玩出什么多余的花样,加之方家现在正处于用人之际,方泽生那边应该会选择留他,但不会收他做徒弟。

| 四 |

"胡少爷请起。"

正如付景轩所料,方泽生开口道:"你我本就同辈,不可论师徒之礼。如若胡少爷不嫌弃,大可以留在方家习茶。指点不敢言,胡少爷若有何不懂,直接询问方某,方某自当知无不言,言无不尽。"

胡云杉又求了两次拜师,见方泽生态度坚决,也就不再多说,开心地应了下来。

晌午,两人午睡了一会,未时睁眼,一起来到书房整理哑叔搬来的三摞花名册。

这些花名册年代久远,记录着方家茶行建立初期所有为方家效劳过的工人名单,包括制茶的茶工、租种茶田的佃户、茶行走商的伙计,还有方宅的账房、管家、仆从等等一干人等。这些人大多都是祖祖辈辈地为方家效劳,尤其是租种茶田的佃户还有制茶的茶工,一代又一代,跟着方家生,跟着方家死。

王秀禾控制方家的这些年,这些人全被赶走了,方宅原有的奴仆还能换个大户人家继续糊口,跟随方家的这些佃户却被迫涨租,生活艰难。如今方家所有的田地都由冯太守的亲戚承包,找来的佃户也并非真的平头百姓,而是冯家亲戚的仆从。佃户尚且无地可种,老茶工操着一手方家的制茶本领更是无处可往,毕竟王秀禾那时还在,更有冯太守帮着撑腰，各家茶行管事也要避嫌，免得惹来不必要的祸端。

付景轩坐在书房的木榻上面翻着花名册，方泽生坐在他对面，两人共用一张小桌子，一人读一人写，像极了儿时读书时两个抵头学习的少年。

"陈文九，捣茶工，西市东街五条巷，地字十间。"

"王从周，蒸茶工，渡口渔村第三街向左数第五户。"

"吴娟婶，封茶工，城外三里平溪村，村口第一户。"

"马泷，这个住得有点远。"付景轩托腮，等着方泽生把上一户写完，才道，"要过临江渡，是住在对岸的制茶工。"

"嗯。"方泽生另起一竖行，写下马泷的名字，"马家小有三辈都在负责'雕莲'压饼的工序，从未出过差错，王氏当时就是从他手里要来的工艺技法。"

付景轩点了点头，又翻了两页，找出曾经负责焙茶和穿茶的工人："先去这六家看看，他们都是曾经的管事，若是能说动他们回来，其他人也就好办了。"

方泽生"嗯"了一声，放下手中的笔杆，刚一抬头，就见付景轩正笑吟吟地看着他。

方泽生眨了眨眼，目光落在他微微上扬的嘴角上。

付景轩想了想，说道："先前有个问题，你一直没有给我一个准确的答复。"

方泽生问："哪个问题？"

"我记得儿时，你曾经有过一个中意的人。"

付景轩随手翻书，陈旧的书页"哗啦啦"地响个不停，最终合在桌子上，好奇道："那个人，是谁啊？"

这场面似曾相识，几个月前，付景轩刚来方家的时候，也问过他。

方泽生不语，颈间的喉结微微滚动。

付景轩挑了挑眉:"不能告诉我吗?"

方泽生依旧不语,一双黑沉沉的眼睛更暗了几分。

付景轩想了一个别的办法,婉转道:"那我这样问你,那个人多大年岁了?"

方泽生沉默片刻,原本清如玉石的嗓子沙沙作响,像是被重新打磨了一样:"二十……有三。"

"可婚配否?"

"已然婚配。"

付二爷眼角弯弯:"长得如何?"

"身姿如画,杏目含情。"

"你何时中意那人的?"

"不清楚。"

"怎么会不清楚?"

方泽生垂了垂眼:"似乎在我知晓情事之时,那人便已经长在那儿了。"

付景轩悄声问:"那儿是哪里?"

方泽生又不出声了,安静许久,小声说:"心里。"

|五|

胡云杉收拾完行李,在方宅转了一圈,临近傍晚肚子饿了,按着哑叔先前跟他比画的,来到内宅想找些吃的。刚迈进内宅大门,瞧见周齐和三宝两人扒在书房门口往里面看,胡云杉一时好奇,走过去拍了拍三宝的肩膀:"你家少爷呢?"

三宝赶紧摆手摇头,示意他别出声。

胡云杉不明所以,站在三宝后面跟着往里看。方家的书房分了三个厅,墙壁打通,纱帘隔断,正对门口的这间是方泽生平时吃饭的地方,墙面上挂着一幅瑞草莲花的古画,古画下面是一张紫檀木的细长供桌,左手边那间不能开窗,三面环墙,木架通顶,一格一格的尽是藏书,胡云杉眼尖,瞧见了一本失传已久的手抄《茶录》,馋得两眼冒绿光,恨不能直接拿过来翻上两眼。不过那本《茶录》单独放在一个小箱子上面,似乎是件珍品,也不知能不能借来看。右手边则是有一张宽大的桌案,桌上放着笔墨纸砚,该是方泽生日常读书写字的地方。

胡云杉看了一圈,没看到主人家在哪儿,正想仔细问问,就见三宝带着周齐轻手轻脚地迈进了正门口,鬼鬼祟祟地躲在右边隔断的纱帘一角。

晚饭时。
胡云杉跟着方、付两人坐在主屋偏厅的餐桌上用餐。

他今日算客,日后若是在方家常住,琐事上面便会随意些,方家的老仆从还未寻回来,待客的饭菜便比较简单。胡云杉一脸歉意地坐在方泽生对面,本想道歉,又不知道该如何开口。他虽非自小长在高门,但非礼勿视非礼勿听这样浅显的道理还是习得一二,张了张嘴,还未出声,就听付景轩说:"来方家拜师这事,是你自己做的决定?"

胡云杉点了点头。

付景轩问:"胡若松知道吗?"

"知道,品茗大会之后我跟他一起回了胡家,来之前,也同他打了招呼。"

"他愿意让你过来?"

"没说愿意,也没拦着。"胡云杉似是对他哥哥有诸多不满,忘了道歉的话茬,皱着眉说,"他那人最是爱讲道理,明明没比我大几岁,却比我爹活着的时候还要唠叨。"

付景轩笑道:"他那人尽得你爹真传,无论是茶技还是谨慎的行事作风,都是青出于蓝。"

胡云杉说:"你倒是很了解他,品茗大会时我就瞧出你们关系很好。"

"还好,这些年走动得少了。"

"倒不在走动多少,儿时的情谊本就深刻,我在胡宅还看到了很多你曾经送给他的礼物,他全都留着,满满一大盒子。"

付景轩笑道:"他向来爱惜旁人送的东西,留存至今不足为奇。"

"这个确实,我爹送他的,那位陶少爷送他的,他都留着。"胡云杉跟付景轩聊了几句,本想和方泽生说话,却不知道方大当家从哪句话开始走神了,板着一张俊脸,一下一下地戳着盘子里的青菜。

饭菜撤席,方泽生回到书房忙了起来,除了先前制茶的茶工要找回来,方家现有的还在营生的铺面也要一一列出来。

付景轩跟着忙了一会,回屋洗了洗脸,打着哈欠折回来让方泽生休息。

方泽生面无表情地摇头,继续提笔写字。

他今晚一言未发,付景轩还当他为茶事发愁,陪他整理半天,发现也没什么难事,无非就是冯太守那边不太好办。不过如今朝堂对于地方官员监管甚严,方家又送了那么一大批的茶品入库采买司,待八月十七之后是封是赏不得而知,但冯太守为人精明,自然不会做出挥刀灭口的事情。加之他与王秀禾多年买卖来往的一摞账本还在方家,若不想闹得太过难看,怕也是要好商好量地过来保管。

付景轩拉过一把椅子坐在桌案对面,忽而道:"胡若松?"

方泽生手上一顿,皱着眉瞥他一眼。

付景轩咧嘴笑道:"还真是因为他?你到底为何对他不喜?"

方泽生放下笔杆道:"都是朋友,你送他许多礼物,却没送我多少。"

付景轩一愣:"我送他什么礼物了?"

"方才在饭桌上,二爷全忘了?"

"你说儿时的礼物?儿时互赠礼物不是很常见?"

"何止儿时,品茗大会结束,二爷不也送了他一把折扇?"

这事连付景轩自己都快忘了,回想许久才想起来:"那是一把旧扇子,刚好我要换新,他瞧着扇面好看,要拿回去临摹。"

方泽生道:"那拨浪鼓呢?"

"拨浪鼓?我何时送过他拨浪鼓?那不是小童的玩意?"

"正是二爷九岁半时,送给他的。"

"……"

付景轩在方泽生面前少有说不出话的时候,此时被噎得张不开嘴,不禁问道:"我还送过他什么东西?"

方泽生说:"铜制木鱼、山羊遮面、十字风车,还有聿茗山山脚下那棵银杏树上掉落的两片金叶子。"

付景轩眨了眨眼,听着他语调平淡地将这些没什么用处的小东西一一列出去,不禁大笑:"你怎么记得如此清楚?你这些年不喜胡若松就因为我送他的礼物多?"

方泽生坐在轮椅上一言不发。

"大当家眼中都是我送给旁人的礼物,怎么不看看我都送了你什么礼物?"付景轩笑够了,起身来到左手边的书架,拿来一本泛黄的手抄《茶录》,这本《茶录》小有万字,正是胡云杉眼馋的那本,封皮字迹略显稚嫩,写得却工工整整。

"这本书可是我十二岁那年,一个字一个字地为大当家抄下来送给大当家的礼物,大当家不会忘了吧?"

方泽生自然没忘,看到那本手抄,眉眼顿时柔和了许多。这手抄他保存得很好,除了书页泛黄,没有一点翻折的痕迹,原本放在一个单独的书箱里,这些天哑叔收拾旧物,又帮着摆放了出来,祛祛潮气。

付景轩没想到他保存得这么好,轻快道:"我送给胡若松的不过是一些随手可得的小物件,送给大当家的却费足了心血,孰轻孰重,大当家不会分辨不出吧?"

方泽生道:"自然分辨得出。"

付景轩弯着眼睛:"既然大当家如此明辨是非,为何还要生气?"

方泽生不吭声,说不过他,便不再理他,少顷,还是忍不住红着脸跟他理论:"你如今留在方家做事,你的东西也就是方家的东西,我生气也是有理。"

分别

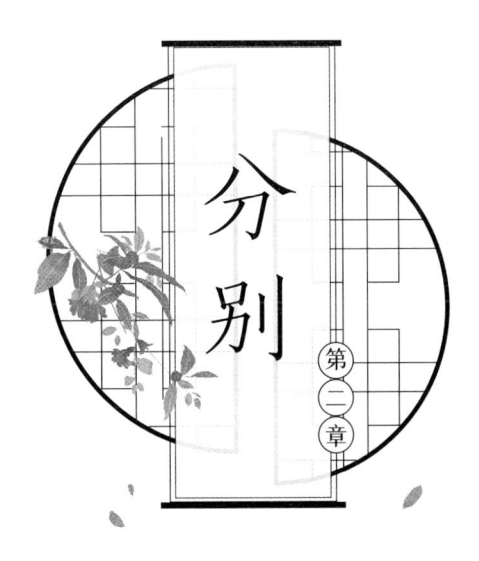

第二章

| 一 |

转眼入了深秋，树叶渐黄，一片片落了下来。

胡云杉就此住在了方家，除了跟着方泽生学茶，还会帮着付景轩处理一些杂事，跑跑腿找找人，倒是没有任何怨言。方家以前的仆从找回来了一些，有些还能做工，有些确实年迈了，做不动账房管家的事情，听到消息回来拜祭一番，红着眼圈跟哑叔念念从前的往事。制茶的工人方泽生只去亲自找了两家，其余那四家的管事早就听到风声，聚到一起，带着许多曾经受过方昌儒恩惠的工人共同奔赴过来。

马泷是这些管事里面年纪最小的，今年三十出头，正值壮年，这些年为了养家糊口做了船工，皮肤晒得黝黑，见到方泽生直接跪在院子里磕了三个响头："当年是我让我爹写下的压饼技法，递给了王秀禾，如今也没什么要辩解的，只希望大当家给我一次赎罪的机会，再让我回到方家制茶。"

他跪在地上背脊挺直，不曾为原先的错事辩解一句。可他即便不说，大家也能理解。

马泷上有父母下有妻儿，一介平头百姓面对威逼利诱，除了妥协，没有其他办法。时至今日，他那位在方家制茶制了四十年的父亲还因为这件事情不曾跟他说过一句话，说他忘恩负义，不念东家恩情。

老人家是重情重义，却不承想，他儿子若念了东家恩情，他们一家老小，又何去何从？

方泽生没出声，静静等他说完，问道："当年王氏想要给你一间铺面作为报酬，你为何没要？"

马泷说："那是东家的铺面，若是给也是东家给我，她一个姓王的凭甚做东家的主？我只是受了她的胁迫无力反抗，却并不屑与她为伍。"

"所以你宁愿放弃掌柜的位置，去做了船工？"

马泷忙说："即便做了船工，压饼的手艺也不曾落下。"

方泽生道："请起吧。"

"东家……"

"代我向你父亲问好。若他还能回来指点一二，也跟你一并回来吧。"

临近傍晚，院子里面的茶工渐渐散去。

付景轩坐在主屋门前的台阶上，看着几朵开败的桂花落入荷塘。

方泽生坐在轮椅上与他并排，怕他着凉，吩咐哑叔拿来一个蒲团，让他垫在身下。

付景轩接过垫着，嘴上嘀咕："又不是小童。"

方泽生说："只有小童怕凉？"

付景轩瞥了他一眼："小童体弱，我如今身强体健不怕这些。"

"身强体健也是肉体凡胎。"

"肉体凡胎也无须过于精细。"

方泽生不认同:"凡事还是要多注意些,你儿时没少受风寒,难受的事情全都忘了?"

两人你来我往地斗嘴,跟小时候一模一样,付景轩绝口不提方泽生那两条废腿,说话做事权当他是一个正常人,方泽生也不再因为腿的事情怀有太多顾虑,渐渐地,面对付景轩的时候,有了些年少时的风采。

只是他年少时就说不过付景轩,如今虽然长进了一点,却依旧说不过他。

"明天就是八月十五了。"付景轩说,"柳二娘他们估摸已经把茶品运到采买司了。"

方泽生:"嗯,你父亲去了吗?"

"应该没有,这些年大娘有意让柳二娘接替她的位置,很多事情都授意父亲让她自己去跑。"

"程夫人睿智,怕是早就看透柳二娘此人,觉得她可用。"

"但二娘身在局中,还当大娘处处防她。"付景轩嘴里说着家事,眼睛却一直盯着打扫院子的三宝,不知道琢磨什么。

次日,天微微亮。

三宝裹着一件灰布小衫,轻手轻脚地溜出方家大门,先去了一趟西市最有名的糕饼店排着长队买了一匣月饼,又跑到渡口的一家木材铺,跟掌柜交谈半天,递给掌柜一张图纸,付了一锭银子,忙完到了晌午,没回家,在街边吃了一碗馄饨汤,顺便给哑叔还有周齐带了两份生的馄饨,蹦蹦跶跶地往北街走去。

北街这家糕饼店的月饼不算有名,欢喜团却是一绝,三宝进门喊了声掌柜,没等掌柜出来,就见门口跑进来一个人。那人提着两壶果酒、一匣月饼,手上还有一张不知订了何物的盖章单据,大声道:"掌柜的!一包欢喜团,要多放糖!"

三宝眨着一双聚光的小眼，提着手中的月饼走过去："周齐？你怎么来了？"

周齐见他也是一惊，瞧见两人全都提着月饼拿着单据，站在同一家糕饼店里，惊道："是大当家让我来的，你呢？"

三宝说："是我家少爷让我来的，我都跑了一天了。"

周齐说："我也是！天还没亮就出来了，大当家说西市那家月饼要排很久，怕二爷吃不上，让我早点出来！"

三宝乐道："我家少爷也是这个意思！"

做团子的掌柜听到两人热火朝天地聊着别家生意，没好气地撩开门帘："一人一份欢喜团？"

周齐、三宝对视一眼，异口同声："嗯！"

掌柜又问："都是多放糖的？"

周齐、三宝再次异口同声："没错！"

|二|

两个小奴才在外面跑了一天。

付景轩也没闲着，拉着方泽生一起来到城郊附近的平溪村。

平溪村农户不多，只有十二三户。

村口有一个茶棚，茶棚底下坐着一个干瘦的老妪正在摆摊，摊子上有一些手工做的小玩意，卖给官道上来来往往的行人，一天能赚几个铜板。

村子前面有万亩茶田，田里种着一棵棵枝肥叶茂的茶树，正是方家外租的土地。

田路难行，付景轩把方泽生留在茶棚附近，独自迈上田埂，四处看了看。

冯家的亲戚对于茶树的照料果然不算上心，眼看到了霜害冻害的时节，竟没人准备棉絮稻草之类的东西为茶树防霜增温。眼前这几棵茶树的叶片长了黑褐色的斑点，再不及时救治势必会全部冻死。一两棵还不打紧，若是长此以往，使得茶树大规模染了冻病，待到明年开春，春芽的采量必定会大大减少。往年王氏遇到这样的情况都是安排佃户重新栽种茶苗，若赶不上头一批春芽的采摘，便随意糊弄，故而导致"雕莲"成饼的用料从头春茶变为明前茶、雨前茶，甚至还会用上秋茶。

并非秋茶不好。

而是制作工艺的不同，"雕莲"成饼的工艺不能最大限度上地提炼出秋茶的味道，正如剑不合鞘，马不对鞍，压出来茶饼味道不好，也是必然的。

方家想要重新卖茶，就要把"瑞草雕莲"的品级提上来，甚至要比方昌儒那时做得更好。

付景轩穿着一件点缀着枫叶红的玉白长袍，站在茶田里转了几圈，回到方泽生身边。

"但愿在入冬之前冯太守能主动登门，若是过了冬天再来，怕是明年的生意要不好做了。"

方泽生披着一件深色披风坐在轮椅上，道："他应该还在观望，要等天家的封赏下来才会登门。"

付景轩说："若天家这次不赏呢？"

"那他便姿态高些。"

"若是赏了呢？"

"他姿态便低些。"

方泽生说："父亲在时并没有跟冯太守正式打过交道，他过来任职不久，家里就出了事。这些年他一直跟王氏走动，如今王氏没了，他手上那一笔笔账目攥得烫手，等不了多久的。"

付景轩点了点头，刚要绕到方泽生的身后推着他往前走，就被他拽住了手腕，让他蹲下一些。

付景轩略有疑惑，随他的意思微微俯身，笑着问："做什么？"

方泽生不语，让他侧着头，取下他头上原有的银簪，帮他换上了一支手工雕镂的桃木簪。

付景轩没看清那支簪子长什么样，抬手摸了摸："这是什么？"

方泽生没看他，瞥了一眼村口摆摊的老妪："照顾那位老人的生意，随手买的。"

付景轩大约摸出那支簪子上雕了一只小巧的玉兔抱月，配上今天的日子戴在头上，倒也十分应景。此时天色还早，付景轩推着方泽生回到城里，又去了一家新开的花鸟市，一路上东拉西扯聊着闲篇，尽是拖延时间，直到月攀枝头才拐回方家。

方泽生心知他备了惊喜，没有拆穿，随他在外面瞎跑了一天，偷偷地在心中猜了无数可能。

可能会送他一块圆玉？

也可能会送他几支毛笔？

再不然会送他一套崭新的点茶器具？

总不能送他两箱市井话本，或是不太正经的艳图吧？

方泽生面无表情，心中却早已按捺不住想要看看付景轩拖延了这么久的时间，到底为他准备了怎样的惊喜。

即便是艳图他也认了，只是这份礼物若是跟那本手抄的《茶录》放在一起，却有些不太合适。看来还要再去准备一个箱子，收藏起来才好。

方泽生满心想着回到内宅看看礼物，付景轩却推着他越过大门，来到了外宅后面的花园。

这处花园是方昌儒亲自修建的，春夏时节尽是青石绿草，竹影花台，如今虽然荒了一些，却还能看到挺拔的树木高耸云间。方昌儒为人雅致，懂得情趣，除了在花园里种了许多花木之外，还用山石堆砌了一座高台，沿着只有一人宽的狭窄台阶走上去，便能登高捞月，手摘星辰。

付景轩儿时来到方家，最喜欢爬到这处，白天可以摊平在石板上晒太阳，到了晚上便可以跟方泽生并排坐在一起，看着楚州城内的灯火人家。

不过，自方泽生腿残之后，这处地方便上不去了，即便是有轮椅推着，或者有人背着，都很难通过狭窄的台阶上去，更何况沿途还有几处需要弯腰的地方，更是难上加难。

"今晚月圆，不如上去看看？"付景轩笑吟吟地看着高处，对方泽生说。

方泽生已然愣了许久，怎么都没有想到，付景轩竟然为他在这处高台下面搭建了一座稳当的云梯。梯子虽然很高，却并非直上直下，即便是年迈的哑叔推着轮椅走上去，也不会觉得特别费力。

观景台上已经摆好了两匣月饼、两壶甜酒，以及买重了的两份欢喜团。

付景轩把方泽生推上来，扶着他坐在桌子旁的蒲团上，而后坐在他的对面，看了一眼桌上的东西，便知道有一份是他准备的，随即帮他倒了一杯甜酒，笑道："揽杯天上月，赠予眼前人。"

方泽生接过酒杯浅抿了一口。

忽而，一道银色的流光平地而起，"砰"的一声在初更的夜色里绽开了万朵烟花。

付景轩一怔，举目满月星河，垂眼灯海人间，此时置身观景高台，又被四面八方燃放起的烟花围在中间，不由得看痴了许久。

"这是……"他扭头看向方泽生，见方泽生也为他倒了一杯甜酒，抬手接了过来。

方泽生等他喝完，转而望着夜空，在一声声巨响当中，沉沉地说了一句话。

他本以为这句话付景轩没听见,却没想付景轩始终歪头看他,随着他的嘴型,一字一句地把那句话念了出来。

"中秋圆夜。愿将此间风华,全数赠你。"

|三|

团圆过后,便近了霜寒时节。

哑叔带着周齐、三宝一同上街做了两件棉衣,又给方家所有回来做工的仆从一人订了一身。如今方宅各个角落焕然一新,陈旧的门楣上了新漆,蛛网生尘的祠堂也燃上了香火。

算算日子,番邦前来朝贡的使臣已经往回走了。柳二娘那厢从京城返回楚州约莫要十几天的行程,冯太守有同僚在京任职,消息估计要比方家来得早些,若不出意外,三五天之内,这位大人便会亲自登门,"商讨"关于账目的事情。

这日天寒,付景轩躲在被窝里不愿起来,早饭没吃,午饭也没吃,过了晌午翻来覆去地躺不住了,顶着一头乱发裹着被子坐起来,盯着坐在床前的方泽生。

方泽生正在拨算盘,厚厚的一摞账本放在哑叔帮他搬来的小桌子上,拨得算珠"哗哗"乱响,吵得付景轩根本无法入眠:"你到底想干什么?"

方泽生瞥他一眼:"吃饭。"

付景轩又裹着被子倒回床上:"不吃,太冷了。"他打小畏寒,到了冬天便抱着火炉连门都不想出,眼下还没冷到那般程度,方泽生便已经让哑叔在卧房的厅外生一小盆炭火烘着屋子,就是怕他赖床不起,三餐都没有次序。

只不过付景轩懒散惯了,生在付家又没人细致地管他是饥是饱,到了冬天便想睡多久便睡多久，时而饿得胃疼了才会爬起来找食，一个冬天能瘦好几斤。

今日也是如此，不过就是凉风降温，付二爷便抢先进入了冬眠的状态，三宝三番五次地进来喊他都没能把他叫起来，只得去求助方泽生，却没想方泽生平日里言语不敌付景轩，在这事上面，却很有些办法。

付景轩听着"啪啦啪啦"的算盘声在床上翻了一会，本想找些东西堵上耳朵，就见方泽生放下手中的账本，不知从哪变出了一串裹着脆糖的红果子递给他，顺带摆出一副"起不起床？若是起床，就把这东西送给你吃"的严肃表情。

付景轩忍不住笑了一声，不愿他威胁落空，忍着一股寒气掀开被子起身下床，先去洗漱一番，而后拿过他手中的红果子，去厨房找食。

厨房的饭菜一直温着，哑叔见他晃过来，赶忙帮他端上饭桌，又帮他倒了盏清茶。

付景轩随手拿来一个空盘将那串红果子压在桌上，还没吃上两口饭菜，就见周齐匆匆忙忙地跑来传话，说是冯太守来了。

这位冯太守来的时候正好，不早不晚，正是番邦使臣带着回礼离京的第五天。

外宅花厅。

冯太守一袭交领常服坐在旁边的椅子上喝茶，看到付景轩推着方泽生进门，急忙放下茶碗，笑容满面地迎了上来："大当家许久不见，身体可还安康？"

方泽生见他这般态度微微一怔，而后颔首："大人请上座，小民一切都好，劳烦大人挂心。"

冯太守点了点头，又贴心地关怀两句，回到偏椅上坐下。

此番不合礼数。

付景轩沉思片刻，推着方泽生来到冯太守旁边，随他一起坐在偏椅处。

冯太守今年四十有三，身材矮小偏瘦，一双鹰眼精明有神，两撇八字胡须又显得憨态可掬。

他今日过来确实为了方家租地的事情，迎头便是对自家亲戚劈头盖脸的一顿训斥，痛心疾首道："这些田地还请大当家早日收回去，本官那些宗家小辈各个不是种田管地的料子，别到时毁了大当家的茶田，再耽误了大当家的生意。"说完这话，便吩咐随行的下人拿来一个紫檀雕镂的上锁方盒，打开后交给了方泽生。

盒子里是一沓厚厚的田地租赁单据。

付景轩瞥了一眼，每一张单据上面的租金很低，年限却很长，很多都签了十年八年，有些甚至签了百八十年，也不知道这辈子能不能种完。冯太守登门之前他便与方泽生想好了对策。自古民不与官斗，无论方家的生意做到怎样的程度，面对官家都要矮上一头，本朝商贾还算有些地位，若是放在前朝，万万不敢与官家这般平起平坐。原本租给冯太守的这些田地方泽生是想让给他一半，无论他怎么处理，该割舍的势必要割舍一些，毕竟日后种茶走商还有许多要仰仗官家的地方，不能把关系处理得太过僵硬，不然谁的日子都不太好过。

但此次，冯太守不但主动归还所有租赁田地，还在与两人交谈的时候刻意矮了半头，即便方家手握他与王秀禾经商的账本，他也该是端着官威过来"商量"，而非真的这般客气，像是帮自己撸了官衔一样。

付景轩与方泽生对视一眼，心中同时想到——天家赏了。

不仅赏了，还很有可能给了其他的恩赐。

送走冯大人，两人拿着单据回到书房，讨论着这件事。

"天家不可能只赏了银子这么简单，若是只有银钱，冯太守今日的姿态便放得太低了些。他一个为官者怎可能在我等小民面前没了脸面？

不仅坐于花厅侧首,还主动将租赁的田地全部归还分文不取,哪有这种天降的好事?"

付景轩一边说着,一边找来一根细竹签逗弄着摆在桌案上两条燕子鱼。这两条鱼稍稍长大了些,正在平静的水盂里相携而游,竹签忽而落入水中,生生在两条小鱼中间插了一杠子,迫使它们分头而行,待水波平静之后,才又缓缓聚在一起。

方泽生静坐在一旁:"若是没猜错,该是与国事有关。"

"国事?"付景轩放下竹签,倚着桌案面对他,"国事何须我等小民操心?"

方泽生说:"若非如此,冯太守又怎会如此客气?必定是天家下了什么旨意,才会让他这般姿态。"

如此说来,倒是有理。

付景轩想了想,问道:"那会是什么旨意?"

方泽生沉思许久,忽而眉头深锁:"怕跟外邦使臣有关。"

| 四 |

转眼十天过去,柳二娘登门造访。

随她一同前来的还有胡若松、陶先知以及付家那位年纪轻轻的点茶士蒲凌。这些人全都眼熟,送完茶品返回方家拜会一番倒也不足为奇。

最奇的便是除了他们之外,还跟来了一位大人物,这人便是现任采买司司长——张瑞平,张大人。

张大人是宋坤大人的门生,言行举止都与宋大人略有相似,一身紫棠官服穿在身上,显然有公务在身。

方泽生与付景轩一早接到消息,一同来到大门口迎接,张大人手中果然拿了一份天家传下来的旨意，先是论功行赏，赐了黄金千两，而后提及正事，对照天家旨意宣道："茶事中澹闲洁，韵高致雅。以瑞草雕莲为首，浮云出山、松团鹤雨、甘泽花露，皆香茗远播，引番外者赞不绝口。故，北域王子力邀本朝茗士前往他国点茶切磋。今次，特封茶商会总事方泽生为香茗使臣，不日择选四位茗士奔赴北域，传扬烹点煎煮之妙。"

张大人宣完，看了看跪在地上的众人，又看了看坐在轮椅上垂首听旨的方泽生，笑着将天家的圣旨递给他："碍于方总事患有腿疾，天家便不派你亲自过去了，但须由你在四大家中择选出几位有能之士前往茗斗。天子口谕委婉，说是点茶切磋，却万不可真的过去切磋，势必要赢，还要赢得精彩，挫一挫那北域王子的嚣张气焰。"

方泽生垂首接旨，捧着龙纹绸面的圣谕合了合眼。

天家特封的香茗使臣以及茶商会总事。如此一来，便能解释冯太守为何那般客气，主动归还所有租地了。

只是这四位前往番邦茗斗的人不好选，其余三位倒是可以由各家家主推举。

那方家呢？

若他不去，还有谁能代他过去？

张大人在方宅小坐了一会便起身回京了，只留陶先知、胡若松等人一起来到内宅，齐齐坐在花厅商讨这事。

"我还说怎么一道普通的封赏能派张大人亲自过来，原来还有去北域这份苦差！"陶先知坐在椅子上翻着哑叔找来的地图，手指沿着楚州官道一路向上，翻山越岭，渡船行舟，挪了半天才挪到临潢府地。那处属于番外北国，行路最少三个月，若遇到冰雪严寒的极恶天气，便又得多出几个月，如此一来往返之间，最少一年的时间。

胡若松坐他旁边，听他嘴上抱怨，笑道："先知兄若觉得是份苦差，大可把陶家的名额让给我们胡家，我们胡家人不觉辛苦，愿为泱泱我朝，做些力所能及的事情。"

陶先知不干，急忙卷起地图，看向位于上首的方泽生。

"择选茗士的事情，大当家可有什么打算？"

方泽生自从接了这道旨意，便一言不发。柳二娘身为长辈，坐在他的旁边，瞅了瞅随行而来的蒲凌，长长地叹了口气。

国之大事，由不得她胡来，付家若是真的要派遣一人过去，便只有这位小小的点茶士能拿得出手，她本是想让付景业去，毕竟路上再是艰辛，回来后便镀了层金光能为祖宗长脸，若在点茶局赢得漂亮，不定天子又会给些什么封赏。只是付景业实在是个草包，去了门面挣不回来，别再丢了脑袋。

柳二娘这厢被自己的儿子气得够呛，瞅了一眼方泽生，随着陶先知的话茬说道："不如按照先前品茗大会的胜负局裁定如何？"

方泽生沉思不语。

品茗大会的胜负局只看各家的点茶手法，今年胜出的分别是付家的蒲凌、胡家的胡若松、陶家表叔亲传的一个小辈，还有王氏代方家找来的胡云杉。

胡若松身为家主显然不能离开胡家太久，这位蒲凌小辈与陶家的小辈年岁相仿，技艺上也差不了多少，若安排两个人一同过去，却有些不太妥当。方家更是没人，显然当朝天子并不知方家眼下的情况，只道方家乃四家之首，便封了方泽生茶商会总事，让他择选茗士。

这四人当中，蒲凌肯定要去，胡家若是没有人选便将胡云杉归还几日，毕竟国之大事不分你我，胡云杉在方家学了几日点茶技法，进步许多，倒是可以在北域之地显露一番身手。至于陶家，可以让陶先知亲自前往，虽说陶少爷茶技糟糕，不会品茶更不会煮茶，却有一颗难得的生意头脑，若是此次前往能为天家带去一桩买卖，想来到时本朝茶商的地位又能攀上去一些。

至于，方家的人选……

方泽生看了看付景轩，而后沉声道："诸位容我考虑一晚，具体如何安排，明日再谈。"

付景轩早就瞧出方泽生不太对，自那日冯太守走后，他似乎就已经预料到了这件事情的发生。将陶先知几人送到客房住下，付景轩来到书房，坐在方泽生的对面。

方泽生正心不在焉地划分着冯太守归还的田地，这些田地要先交由宗亲照料一冬，待明年过了春芽采摘的时节一并租给曾经的佃户。

付景轩叫了他两声，见他没有应声，索性搬了一把椅子坐在他的旁边，夺过他手中的笔杆："想什么这样出神？"

方泽生蹙紧的眉心还未展开，只是沉默地摇了摇头，似乎遇到了天大的难事。

付景轩笑道："此番你早就预料到了？"

方泽生说："相差无几。冯太守那天的反应，加之番邦使臣入京，确实让我猜到了一些。"

付景轩问："你认识那位北域王子？"

方泽生说："不算认识，倒在机缘巧合之下，知道他精通茶道，一直想与我朝茗士较量切磋。想来这次也是他主动跟天家提出来的，毕竟你我只是小小茶商，除了茶事上面能得天家青睐，别的事情上不会有太大的功勋。"

付景轩说："那在人选上面你如何打算？"

提及这事，方泽生又不出声了。

付景轩问："那位北域王子多大年岁？"

方泽生说："应该与你我同辈。"

"如此便不能搬出长辈们前往了。同辈之中，胡若松必定不能去，陶家的小辈和蒲凌的技艺相差不多，去一个就行，胡云杉近日技艺看涨，倒是可以代替他哥过去历练一番，陶先知也能跟着过去，不求其他，探探番邦人的口味，没准还能做成一笔大生意。"

两人的想法不谋而合，方泽生刚要开口，又听付景轩说道："再算我一个，如此，这四个人不就凑齐了？"

方泽生忙说："你怎能去？"

"我怎不能去？莫非番邦茗斗没有品茶局？"

"自然有。"

"若是有，除我之外，还有更好的人选？"

方泽生不情愿地拧着眉，与付景轩对视半晌。平辈之中，能在品茶局上赢过付景轩的当真找不出半个，即便是他，也仅仅与付景轩对个平手，甚至有时还会输上半盏。

"总之……你不能去。"

"为何？"

方泽生难得强硬："不能就是不能，哪儿有那么多理由。"

付景轩气笑了："你找不出其他人选，又不许我去，是准备直接认输，丢了天家脸面？"

"自然不是。"

"既然不是，总要给我一个合适的理由吧？"

方泽生忍了忍："北域天寒，一年之中有小九个月都在下雪，你那样怕冷，到时躲在被子里不吃不喝，谁去管你！"

付景轩忽而想到他这些日子常常眉头深锁，原来竟是在担心这种问题。

"我再考虑一晚，或许还有其他人选。"

"不用考虑了，除我之外，没有合适的人选。"付景轩起身说道，"我保证吃饱穿暖,不会让自己冻着饿着。"

五

次日。

临近晌午,四家管事再次坐在一起,将前往北域的四位人选定了下来。

付景轩到底还是被列入了其中,毕竟输赢关乎本朝颜面,必不可因为一己私心,强行换一个旁人过去。

道理都懂,但方泽生还是不太情愿,说完此事便一直皱着眉头,吓得陶先知大气都不敢往外出:"付、付老二,还没起来吗?"

几人坐在花厅商量了将近一个时辰,付景轩却始终没有露面,方泽生应了一声,正在帮他们择选出发的日子。随行队伍张大人已经安排好了,毕竟是天家委派的任务,万里迢迢,不能让几个人在路上遇到什么风险。

陶先知没承想方泽生竟然分给了他一个名额,压抑不住的喜色挂在脸上没处诉说,本想拉着付景轩说道说道,却左等右等见不着人。他跟胡若松说不到一起,更不愿跟柳二娘交流,若是让他在方泽生面前"嘻嘻哈哈"更是没有半点可能,此时实在憋不住话,只得看着方泽生。方泽生一边翻着日历,一边瞥他一眼,他本就因为付景轩执意要去北域的事情心情不悦,便没给陶先知什么好脸色。

陶先知讪讪地摸了摸鼻子,只得再转头去看胡若松,却没想到胡若松坐在这里也觉得气氛紧张,主动起身出了花厅,找到胡云杉跟他说起了赴北域的事情。

胡云杉没想到这么大的事情会落在自己的身上,又是紧张又是激动,难得老老实实地听他哥哥说了几句,竟在一句句肺腑之言当中悟出了长兄如父的道理，觉得他哥不再那样讨厌了。

入夜。

付景轩睁开眼睛。

方泽生正靠在床上翻书，见他醒来，问他饿不饿。

付景轩迷迷糊糊地摇头。他今日睡了一天，不知他们商量的结果如何，问道："出发的时候定了吗？"

方泽生说："后日辰时。"

虽然付景轩说了不饿，但方泽生还是端起一碗放在床头的白粥，让他垫了垫空荡荡的胃。

方泽生今日便暂缓了手上的许多事情，准备陪陪他。

付景轩说："等我回来的时候，茶铺这边都已经重新开起来了吧？"

方泽生说："嗯，之前许多铺面的掌柜都找回来了，等着明年开春一并经营。"

付景轩说："'雕莲'制饼的工艺要做出新的调整？"

方泽生说："这件事我与马泷谈过了，待你们走后，便进行一些新的尝试。"

付景轩遗憾道："那我岂不是尝不到第一口新茶了？"

方泽生说："放心，第一块压出来的茶饼，我会帮你留着。"

付景轩笑了两声，笑着笑着又笑不出来了："我当时因双儿的事来到方家，就是想来看看你。你若是冷着脸赶我走，我便死皮赖脸地不走。反正你如今打不过我，我就算赖在这里，你也拿我没辙。"

方泽生眉眼柔和："此后只有你想要离开的时候，没有我要赶你走的时候。"

付景轩挑了挑眉："那你可记好了，无论何时，都不能像儿时那般待我了。"

方泽生也觉得那时的做法过于冷漠，本想向他道歉，却被付景轩拦住："方泽生，你再对我笑一下如何？就像我儿时第一次见你，你站在山风里，一直对着我笑。"

方泽生迟疑半晌，而后弯了弯眼角。

这笑容与儿时相比还是有些差距，不如那时的天真纯粹，却久经沉淀，温和沉静。

付景轩像儿时一般顽皮道："你叫什么名字？"

"方泽生。"

"你为何对我笑？"

方泽生配合道："我想笑便笑，不想笑便不笑。"

付景轩说："方家大公子端方守己，整日板着一张俊脸可从未笑过。你今日这般实在反常，说吧，你想做什么？"

"我如果说了，你便答应吗？"

"当然。"

两日后。

天家的随行队伍来到方宅门口。

陶先知没办法返回陶家，只得派人快马加鞭地给陶老先生递了一封书信，汇报去向。胡云杉甚是紧张，上回他全凭方泽生的点茶技法赢了林家主，此次没人帮他，只得凭借自己的本事亲自上阵，主动让胡若松点了他几句，才算真的安心。蒲凌年纪虽小，但本就是付家人，跟付景轩相熟，倒也不怕被别人欺负了去。柳二娘这厢跟着忙里忙外，又是羡慕又是眼红，给四人一人做了一套新的衣裳，愿他们旗开得胜，马到功成。

辰时已到。

付景轩头戴一支玉兔木簪，身穿一件点翠长袍，一步一步地从方宅迈了出来。

他没让方泽生送,生怕话别的时候耽误,这趟远门就出不去了。

随行队伍的首领见他们几人到齐,吩咐下属撩开马车车帘。

今日晴好,艳阳高照。

待他们上了马车,首领也跟着翻身上马,高喊一声:"启程——!"

马车一路向北,"嗒嗒"迈向楚州城门。

付景轩坐在车上听着陶先知高谈阔论,随手挑开车帘,看着今晨楚州城的街道。如今天气越发寒冷,出摊的小贩却不减反增,馄饨摊冒着热气,糕饼店飘来淡淡甜香,前方有人提着药箱飞快奔走,越走越快,竟还撞翻了馄饨摊的一把长椅,引来摊主破口大骂。

付景轩定眼一瞧,那人竟然是先前给方泽生治腿的陈大夫,陈富!

自王秀禾死后,陈大夫也跟着销声匿迹了,听说是从哑叔那里知道了多年所做的错事,关了药铺的大门,自责地回了乡下。

此时怎么又返了回来?

马车和陈大夫擦身而过,付景轩顺着车帘垂眼,听到他魔怔一般地念念有词:"有救了!有救了!这下真的有救了!"

他乡

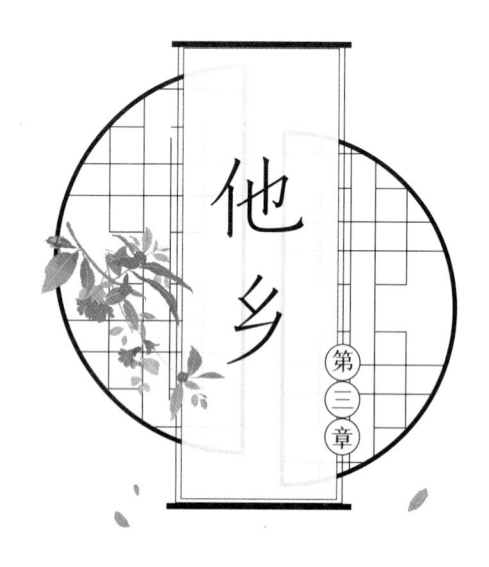

第三章

| 一 |

临潢府路远难行,赶上冬日落雪,江面结冰,一行人真真拖了半年才正式迈入番邦土地。

陶先知第一次来,兴冲冲地披着一件棉袍从停歇的马车上蹦下来,呼一口白气,暖了暖冰凉的手心。

番邦小国城池不大,周围不见高山,四处都是旷野,付景轩不愿下车,裹着一件毛茸茸的狐皮领披风歪在马车里往外看。外面枯草连天,可他心里想的却是种在方家院子里的那几盆翡翠兰花,还有临走时特意叮嘱了帮他照顾兰花的行动不便的那个人。

那人应该忙起来了,恰逢到了春芽采摘的时节,待过了这几日,曾经关闭的茶铺便要全部重新开张。

付景轩光想着那红红火火的场面就心猿意马,想要立刻转头往回走,回去的第一件事便是与那人小酌几杯,庆祝一番。

蒲凌坐在付二爷对面,见他嘴角上扬,端起一个温热的手把壶帮他倒了一杯热酒暖身,问道:"二爷在想什么这样开心?"

付景轩接过酒杯没喝,这酒是随行护卫们提来的,太烈了,他喝不了。

胡云杉双手揣在怀里,靠在马车一角代付景轩回答:"自然是我师父。"方泽生虽然说了不收他做弟子,他却不能没了礼数,在方家学茶的日子便与方泽生各叫各的,谁也不碍着谁。

蒲凌年岁还小,今年刚满十五,对于方泽生此人非常好奇。他本就是程夫人表弟的亲传弟子,时常在程夫人那屋坐着,听到程夫人与师父聊起茶事,也偶尔听他们提起方泽生。

他耳中的方泽生可不是如今这般坐在轮椅上的废人,据说年少时惊才绝世,满身风华。

蒲凌好奇,问付景轩:"我听程夫人说,有次大当家登门造访,差点将师父欺负得归隐山林,可真有此事吗?"

付景轩还没答,胡云杉便用力挖了挖耳朵:"欺负谁?"

蒲凌说:"我师父啊。"

胡云杉说:"你师父不是周晏予周先生吗?"

蒲凌点头:"正是周先生。"

胡云杉说:"周先生可谓是茶市圣者!怎会被小辈欺负了去?"

付景轩拿着白瓷酒杯晃了晃,略有些得意地勾起了嘴角。

蒲凌说的这件事情,发生在他与方泽生十四岁那年。

付二爷身在付家虽说不受付尚毅和柳二娘的待见,却也有一位温善可亲的大娘想着他,虽然大娘不如亲娘那般无微不至,却也从来没把他当作外人。柳二娘那厢为了三个亲儿子操碎了心,又是教他们学茶又是教他们做账,恨不能付景轩不学无术,抢不走付家的家产。所幸程夫人还想着教导他,偶尔让他跟着周先生学茶,不要落下付景业太多。

付景轩自小聪明,品茶的本事又好似天生,虽说性子没有长歪,却凡事都想要跟付尚毅对着干,加之脑袋灵光,内心多少有些少年人的骄傲,整日不愿学茶,只想到处疯跑。

程惜秋管不住他,于是便想了一个方法,拿方泽生来压他,时常云淡风轻地在他耳边夸赞方泽生如何如何,提点他若是今后还想同方少爷继续做朋友,那便要好好地追上他的脚步,不然日后两人站在一起,一个是卓尔不群的大家公子,一个是不学无术的市井流氓,瞧着多别扭。

付景轩原本听得心不在焉,却没想到最后那句话直击他的命门,生怕自己日后真的长成市井流氓。

只是付景轩的天分全都长在了舌头上,与周先生学习品茶对局无往不利,到了点茶局上却一败涂地,连一杯次等的黄白茶汤都点不出来。

周先生此人长着一张雌雄莫辨的俊脸,却十分小肚鸡肠,品茶局被付景轩一个少年人摆了两道,便要在点茶局上面全数找补回来,给他出了一道难题,让他独自在付家的竹园里练了两天两夜。

那日,方泽生前来找他,第一眼就瞧见他两眼青黑地坐在竹园里煮茶,还未开口说话,又瞧见他煮水烧炭的技法竟全是错的,问清缘由后,不禁怒气冲冲地拉着他一同前去程夫人的院子里找周先生算账。

周先生还不知祸事当头,正站在院子里祸害程夫人养的花花草草,忽而一道清亮的少年嗓音从身后响起,正是方泽生拉着付景轩,要与他宣战。

那番战局可谓精彩,付景轩第一次见方泽生在长辈面前锋芒毕露,盛气凌人,仿佛无论如何都要压周先生一头,让他尝尝他的厉害,让他再也不敢以大欺小,糊弄得付景轩两天两夜没有睡觉。

想到这里,付二爷的嘴角又上扬了许多。

那日赢了周先生,方泽生问他为何想要学习点茶,付景轩便如实交代,担心两人日后差距太大渐行渐远。本以为方泽生听了这话会暗自得意,却没想到他敛去一身锋芒,别别扭扭地将头扭到一边,小声嘀咕:"何必听程夫人危言耸听,即便你此生无用,我也愿供你吃喝。"

付景轩那时竟将重点全数放在了"此生无用"上面,气哼哼地撂下一句"必定成才"的狠话,转头跑去竹园继续练习煮茶。

虽然那之后方家便出了事情,但付景轩此时想起来两人儿时点滴还是会忍俊不禁。

蒲凌见他自顾自地笑得越发开心,又一次问道:"二爷在想什么?"

付景轩看了他一眼,笑眯眯地合上眼睛,悠哉地晃着手中并拢的玉骨折扇,说道:"想家。"

此时家中已是春色满园,万物更新。

哑叔换了一身薄衫,手里端着一盒还未煎烤过的嫩春芽,站在内宅的院子里。

这盒春芽是租地的管事刚刚送来的上品,一片片翠嫩欲滴,肥厚均匀,原本是要第一时间拿到书房让方泽生验看品质的,却没想到方泽生已经来到院子里,左边腋下夹着拐杖,右手由陈富搀扶,缓缓地站了起来。

他已经能站很久了。

半年前陈富提着药箱跑来方家,尝试了他特意去寻找的上百种方法,终于将方泽生的那两条废腿治出了知觉。

虽然如今还不能独立行走,却已经可以由旁人搀着迈出几步。

陈大夫前几日还激动不已,这两日又开始忧心忡忡,一边小心翼翼地扶着方泽生,一边说道:"已经走了一个时辰了,还是先回屋歇一歇吧?老夫知道大当家急于恢复腿疾,但您如今每走一步都像走在铺满了钢钉的石板上,可万万不能急于求成啊。"

方泽生额角冒汗,嘴角泛起一层由疼痛过度引起的白霜。他想每日多走一些,这样等到付景轩回来的时候,就能看到他站起来的样子。只是他坐在轮椅上多年,忽而站起来走路,确实有些吃不消。本想听陈富所言回屋休息，却不小心瞥到了一朵刚刚在花枝上绽开的迎春花，于是一步一步地走过去，拿起花圃旁边的剪刀，轻轻剪下一枝。

哑叔急忙上前，比画着问道："要不要将这枝花插起来？"

方泽生却摇了摇头，顺着今日偏北的微风，往远处看了看。

陈富知道他心中所想，随着他的心思说道："也不知道付二少爷何时才能回来。"

方泽生也不清楚具体时候，只是默默看着手里的迎春花枝。

折一枝春花，还要存几滴夏雨，待秋红满山，拾几片落叶，他便会踏着新雪回来了吧。

| 二 |

临潢府的城门内奔出几匹骏马，马背上坐着几个人。

为首那人身披紫袍貂袄，脚踩狼毛皮靴，瞧见城外一里处停着一队中原马车，挥鞭而去，冲着领队的首领高声喊道："徐大人！"

护送付景轩几人前来的护卫首领官职不小，乃是亲军司下属的一位副司长，听到喊声急忙翻身下马，来到那人面前拱了拱手："徐某见过萧三王子。"

这位萧三王子便是本次邀请中原茗士前来斗茶的北域王族，名字叫作萧衡，二十出头，长着一张粗犷硬朗的异族面孔。

他跟徐大人在京城见过几次，算是熟人，待徐大人拱手见礼，也跟着翻身下马，拍了拍他的肩膀，大笑道："一路辛苦，可算把你们盼来了。"

如今四海八方，中原为首。中原特使来访周边小国，无须对这里王族行跪拜之礼，虽不用跪拜，却也不能缺了礼数，付景轩几人听到车外的动静撩开车帘，依次下了马车，见过这位番邦王子。

宴席已然准备妥当，萧衡对着几位茗士点了点头，邀请他们迈入城中。

临潢府建都不足五年，城池街道多仿照中原皇都的模样建造而成，虽建筑相似，吃穿用度上面却与中原文化大不相同，花厅之内不置木椅，没有圆桌，地上放着蒲团矮几，需屈膝跪坐或盘坐用饭。

萧衡、徐大人坐在上首，付景轩与陶先知坐在侧桌，蒲凌和胡云杉则坐在他们对面。

吃饭期间，陶先知已经在蒲团上换了三五次的姿势，这样坐着腿麻，好似被他爷爷关在祠堂抄书那般难受。他原本还兴趣盎然地想要到处瞧瞧番邦的风土人情，一口烧刀般的烈酒灌入肠中，瞬间浇灭了他所有热情，含着眼泪嘀咕道："怎么比徐大人那酒还要烈上几分？这怎么喝啊？"

付景轩坐他旁边，看着满桌的牛羊荤食，也觉无从下口。他原本没什么口味上的喜好，同方泽生一起久了，便变得跟他的口味有些相似。

方泽生喜欢清淡一些的饭菜，素菜最好，即便有些荤食也不喜重油重辣重盐重糖，打小便是如此，如今也是一样。但有一点付景轩一直想不明白，按道理来说，方泽生属口味清淡的，却每次都爱买一些甜到发腻的糕点，时常吃得付景轩难以下咽，每每吃完一颗多糖的欢喜团子都需灌下两壶清水才得以保命，不然齁得难受，躺在床上整夜整夜地想找水喝。

陶先知那厢嘀咕个没完，付景轩瞥他一眼，拿起筷子夹了一块烤得干瘪的羊肉放在盘里，听三王子与徐大人说话，听着听着便微微皱起了眉，趁两人搁下酒杯停顿的话隙，问道："听三王子方才的意思，我们几人需得在贵国等上三个月，才能与您切磋？"

萧衡听他问话，点了点头。

陶先知听闻一惊，方才光顾着挪脚，没听清萧衡与徐大人的对话，此时急忙问道："为何要等三个月后？"

萧衡并未与他多说，只是轻描淡写地告知眼下正在处理一桩家事，这桩家事发生的时候他们已经抵达都城附近，实在不好再让他们折返回去，只得留他在都城小住几日，待他忙完这段日子，再准备茗斗事宜。

王族之中能有什么家事？无非就是政权上面的争夺。这事可大可小，时间也可长可短。萧衡虽只说了三个月，若真的发生什么大事，他们困在此地的时候可远不止三个月。

宴席结束，付景轩等人便与徐大人一同住在萧衡府上。

徐大人也是第一次来访番邦，没想到竟然遇到了这种事情，同样愁眉不展，与付景轩几人坐在安置好的卧房商讨具体事宜。

"这可如何是好？"陶先知急得转圈，他虽不懂政事，却也读过一些关于天家争端的史书，萧衡嘴上说只是家事，可他家的事情搞不好就会引发国乱。别到时茗斗没有举行，再赶上真的战乱把小命搭进去，就得不偿失了。

徐大人急忙安抚："此处若真的发生战乱，也不会威胁到我等安危，我等属番邦贵客，即便萧三王子真的在争斗中落了下风，其他王族也会将我们完好无损地送回去，陶先生无须为此事操心。"

这点倒是属实，四方小国与天家建交的条例当中第一条便是不得伤及天家子民，若有违犯，必定诛之。除此之外，极北严寒之地也还有许多地方需要仰仗天家帮忙，万万不敢因内务政权挑起两国纷争，若真有番邦异族胆敢伤害天家子民，挑衅天家威严，必定自寻死路，有灭族之灾。

胡云杉说："那如今就只能这样干等了吗？"

徐大人想了许久，叹了一口气。他们本就是奉命受邀而来，如今萧衡没有让他们回去的意思，若他们走后萧家的事情处理好了，那便还要再折返回来，如此一来二回时间全部耽搁在路上，实在不属明智之举。

"各位少安毋躁。"徐大人说，"明日我先往京中递封书信，有请采买司的张大人将此事禀知天子，具体如何行事，咱们再做定夺。"

春红柳绿，夏山如碧，转眼秋黄落水，又一遭霜雪冬年。

今日楚州城落了入冬后的第一场雪，薄薄的一层雪花铺在方家内宅的院子里，好似给雅致的宅院裹上了一层新装。

方泽生坐在书房的桌案前翻看今年方家重新入茶市后的所有账目，厚厚的一摞，相比王秀禾接手的那几年多出了许多倍。虽说还赶不上方家最鼎盛的时候，却也熬过了最黑暗的时期，只需好好沉淀几年，便能追赶上来。

书房除他之外，还坐着几位方家宗亲，方昌嵘带着子孙从和县回来了，一直帮着方泽生打理铺面的事情："方誉那边的货单都已经排满了，由于新制'雕莲'的品级回升，不少老主顾全都回来订茶，许多新户便没接，若是明年新芽的采量不够，再耽误了采买司那边的订量就不好了。"

方誉是方泽生的堂哥，原先也同付景业一样是个草包，经历了王秀禾的事情，再度回来经商，也学着沉下了心思，凡事动起了脑子。除他之外，方家的叔伯亲戚全都相互帮衬地团结起来，虽不知这份团结是不是暂时的，但最少眼下这几年，该是无须方泽生去操心的。

方昌嵘又说了几件杂事，看了一眼桌案旁放着的拐杖，又看了一眼方泽生此时坐着的屏背宽椅。

那把椅子没有轮子，带有轮子的那把已经被哑叔推到储物的库房里存放起来，许久没人动了。

自方泽生能站起来以后，便再也没有坐回到轮椅上，哪怕走起路来再疼，也不再依附那件东西。

此时，院子里面的雪又大了些，周齐举着一封书信，一路小跑地闯进书房，兴奋地说："大当家！张大人回信了！"

方泽生手上一顿，急忙放下账本，拆开周齐递来的信件。

方昌嵘大概能猜到那封信里的内容，跟着问道："可有消息了？"

方泽生逐字将信看完，放在桌上沉默良久。

"伯父。"

"如何了？"

方泽生说："明年先将手里的这些订单做完，重点放在春芽的择选上面。茶不在多，但务必要做到精益求精。您与父亲一同共事多年，知道他的要求所在，未来几月，还要劳烦您为家里多操劳一些。"

方昌嵘说："那你呢？"

方泽生看了看窗外的新雪："我要出一趟远门。"

|三|

付景轩离开楚州一年，并没有在该回来的时候回来。

即便番邦之地再远，来回耗时一年，已是满打满算。

盛暑之前方泽生还不算心急，入秋后便有些坐不住了，恰逢那时接待了一位顾客，顾客做丝绸买卖，常年游走于四方小国，有些番邦王族的朋友，闲话间，带来一个消息。

听闻北域王族出了内乱，萧三王子整日忙于内政，根本没有闲心雅致处理茗斗事宜。本朝派去的几位茗士被困异族他乡，虽依旧被萧三王子视为上宾，却不可离开都城半步，需等萧家家事处理妥当之后才可离开。

那具体何时才能处理妥当？这事谁又能说得准。

一年两年不算短，十年八年也不算长，听闻天子那边得知消息，多给了萧三王子半年时间。若他在这半年之中解决了家事最好，若解决不了，便要在半年之后将我朝茗士完好无损地送回国都，必不可无限期地等下去。并且此后几年不得再邀请茗士茗斗，毕竟两国相隔甚远，一来一回耗时太久，需等其他机会。

方泽生听闻此事立刻去了一趟京城，张大人那厢刚帮着徐大人处理完此事，正想要给方泽生去封书信通知他付景轩等人将会留在番邦半年，方泽生便拄着拐杖亲自登门，询问他是否真有此事。

张大人点头说是，将那段时间徐大人来信请他禀明天子，天子又下诏给了萧三王子半年期限的事情一一重述了一遍。

由此，原定耗时一年的时间，变成了一年半。

方泽生心中再是不愿，也没有其他办法，只得一边恳请张大人帮忙关注番邦动静，一边又请先前那位贩卖丝绸的客人三不五时地往方家递些消息，生怕萧氏王族内部矛盾激化引发战乱，伤到付景轩等人。

虽说天家威严不容侵犯，但若真的发生战乱，谁又能顾及谁的安危？

"放开他！"一声急促的低吼从官道上疾驰的马车里传了出来，周齐坐在马车前室，听到声音立刻扭头掀开车帘爬了进去，急忙问道："大当家没事吧？"

方泽生穿着一件墨染青松的淡灰长袍，靠在椅坐上呼吸沉重。他胸膛起伏得厉害，豆大的汗珠一颗一颗地从额头上滚落下来，原本就极为苍白的脸更白了几分。

周齐见他眼中尽是慌乱，便知道他又做了噩梦，急忙帮他倒了一杯温茶，递到他的手上。

方泽生缓了许久才渐渐找回神智，抬起微微颤抖的右手接过周齐递过来的杯子，问道："还有几日能到？"

周齐说："还有七八日便能到临潢府了，车大哥说咱们这一路十分顺畅，没遇到什么恶劣的天气，节省了许多时候。"

方泽生点了点头，缓缓喝了一口温茶，捂住狂跳不止的心脏，合上了眼睛。

他方才做了一个噩梦，梦到付景轩被凶神恶煞的异族人掳走，他瘸着两条腿怎么都追不上，只能眼睁睁看着，什么都做不了。

"大当家……"周齐看着他原本长了些肉的脸颊这些日子又凹陷了下去，也觉万分难受，抬手帮他盖了盖车上的毯子，钻出车外。

临潢府，一派祥和。

陶先知裹着一件毛领披风带着蒲凌来到城中的集市转了一圈。

集市还算热闹，萧家内乱的事情并没有对都城的百姓造成太大影响。陶先知前些日子还提不起精神，眼看距离天子特批返乡的日子越来越近，终于渐渐活了过来，按着先前方泽生给他指派的任务，瞧瞧这地方的风土人情，看看能不能在临走之前做一桩大买卖。

这里的集市少有新鲜的青菜，大多都是肉类鲜奶或是野兽的皮毛，没有瓷器玉器，更没有水粉胭脂，偶尔有人兜售丝绸香包这类中原物件，便会被瞬间哄抢一空，就连一些做衣裳裁剪下来的边角料也能高价卖出。

陶先知双手揣在衣衫的袖子里，同蒲凌一起站在一个小摊子前，这摊子上面堆放许多茶碎，陶先知抓起一把闻了闻，应该是中原某些小户家的茶叶，放在这里存放不当，已经开始变味了。

番邦小民喝不上好茶，天家回赠的茶碎、茶饼全属王族才能享用的珍品。眼前这位摊主虽然去过中原，却并没有尝出茶味的甘美，只道这玩意又苦又涩不合口味，卖也卖不出去，只得低价处理干净，再去做丝绸买卖。

陶先知出钱买了一包，又像模像样地问了摊主几个问题，带着蒲凌回到集市附近停着的马车上。

这辆马车是萧衡特地派给他们的，若他们想要外出游玩，可以随意差遣，只是众人被困异族他乡哪里还有游玩的心思。胡云杉和蒲凌倒还好些，两人都无父无母，并没有太过强烈的思乡之情。陶少爷就不同了，自小锦衣玉食有爹娘疼爱，即便出门走商也是跟着爷爷一起，从未离开家人这么久，常常想家想得睡不着觉，裹着被子开窗望月。

他原本以为，这几人中只有他最没出息，直到有一个晚上看到付景轩同样夜不能寐，才发觉竟然有人比他更加思念家乡。

"先去接我家二爷吗？"蒲凌坐在马车上说。

陶先知点头，吩咐车夫把两人送到城门口，拎着刚刚买来的那一包茶碎，穿过了城门的门洞。

城门外遍地荒草，看不到半点绿模样，城门左边的墙根底下有一块平坦的巨石，陶先知拎着茶碎抖了抖披风，盘腿坐在石头上，拆开茶包，递给旁边这人："能尝出是谁家的茶品吗？"

这人便是付景轩，同样裹着一件披风盘腿坐在石头上，单手托腮，手肘撑在膝盖上，看了一眼陶先知递来的茶碎，扔掉嘴里衔着的枯草叶子，捏起两根茶梗放在嘴里嚼了嚼："商州吴家的'红窑'高碎，不算次品，但属于陈年老茶，冲泡不得，需上火煮才能出味。"

陶先知不敢置信地嗅了嗅变味的茶品，怎么都闻不出这竟是商州吴家的高碎，于是也学着付景轩捏了两根茶梗扔进嘴里，还未下咽，就被一股陈腐的烂树叶子味刺激得干呕出来，不禁捶着胸问："你如何咽得下去？！"

付景轩微微一怔，此时才发觉入口的两根茶梗确实有些发霉，只淡淡应了一声，没说别的。

一阵微风吹来，吹乱了他额前的几缕头发，发丝在他的脸上飞舞，刚好滑过他鼻子下面冒出不久的青色胡茬，陶先知看着他这副不修边幅的模样，叹了口气，起身说："回吧？"

付景轩望着远方，问道："回哪儿？"陶先知说："萧衡府上。"

付景轩摇了摇头，把玩手中的半圆玉佩，说道："你回吧。"

"我在这里坐一会儿。"

这里距离楚州最近……

| 四 |

到了夜里，付景轩从城门口回到萧衡府上。

萧衡最近空闲许多，偶尔会出来露露面，看起来是家事已经处理得差不多了，春风得意，正要着手准备茗斗的事情。

胡云杉和蒲凌不敢轻敌，每日习茶很晚才睡，今日也是一样，付景轩从城外归来本想回屋休息，看到蒲凌那屋的灯还亮着，便走了进去。

除蒲凌之外，屋内还坐着陶先知和徐大人。这段日子大伙同住同吃，早已经混熟了，尤其是徐大人，没有任何官家架子，穿着一件圆领常服坐在陶先知旁边，同他一起盯着矮桌上摆着的十几种茶品。这些茶品都是萧衡府上找来的，萧衡此人确实爱茶，除四大家的茶饼之外，还收藏了许多别家的茶饼茶碎，无论有名没名，品级高低，全都要买回来放着。

付景轩打眼扫一下茶饼的纹路走向就能知道出自哪家哪户，坐在陶先知对面问道："做什么？"

陶先知说："想看看能有什么办法，让番邦人接受我朝茶品的味道。"

付景轩随手捏起两片茶针撬好的"雕莲"叶片闻了闻："想到了吗？"

陶先知愁眉苦脸："眼下还没有什么好法子，今日我探了探那个卖茶的口风，得知异族子民平日根本不喜喝茶，多是喝水或是喝些煮的鲜牛羊奶，那些东西膻得要命，搁在我朝根本无人享用，到了这厢却成了挨家挨户每日饮用的汤品。"

正说着，胡云杉便端着两碗鲜白色的乳汤走了进来，放在几人围坐的小桌上。

中原子民平日喜饮清水，善用清水煮茶，异族子民喜饮牛羊乳品，是否也可入乡随俗，用鲜白的乳品进行茶叶的冲点？

付景轩听着几人七嘴八舌讨论，抬手将手里的两片茶叶放进温热的乳汤，半晌，嫩绿色的叶片在乳汤里面缓缓展开，散出了某种奇异的清香。

接下来几日，陶先知拉着付景轩一同琢磨如何用乳品煮茶，有些能喝，有些却十分难喝，新鲜的乳汤本就膻味过重，放入苦涩的茶叶虽说能掩住一些膻味，对中原人来讲还是有些难以下咽。付景轩品了品刚刚煮好的一杯乳制茶汤，随手捏了点糖放进去，才觉味道好些。

"这样不行。"付景轩说。

陶先知正在往汤里面放盐，问道："怎么不行？"

"我们在这里品来品去，品出来的依旧是中原人的口味，还需找些异族子民试茶，是过甜是过咸或是味道刚好，都需他们定夺。"

陶先知想想也对，待萧衡今日露脸之时说明缘由，第二天一早，拉付景轩和徐大人一起来到前几日逛过的集市。

集市依旧热闹，陶先知将煮茶器具一一陈列出来，又依次往茶镬当中倒入鲜白色的乳品以及大量茶碎，用大火煮沸，煮至焦褐色停火，此时，混着浓郁乳香的茶味已四散开来，吸引了一众闻着香味而来的围观群众。

其中一位穿着野兽皮毛的异族大汉在茶镬周围转了许久，最终敌不过香气侵袭，伸出一只宽大铁掌让陶先知给他盛一碗茶汤。陶先知盯着那只大手吓得一哆嗦，半个字不敢多说，急忙取出一支小巧的兔毫盏帮他盛了一盏。

大汉接过小巧的茶盏品了品，没尝出滋味，学着中原官话问道："可有大碗否？"

陶先知本想说茶需细品，不可如牛饮水一般粗率，付景轩便已经找来一碗古瓷大碗，帮忙盛了满满一碗。

大汉满意地点了点头，接过大碗畅饮一番，直呼味道鲜美！实属上品佳品！

这时，一位身形瘦小的老者走了过来，问徐大人讨了碗茶汤品了品，疑惑道："我也曾经这般煮过茶汤，为何煮出来味道不如你们煮出来的鲜美？"

付景轩瞥了一眼不远处卖茶的那位"掌柜"，问道："您在哪里买的茶？"

老者说："就在这集上，我先前买了一些，煮出来的茶汤都有一股发霉的味道，毁我一锅鲜奶不说，汤品也无法下咽，可是我手法问题？"

付景轩与陶先知对视一眼。

陶少爷立刻说："并非您手法的问题，主要是您买来的茶品存放不当，受潮发霉才会引发怪味。"

生意场上也讲道义，陶少爷并没有把集市上卖茶的那位"掌柜"置于众矢之的的位置，而是帮他辩解几句，讲起了如何用好茶煮汤。

付景轩听了一会儿，等胡云杉、蒲凌过来帮忙，便退出了越来越拥挤的人群，往城门外走去。城门守卫全都认识他，知道他每日都要过来坐一会，一坐便是一两个时辰，风雪无阻。今日也是如此，赶上日落时分，付景轩又一次来到城门外的那块石头上，靠着城墙看着远方。

此时，夕阳缓缓落下。

夕阳下好像有一辆疾驰的马车向他奔来，马车前室坐着三个人，除车夫之外，另外两人不顾危险地从前室站起来对他张牙舞爪地挥手。其中一个好像周齐，另外一个恨不能从车上跳下来的身影又好像三宝。

付景轩微微勾起嘴角，自嘲地摇了摇头，看来，他已经想家想得神志不清了。那两人又怎么可能会出现在这里？

付景轩合上眼睛，想要将这个美梦做完，梦里多好，他不仅可以看到三宝、周齐，还能看到方泽生，看到他一本正经地看书或是面无表情地写字。

"少爷！"

"少爷——"

"二爷——我们来了——"

"我们来了！"

付景轩在黑暗中静静听着，忽而发觉这两道清脆的声音距离他越来越近，好似真的就在不远的地方传来，他迟疑半晌，猛地睁开眼睛，只见半里之外，果然停下了一辆马车。

那辆马车正在接受进入临潢府城门的例行检查，三宝拿着一本通关文书交给盘查的将领，正在一板一眼地回答相关问题。周齐也没闲着，利落地跳下马车，跑到马车后面取下一个绛红色的绸面马凳放在马车旁边，缓缓掀开了车帘。

付景轩嘴里叼着的那根枯草掉在地上，不敢置信地看着从马车上，走……下来的那个人。

那人真的是走下马车的，虽然拄着拐杖，却是实实在在双脚落在地上走下来的。

付景轩不知是否身在梦中，怔怔看着那人，眼圈蓦地红了起来，他本想再仔细看看，却被眼中横冲直撞的泪水糊住了视线，赶忙抬手胡乱擦掉，生怕错过那人一步一步迈向他的画面。

他走得不稳，却一步一步，坚定地走向他。

付景轩终于确信这不是一场梦，踉踉跄跄地跳下石头，踏着一路飞溅的草屑快步向他奔了过去。

落日余晖，霞光万里，一望无际的枯草地上停着几匹寻找水源的骏马，几只伺机而动的猎鹰，几只机警灵敏的野兔。

付景轩踏过一丛丛枯草，气喘吁吁地停住了脚步。

那人距离他还有几步，缓缓丢掉手中的拐杖，尽量挺直身体。

付景轩神情恍惚，不敢相信地问道："方泽生？"

方泽生一路提心吊胆，见他完好无损，终于长长地松了一口气，轻轻地"嗯"了一声。

付景轩看着他，似乎有许多话要问，一时之间又不知先问哪句，最终只问了一句："你怎么来了？"

方泽生沉默许久，低声说："来看你。"

圆满

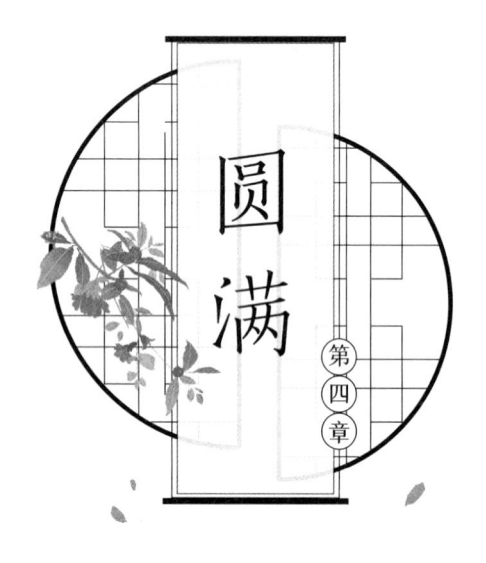

第四章

| 一 |

一个时辰后。

集市上的人群渐渐散去。

陶先知趴在空荡荡的茶镂边缘，看着异族子民分食干净的乳制茶汤，笑得合不拢嘴。

蒲凌和胡云杉正在忙着收拾点茶器具，这些器具在点茶局缺一不可，今日却没怎么派上用场。异族人粗野豪放，用不惯中原人的精致物件，碰到个别身形雄壮的大汉恨不能将小巧的茶盏一并吞入口中，吓得陶先知当街买来几个大碗，供前来品茶询问的人使用。

他们今次收获颇丰，此番收获并非单指赚了多少银子，相反，派发茶汤期间，不少异族子民想要高价购买陶先知手上的茶叶，陶先知非但不卖，还特意说中原许多茶品并非昂贵之物，属寻常百姓家里最常见的东西。

徐大人对他如此说法有些不解，他们本来就是过来做生意的，怎么生意登门自己压价不说，还要推拒别人的订单？

陶先知正拿着方才买来的纸笔，记录大部分异族人的口味还有喜好。

茶有百态，众口难调。有人喜甜，有人喜咸，有人喜欢用粗糙老叶煮出的深褐茶汤，有人则喜欢色淡一点，不愿让茶味遮住鲜奶原有的甘美。

徐大人等他写完，过来问道："为何不当街卖茶？"

陶少爷放下笔杆，一脸精明地说："番邦路途遥远，散户生意怎能做得？如此一户户卖茶，不如直接做单大的。"

徐大人说："何为大单？"

陶先知谨慎地看看四周，瞧见没有闲杂人等，趴在徐大人耳边说："自然是要去找那位萧三王子，我早就打听清楚了，三王子刚刚平息家中内乱，正在巩固地位必要拉拢民心，待茗斗结束咱们邀他出来一趟，让他瞧瞧自家子民如何热衷乳制茶品，而后给他一个拉拢民心的机会，让他亲自去采买司订茶，如此一来，众多散户不就变成了一个关系长久的大户？咱们也可少些事端，待他订茶以后如何买卖全凭他自己处置，咱们只需供茶便好。"

徐大人一介武夫哪懂这些化零为整的生意经，只知道若是萧衡那边从采买司订茶，订来的茶品就不一定是陶家的茶了，于是问道："若是这般，你该如此？"

陶先知说："订谁家的茶都是一样，只要此番能让咱们中原茶品在外族遍地开花，又何须在乎是谁家买卖？反正到了外族嘴里都是一个名字，他们可分不清哪个是陶家的，哪个是方家的，届时买了'浮云出山''瑞草雕莲'都敢掰碎了往乳汤里扔，想一想我的心都在滴血！"

徐大人没想到他一介商人竟有如此格局，不禁拱了拱手："是徐某眼界窄了，没想到陶先生有如此胸怀。"

陶先知赶忙拱手还礼，嘿嘿笑道："并非我胸怀宽广，其实在来之前，我也没有想到这一点，主要是方泽生找我谈了谈，让我多往这方面想一想，毕竟天家的买卖做大做好，我等供茶小民，哪有跟着吃亏的道理？"

徐大人与陶先知等人混熟之后，总能在他们嘴里听到方泽生这个名字，知道他身患腿疾，点茶的技艺高超，原本就想要见见，如今更有些迫不及待，只是回乡路途遥远，最快也要三个月以后才能见到，若是像来时那样碰到极恶劣的严寒天气恐怕还要更久一些。

徐大人将此事记在心里，心想回到楚州怎么也要跟方大当家聊上几句，却没想到刚和陶先知等人回到萧衡府上，就看到几人居住的院子里多一个面生的脸孔。

"师父！"

胡云杉刚迈进院子门口，就看到付景轩搀扶着方泽生往屋里走，急忙跑过去问道："你怎么来了？！"

方泽生唤了声胡少爷，说道："你们许久未归，便过来看看。"

陶先知也赶忙跑了过来，惊讶地问："你能站起来了？！"

方泽生淡淡点头，并未多说，又在几人当中看到了徐大人，拱手问礼。

徐大人赶忙还礼，抬手邀请他迈进花厅，闲聊起来。

方泽生此次前来确实是为了迎接付景轩等人，他先前接到张大人递来的书信，获知付景轩等人返乡的具体时间，便提前出发想要在路上接应他们，却没想到这一路来得异常顺利，竟在他们返乡之前进了临潢府都城，不仅迎上了他们，还能在这里留上几天，观看茗斗事宜。

花厅内。

几人盘坐在矮桌前说着此事。

蒲凌开口："萧衡那边给了消息，说是三天后列具茗斗，我原本还有些紧张，如今看到大当家过来，好似一瞬就找到了主心骨，不那么怕了。"

胡云杉点头:"刚巧我和蒲凌遇到了一个难题,左右不得其解,待会还请师父帮忙看看是哪一步出了问题。"

陶先知见两人如此谨慎,也跟着紧张起来:"听说萧衡曾经在我朝习茶多年,点茶技艺了得,若是此番咱们败了可如何是好?"

蒲凌本就害怕,听他这么一说,原本放松下来的心情又紧绷起来:"除了萧衡之外好像还有两位异族茗士,那日我偶然见了一次,甚是狂妄,还,还说我中原茶事不过尔尔,不值一提。"

陶先知皱眉:"真有此事?"

蒲凌弱弱点头,小声说:"那两个异族茗士身形高壮,比我高出两个头,眼神又凶又恶,真怕茗斗时对上他们,出什么差错。"

蒲凌的担忧不是白来,点茶最需静心,需算时算点,计算提壶精度,若其间稍有差池便要从头再来,放在中原茗斗还有一次重来的机会,此刻身处番邦也不知他们会不会改些规则。

胡云杉虽然比蒲凌强一些,却也有些担忧,闷声说:"萧衡的技艺确实不错,那日我独自点茶,他过来瞧了瞧,不仅指出了我一处错误,还告诉我正确的技法……"

陶先知大惊:"你两人遇到这种事情为什么不拿到桌面上商量?!"

胡云杉本就觉得丢脸,听到陶先知有意责怪,心中更觉不服,不禁大声道:"我两人找谁去说!二爷整日魂不附体,徐大人又是武夫,你一天到晚哼哼唧唧除了想家就是想家,即便问你,你也不懂,何必多费口舌!"

"你!"

陶先知也是个少爷脾气,一拍桌子站了起来,本想回他几句,还未开口,就见门外走进三个人,为首便是萧衡,还有两位高壮大汉,应该是蒲凌口中异族茗士。

这两人明显听到他们方才的争吵，眼中尽是轻蔑。

萧衡得知方泽生登门，特意过来看看，他年少时在中原学茶期间便久闻方泽生其名，一直想要找机会与他切磋切磋，如今一见甚有些失望，瞥了一眼矮桌旁的拐杖，坐他对面笑着说："方少爷远道而来，有失远迎。"

方泽生抬了抬眼，拱手道："见过萧三王子。"

萧衡免了他礼数，又看了看他身边的付景轩以及怒气冲冲的陶先知和胡云杉，不禁叹了口气。

陶先知见他这副样子更觉气愤，那眼神好似看他们都是一群无用草包，白白让他期待了这么久，还不如一早就让他们回去，也省得再浪费时间准备这场毫无意义的茶局！

陶少爷本想不管不顾地嘲他几句，垂眼一看身边的这几个人，不禁抚了抚鼻子，讪讪坐回了蒲团。倒也不怪萧衡看不起人，这满屋茗士的确有些不太像样，方泽生舟车劳顿一脸风霜，付景轩满脸胡茬尽显颓态，胡云杉与他争得脸红脖子粗，蒲凌那边紧紧握着双手不小心露出几块红痕，看样子不是冻伤便是烫伤，竟一直忍着没说根本不像还能上场比试的样儿。

陶先知心道完了，正想等萧衡离开以后跟付景轩等人商量对策，萧衡便也瞧见了蒲凌的手伤，贴心说道："我瞧着这位蒲先生该是提不了壶了，刚巧方少爷今日过来，不如比试的时候替他上场如何？"

方泽生微微一怔，扭头看了一眼付景轩。

付景轩也在看他，眉头深锁，似乎有些担忧。

萧衡本就对中原茶事很是上心，自然也知道方家前些年出了些事走向衰败，今日一见方泽生风尘仆仆、清瘦腿残、精神不佳，更是觉得此人已废，不足为惧，再加上付景轩一直对方泽生摇头，示意他赶快拒绝，更让萧衡觉得他只剩一具无用空壳，忙说："若方少爷没有异议，此事就这样定了，三日之后咱们便约在昭容台一决高下。"

说完他带着两位身形高壮的异族茗士匆匆出了房门，生怕方泽生反应过来开口拒绝。

陶先知待他走后眨了眨眼，从厚厚的披风里面抽出一把聚骨折扇晃了两下，不可思议地嘀咕："竟还有这等好事？"

|二|

蒲凌师承周先生，虽说年纪不大在中原茶市也属于新人，但点茶技法很好，不是一般人可以比较。

别看他与胡云杉面上差不了多少，实际习茶的底子却要比胡云杉深厚许多。胡云杉自小是跟胡老家主学茶，胡老家主技艺一般，若非胡云杉自己有些习茶天分，如今不定能和蒲凌站在一起。

想来这段时间萧衡已经分别试探了两个人的深浅，知道蒲凌更胜一筹，便借着方泽生登门的机会把蒲凌换掉，也免得比试当天出什么差错，当着众多子民的面丢了王族的脸。

夜里。

付景轩带着方泽生来到这半年居住的房间，房里生着暖炉不算太冷，桌椅布局也如中原屋舍一般没有太多异族风情。萧衡少年时在中原待过几年，本身就很喜欢中原这些风雅的物件，什么琉璃玉盏、翡翠花瓶，一件一件摆在屋子里，猛一进来，倒也不像身在异族他乡。

方泽生没去看别处，直接来到付景轩睡了小半年的床前，抬手摸了摸床板。果然，萧三王子虽已尽量附庸风雅，骨子里却还是一个习惯了天为被草为席的牧族儿郎，方泽生年少时与方昌儒一起来过临潢府，知道许多牧族子民不愿睡高床软枕，只愿在硬邦邦的床板上铺一张薄薄的野兽皮毛，以供冬日取暖。

冷虽是不冷，硬却是真硬。

方泽生叹了口气。付景轩见他脊背僵直，拍了一下他的肩膀，笑着说："累不累？快坐下歇歇，明天带你尝尝这里的烤肉，可香了。"付景轩下巴上一层青青胡茬，笑容却是一如既往的明媚，方泽生看着他，也不禁笑了，点了点头。

次日天明。

临潢府内的大街小巷纷纷贴出了一张关于三王子要与中原茗士列具茗斗的告示，特邀请闲暇子民两日后前往城南昭容台观战。

昭容台原属萧家的一处练武场地，随着前几年都城建成，练武场迁到城外，那处便成了城内武士摔跤比试的地方。如今三王子亲自登台与人茗斗，自然吸引了不少异族子民的目光，而后一传十，十传百，短短两天光景，已是满城皆知。

今晚，萧衡与两位异族茗士坐在都城内的一家酒楼喝茶。

这两位茗士同他一样，常年游走中原茶市到处学习点茶技法，其中一个中原名叫李荨，不仅点茶厉害，品茶方面也是一位高人，蒙着眼罩端起一杯清茶，光是闻一闻味道，便能说出此茶出自哪家哪户，是哪年哪月制的。

三人坐在此处正在为明日的比试做着准备。说是准备，倒也不像蒲凌、胡云杉那般枕戈待旦，不过就是围聚在一起商量一些茶局事宜。

萧衡此人虽出身异国王族，对于茶事却极为认真，茗斗的规矩没变，同品茗大会的次序一样，先是品茶，再是点茶。

他确实有些本领，但为了确保万无一失，不在众多子民面前丢脸，还是私心将蒲凌换了下去，只是将蒲凌换下之后非但没有放松，这两日还总辗转反侧，心里没底。

李荨听他又叹了口气，问道："三王子有何顾虑？"

萧衡也说不上来，转了转桌面上的白玉茶盏，问道："方泽生和付景轩,这几日做了什么?"

另一位茗士叫作王璞,接话道:"什么也没做,就是形影不离,早上喝点稀粥,晌午练练走路,晚上坐一起下棋。"

李耷似乎也知道这些事情,挺奇怪地问:"他们中原男子的交情为何都这样好?我听说,有些学子还会为同窗簪花梳头?"又扭头问王璞,"你可愿意给我梳头?"

王璞瞥他那一脸络腮胡子,神情复杂道:"我宁可去给一匹老马刷毛。"

李耷心粗,没听出这话里意思,还跟着点头:"我看也是。还有那付景轩,这几日为何像换了一个人?整日眉眼飞扬地挂着一张笑脸,我先前还觉得他不足为惧,如今又觉得他恐有些本领。"

"可游历中原多年,并没有听过付景轩这号人物啊?只知道他是卖花茶的那家的二公子,儿时去过几次品茶局,也总是垫底的那个。"

王璞说:"我也一直想不通为何会派他过来,那位姓胡的还有那位姓蒲的全是去年品茗大会的点茶高手,品茶局的魁首我记得清清楚楚,那可是方家的人。"

李耷说:"对,是方家的。"

萧蘅这两年接手了许多王族政事,实在没办法时时刻刻关注中原茶市上的事情,许多消息都是从李、王两人嘴里听来的,此时越听越觉得有些不太对劲,揉着眉心问道:"方家那人可有名字?"

李耷说:"当然有。"

萧蘅说:"叫什么?"

"叫……"李耷转着眼珠想了想,"好像是叫……"

王璞说:"付景轩。"

"对!就是付……付景轩?!"

李耷"啪"的一声拍桌而起,还未说话,又想起面前坐着萧蘅,赶忙俯首赔罪："三王子息怒！"

萧衡倒是没怒，只是没想到这两人竟然如此马虎，连方家那人姓甚名谁都记不清楚，无奈地挥手让他坐下，问道："那方泽生此人，这些年在中原茶市可有动静？"

李葺说："这倒没有听说，不过这几日瞧他的样子怎么都不像能提壶的料。而且那日三王子让他代替姓蒲的比试时，付景轩可是想拦着的，但这两日又好似把这事忘了，也没见两人怎么准备，莫是不怕输？"

王璞沉吟半晌，忧心道："不去做过多的准备，也还有另外一种可能。"

"什么可能？"

"胸有成竹。"

萧衡的眉毛拧成了一个川字，他那日可是盯着方泽生和付景轩的表情看了许久，两人不可能反应那样迅速，只在他一句话之间，就下了个套，将他装了进去吧？

转眼到茗斗当天。

付景轩一早醒来洗了洗脸，穿上昨晚准备好的衣服，来到窗前。

方泽生比他醒得早些，披着一件深色外氅站在窗前看着院子里的枯景，临潢府天寒地冻花木难活，仅有几棵苍翠松柏，立在奇石堆成山景当中摆动枝丫。

付景轩顶着一头乱蓬蓬的头发坐在窗棂下的一把木椅上面，方泽生随意找来一把桃木梳，来到椅子后面为他束发。

"年少时你我同买的那块玉佩呢？"付景轩拿着方泽生送给他的玉兔木簪转了几转，突然想起了那个物件，反身骑坐在椅子上问道。

方泽生眨了眨眼，像是一时间没想起来："哪块玉佩？"

付景轩取下腰间的挂饰，在他眼前晃了晃："这一块的另一半。"

方泽生迟疑半晌，原本直视他的眼睛闪了闪："放在家里了。"

家里？

付景轩不信，看着他遮遮掩掩地咳嗽一两声，狐疑地眯起眼睛。

辰时三刻。

昭容台响起了茗斗的角声。

无数异族子民围聚于此，静静等着前来比试的茗士登台。

萧衡请来了几位常年在临潢府走商的中原商人，又找来几位爱饮茶的异族子民，安排他们坐在一起为这场茶局作评。倒也不怕这些人喝不懂好茶，茶汤的好坏以及汤色的品级《茶录》古集当中都有记载，只需他们对照古集帮忙观出汤色好坏便能分出输赢。

方泽生对于这个决定没有任何异议，毕竟身在临潢府请不来宋大人那般人物，萧衡还能找来几位中原商人作评，已算极为公证的举动。

胡云杉今日还需上台，他要先和王璞比试。若是赢了王璞便和萧衡比试，若是输给王璞便由方泽生登台。蒲凌一直站在他旁边转来转去，比自己提壶还要紧张，两人早就在这一年的相处当中成了非常要好的朋友，互相关心彼此帮扶，技艺上面也共同成长不少。

胡云杉见他担心，安抚道："无妨，就算输了也还有我师父在。"

蒲凌说："不会输不会输，虽然萧衡深浅尚未知晓，但王璞肯定是不如你的。"

胡云杉点头，暗暗攥起拳头，他如今沉淀不少，更是发现天外有天人外有人，一个异族王子尚且对中原茶事如此上心，他身在万千芳茗之中，又怎能借着一点天分便飘忽不定？回去还当认真习茶，万万不可再被一个外族人比了下去。

三声号角之后，萧衡带着李耷、王璞姗姗来迟，这三人看起来皆没睡好，一个个顶着硕大的黑眼圈，也不知夜里做了什么。

番邦之地没有年岁小的茶童，只有一位身披狼毛披风的威武大汉举着一块红字木牌,站在人群当中高喊一声:"今日茗斗正式开始!"

"第一试,品茶局!"

所谓品茶便是观汤、识色、尝鲜、断味,用不同水质冲点茶叶,最后断出此茶出自哪家。这局比试跟中原品茗大会的规矩相同,但李耷为了炫耀技艺,便增加了一些难度,最后两局要求蒙眼,由前来围观的异族子民挑选五种茶品混合一起,届时谁品出来的种类多,便算谁赢。

他原先不知道付景轩就是去年品茗大会上的品茶魁首,心觉肯定能赢,如今知道了,多少有些没谱,不过昨天他与王璞、三王子通宵抱了抱佛脚,今日之试怎么也不会差到哪儿去。加之中原人胆子都小,像那个蒲凌,每次看他一眼都要吓得手脚打战,这付景轩没比蒲凌高出多少,若也能被他眼神吓退,那便再好不过!

四四方方的高台之上摆着两张束腰长桌,桌上摆着三杯冲点好的茶汤,李耷与付景轩同时登台,相互拜了拜礼。

李耷那厢瞪着铜铃一般的眼睛,恶狠狠地说:"若是不想输得太难看,还是尽早下去,你们中原茶道早已经被我学了个遍,再也挖不出什么新鲜东西了。"

付景轩挑了挑眉,笑吟吟道:"还未开局,又怎就能断定,一定是我输得难看?"

李耷没想到他竟是这种反应,一巴掌拍在长桌上面表情更凶恶了一些,他这番挤眉弄眼故意作狠的模样颇有些付景业的样子,付景轩一时玩心大起,从头到脚打量他的着装,与他正式对局。

第一局两人不分上下,李耷本事不小,甚至每一盏茶的名字都能先付景轩一步说出来,这若是放在品茗大会他兴许已经赢了,可他偏偏加了蒙眼这项,平白给了付景轩机会。付景轩始终不紧不慢,即便遮住了眼睛,嘴角也是微微上扬,先前王氏就拿这种办法试过他的深浅,如今李耷又出此招,哪能难得倒他?茶味入口,便已知混了哪家的茶,好似茶局还未开始，便已经接近了尾声，付二爷摘下眼罩时李耷那边还在啜味细品。此局定了时限，在此时限之间不可随意喊停，付景轩不等了，拿过纸笔写下五家茶品的名字，下台前特意来李耷身边转了一圈，才抽出别在后腰的聚骨折扇优哉游哉地回到方泽生身边。

方泽生无奈地看了他一眼，如小时候见他捣蛋那般摇了摇头。

李耷在黑暗之中并不知道发生了什么事情，他还有一味茶没有品出来，这茶的回甘不算特别，光是类似的味道就有十七八种，一时斟酌难定，只得又啜了一口，还未尝出味道，就听台下有人窃窃私语，随即声音越来越大，最终变成哄堂大笑。

李耷皱了皱眉，刚要放下茶盏摘下眼罩，就感下盘冰凉，一阵寒风正吹动大腿腿毛。

难道是……裤子掉了？！

李耷急忙扯下眼罩低头，果然看到腿上的裤子正在往下滑，已然滑到了小腿根上。

"别笑了！都别笑了！"李耷那厢扔了茶盏提起裤子就要往台下跑，付景轩随着众人的笑声在台子底下提醒："李兄还没有写下茶品的名字，可算是弃权了？"

李耷闻声急得跺脚，一边揪着裤子一边返回茶桌匆匆写下了那五种茶品的名字，而后红着一张大脸，冲着付景轩骂了几句跑下台去。

牧族子民不穿长衫，多是穿些方便劳作的半臂短打，虽说近年来都城内的富贵人家也开始效仿中原子民改穿长袍，却还是有许多人觉得麻烦，只穿短袄长裤。

李耷今日便穿了这身，短袄遮不住屁股，生生被人看了个精光！

台上笑声不绝，直到第二试点茶局开始，才渐渐安静下来。此局没有什么悬念，王璞不敌胡云杉，胡云杉最终还是没有胜过萧衡。方泽生早就料到如此，一步步登上高台，站在萧衡对面，与他拜了拜礼，说道：

"方才是我家人顽皮,还请三王子多多见谅。"

萧衡显然看到李耷的裤子是付景轩使坏弄掉的,并没有放在心上:"无妨,确是李耷挖苦在先,有辱中原茶道,付少爷出手教训,也情有可原。"

方泽生道谢,对他做了一个请的手势。

萧衡点了点头:"其实比起李耷出丑,我倒是更想瞧瞧方少爷的技艺到底如何,早些年就听闻方家少爷的提壶技巧巧妙无比,不知道眼下,还能否有幸一见?"

方泽生说:"恐怕会让三王子失望,方某这些年鲜少提壶,若跟以前相比,退步许多。"

萧衡见他不像谦虚,忐忑了几天的心终于落回了原处,笑着说:"只是比试终归还是比试,还请方少爷全力以赴,万不可有半点松懈。"

方泽生淡淡点头:"那方某,便恭敬不如从命了。"

|三|

有些人嘴上说着水平有所退步,却还是比普通人高出一大截。

相比年少时期,方泽生的提壶技巧确实退步了一些,只是他所谓的退步,不过是冲点之时茶汤表层少了点浮沫,不影响汤色,不影响口感。

昭容台上,萧衡已然停下了手中的动作,他自诩精通茶技,见多识广,这么多年游走中原,见过许许多多点茶高手,也仅有一两个让他心中钦佩。可此时此刻,他总算明白中原人口中的"目光短浅"是为何意。

方泽生手持喙嘴银壶,轻提手腕,瞬间清流直下,宛如天上来水。

萧衡立于台上却仿佛置身山中,山中一时风雨飘摇,一时云开雾散,口鼻似乎也在这一刻被清雅的茗香环绕,肺脾豁然,心怀畅快,再一睁眼,一幅盛大的连绵山景便惊现眼前。

萧衡呆呆地看着方泽生留下的，那盏根本无须翻看《茶录》以肉眼就可以评定出来的鲜白茶汤，输得心服口服。

茗斗结束以后，便到了返乡的日子。

若不是陶先知还要和萧衡谈谈生意，几人恨不得当天下午便离开临潢府都城，快马加鞭地往回赶，若是一路顺利，兴许还能赶上夏日的尾巴，吃上最后一茬甜瓜。

三宝早就把他家少爷的行李收拾好了，同方泽生的一起放在花厅的矮桌上。徐大人那厢也换上了一身官服，伏在桌案上面急笔书写喜报，准备安排信使先走一步，将这个消息传给天家。蒲凌虽然没有登台，却比自己登台还要高兴几分，同胡云杉一起收拾好行李，正在抬手比画着方泽生使用的提壶技法。

申时过半，陶先知春风满面地跑了回来，显然生意谈得不错，瞧了瞧坐在花厅的一众人，兴冲冲地问："方泽生和付老二呢？"

三宝摇头："没瞧见，晌午用过饭后，两人就一起不见了。"

此时，临潢府城门外的那块石头上，坐着两个人。

一人披了一件毛茸茸的披风，看着远处的夕阳。

"你说李莩这个人会不会记仇？"付景轩习惯性地咬着一根枯草，懒懒地坐在方泽生身边，以前他没觉得这处的景色好看，眼下却觉得一望无际的荒野与晚霞天空接壤，竟也美如画卷。

方泽生说："习茶之人心思纯净，想来不会记仇，若真的对你不满，该是像今日在台上那样，对你破口大骂。"

付景轩"哈哈"笑出声来："我本不想对他如何，只是他那故做凶神恶煞的样子实在太像付景业了，刚巧他又常常将我朝茶事不过尔尔放在嘴上，便趁机逗了逗他。"

方泽生眉眼柔和："倒是许久没见付大少爷了。"

"他还是老样子。刚好你的腿快好了,待完全康复便随我回江陵府瞧瞧我大娘如何?"

"好,确实要好好拜见一下程夫人。"

两人有一搭没一搭地聊着,从程夫人聊到了柳二娘,又从柳二娘聊到了小时候,聊他们如何一同调皮捣蛋,聊他们如何发现了柳二娘嫁入付家之前做过歌女的营生。这事算柳二娘的一个心病,也正是因为这事,她才一直想要把付景轩轰走,免得被家里人知道她这不体面的过往。

"不过,我已经答应她不会把这件事说出去了。"

"你从前就没想说吧,不然也不会隐瞒至今。"

"嗯,我始终不觉得做过歌女有什么问题,不过是她自己始终耿耿于怀。"付景轩抬手摸了摸挂在腰上的玉佩,转了转黑亮的眼珠,问道,"你还记得咱们是如何发现柳二娘做过歌女的吗?"

方泽生自然记得,那年付尚毅带着家眷受邀来楚做客,柳二娘出门闲逛,碰到一个曾经一起营生的姐妹,闲聊的时候,刚好被他们二人听到了。

付景轩笑道:"那你还记得,咱们绕开柳二娘之后,又去做了什么?"

"去正阳大街,碰到了一个卖玉石的老伯,从他手中买了一块玉佩……"方泽生还未说完,突然发现付景轩似乎一直把话题往这上面引。

"那你的玉佩呢?"

方泽生又是一怔,不自然地抚了抚鼻子:"放在家里了。"

付景轩还是不信,笑吟吟地盯着方泽生。

他这几日发现了一个非常奇怪的问题。

这问题出在方泽生的中衣上。

原本好好的一件绸面白衣却多出了一个口袋,这口袋若缝制得平平整整倒也无话可说,可偏偏缝得七扭八歪,针脚也杂乱不堪。

显然能做出这种手工活的不会是裁缝铺的掌柜。付景轩前两日还在猜想，不是哑叔便是周齐，多半是哑叔帮着缝制的，毕竟哑叔年轻时也同方昌儒天南海北地走过商，知道方泽生此行路途遥远，又没有官家护卫跟随，若是遇到拦路山匪抢夺财物，也好贴身留一些盘缠傍身。

虽说如今天下太平，找不出几个敢在官道上抢劫的土匪，但老人家的顾虑多些，也合情合理。

直至今早之前，付景轩都是这样想。

眼下，却又觉得那针尖粗糙的口袋或许不是用来装钱的。

果然，付景轩发现他在那口袋里摸出一块雕有白头翁鸟的半圆玉佩："不是说放在家里了？"

方泽生盯着那块玉佩躲避付景轩的目光。

亲自提针拿线又缝得歪歪扭扭的事情过于丢人，方泽生不愿多说，只得闷闷地把头扭到一边，不言不语。

城门口停着两辆马车，以及一行随行护卫。

陶先知坐在马车前室，本想等坐在石头上的那两人主动发现他们，却没想那两人说个没完，只得大声吼道："二位磨蹭够了没有，这里风沙好吃吗？回家再说如何？回家有的是时间！"

两人闻声扭头，而后相对一笑，共同登上马车。

正文完

独家番外

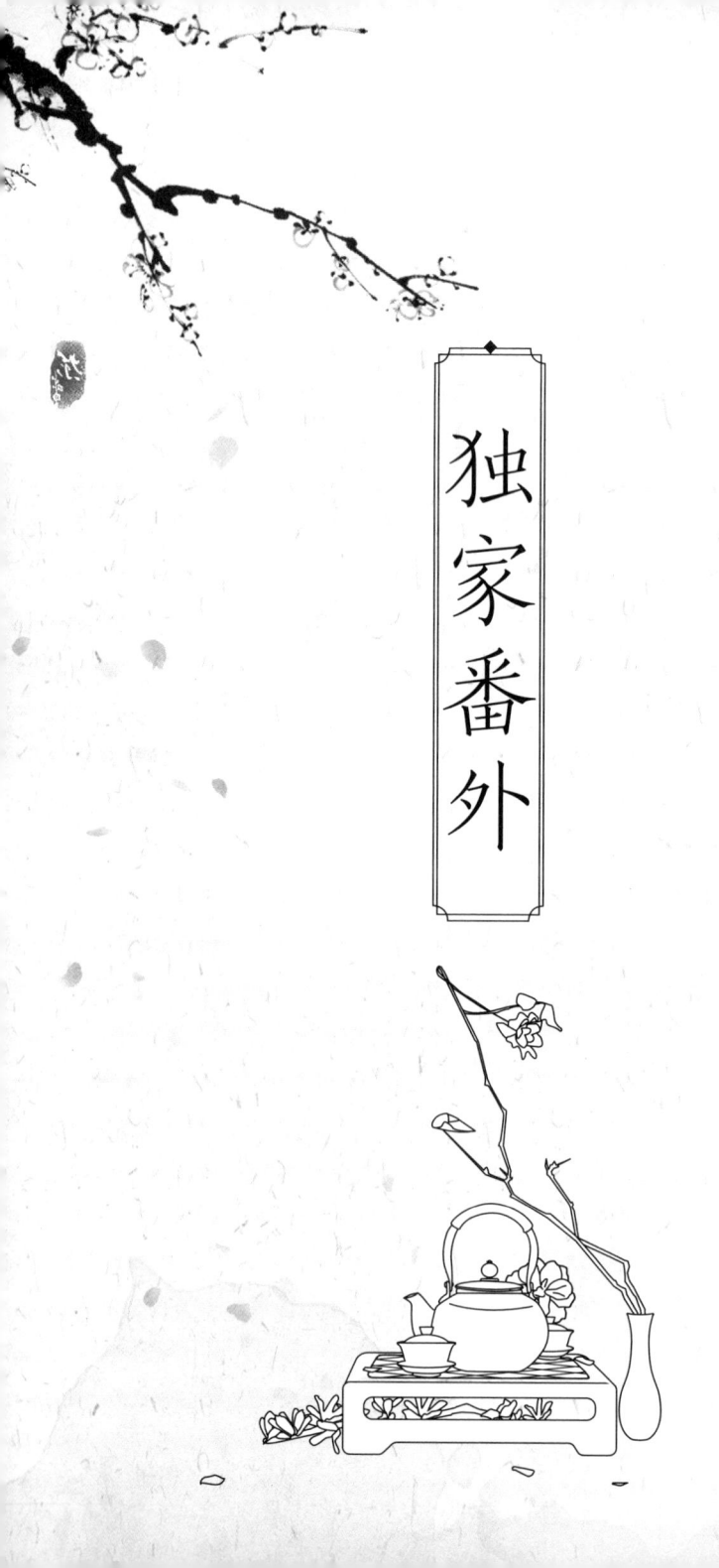

五香糕

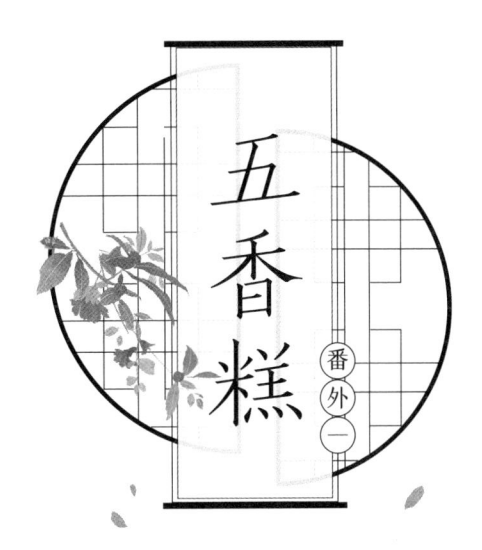

番外一

　　回程一路平顺，离开北域寒苦之地，入了中原，正赶上盛夏时节。

　　哑叔一早得了消息，站在方宅门口，瞧见远处缓缓驶来几辆马车，急忙上前迎了几步。

　　三宝与周齐已经迫不及待地从马车前室站起来，待车夫将车停稳，帮着两位主子撩开车帘，等两人陆续下车，也跟着利落地从车上跳下来。

　　哑叔多日以来担惊受怕，见方泽生与付景轩安然无恙，悬置已久的心终于落回了原来的位置。

　　虽然两人确无大碍，但付景轩属实瘦了不少，哑叔对方泽生比画几下，便急急转身，一路小跑地去了厨房。

　　付景轩退去一身狐裘大袄，穿上了一套浅青长袍，站在方宅门口，用力地呼吸了几口中原土地的芬芳。

　　陶先知、蒲凌、胡云杉坐在后面那辆马车，此刻也纷纷下来，走到方泽生的面前。

陶家的马车早就过来等了，方泽生说："陶少爷不在楚州多住几天？"

陶先知说："不了不了，这次离家太久，我爹我娘怕是要想我想得发癫。"又看向付景轩，"待我忙完这段时日，再过来找你喝酒。"

付景轩点了点头，倒也没有留他。

蒲凌也要回去，胡云杉听了一路蒲凌师父周先生的传奇，也想跟着过去瞅瞅，顺便向周先生讨教几招。方泽生知道他心向更多高超的点茶技法，便也允了，交代了几句，让他一路小心。

送别几人之后，两人才迈进方宅大门。

付景轩走时正值冬季，院内种下的许多新苗尚未长成，光秃秃一片，看着属实荒凉。此时过了一年有余，秃枝枯丫均已抽条染色，院内花木簇簇，绿柳成荫，完完全全换了一副新鲜模样。

内宅的荷塘再次换了新水，藏在荷叶下的锦鲤翻滚欢腾，长满墨绿叶子的桂树随着风吹沙沙作响，挂在树杈上的两只金丝雀鸟见主人远途归来，挥着翅膀"啾啾"鸣个不停。

付景轩站在院子中间，看到书房门口放着两盆开得茂盛的兰花，笑吟吟走过去，俯身闻闻花香，又顺着书房的窗户往里面瞧了瞧——

这一瞧不打紧，刚好瞧见了方泽生桌上的那一摞尚未装裱的画纸，画纸很厚，从侧面看起来有百页不止。

付景轩想也未想，径直走了过去。

书房的布置倒是和以前一样，想来哑叔每天都会过来打扫，并没有让书桌上的东西蒙尘。

付二爷来到桌前，随手拿起那摞画纸最上面的一张，纸上所画并非什么稀奇东西，不过是一只灰毛野兔竖着耳朵，呆呆地站在内宅的院子里。院内似乎落了雪，一串圆乎乎的兔子脚印由院门口至院中间连成了一条线。

付景轩将这幅画放下，又拿起了第二张。第二张画的依旧是内宅院子，只是画中没有野兔，兔子原来站的地方零落着几片嫩绿的菜叶，兔子脚印也由一条线变成了两条线。

付景轩看了一眼画作右下角的落款，落款没署姓名，只有一串苍劲小字写着某年某月的某个时辰。如此算来，作画之时刚好入了深冬，山上的野兔怕是找不到吃食，误打误撞进了内宅，由宅子的主人喂了几片菜叶，吃饱喝足。

付景轩轻轻笑了笑，放下第二张画，又拿起下面的几张。

下面这几张均是放在门口的兰花，兰花清丽，由花开至花落，每一时的变化都被作画之人万般详细地记录了下来。除了野兔、兰花，画中还有池中腾空而起的锦鲤、雨后悄然绽放的荷花。

付景轩一张一张看着，好像离开岁余，又好像没有离开，这院子里大大小小的事物并没有因为他的离开跟他脱了关系，而是越发让他记忆深刻，一幅幅印在了他的心里。

他看完最后一张，想要抬头寻找方泽生的身影，却发现始终跟在他身后的方泽生并没有走进书房，而是略有些别扭地站在书房门口，脸庞微红地望着他。

哑叔从厨房端来几道简易的点心想让两人垫垫肚子，但方泽生如一块石板似的挡在他的前面，属实没有给他进门的机会。

哑叔无奈，只得扯着粗哑的嗓子发出些许动静，方泽生往后瞥了一眼，犹豫半晌还是撩起衣袍下摆，迈进了久别的书房。

他本不想在这种情况下跟付景轩挨得太近，生怕他问出什么自己答不上来的问题。可他又不想躲得太远，以免错过了跟付景轩同桌吃饭的机会。

左思右想拿捏不定，最终还是缓缓走到餐桌旁边坐下。

付景轩知道他心中所想，偏就想逗一逗他，于是放下手中画作，来到餐桌旁边笑吟吟地看着方大当家刻意垂下去的眼睛。

"那些画都是你的画?"

果然。

方泽生淡淡瞥他一眼,抬手将哑叔端来的欢喜团挪到他的面前。

付景轩也不客气,捏起一颗甜到齁嗓子的胖团子塞进嘴里,笑吟吟地继续问:"为什么要画这些东西?"

方泽生皱了皱眉,见团子没有堵住他的嘴,又将一份撒满了糖霜的雪花酥推到他的面前。

付景轩便又捏起一块雪花酥放到嘴里:"你不说,那我可就瞎猜了?"

方泽生了解他的为人,知道凡事让他猜测起来多是没边没影,还不如自己主动承认来得实在一些:"你为方家远赴万里,耽误了四时美景,我帮你记录下来,本是应该。"

付二爷又拿起了一个甜腻腻的欢喜团子塞进嘴里。

也不知道是太久没吃甜的东西,还是哑叔命令做团子的掌柜买光了隔壁村卖糖大娘的糖——付景轩吃完几块点心,便一直渴得到处找水。

方泽生少见他这副模样,按理说他爱吃甜食,越甜越是喜欢,即便不去饮水也能撑得住那股甜腻味道。今次只吃了几块便受不住了?眉宇间竟还藏着几分无奈?

方泽生帮他倒了两杯清茶,见他还要喝,便又倒了一杯。

付二爷如牛饮水般地灌了两口,终是发出了多年以来第一次的疑问:"你为什么这么喜欢吃甜的?"

"嗯?"方泽生眨了眨眼,手上拿着茶壶,"不是你爱吃甜的吗?"

付景轩一怔,端着茶碗说道:"儿时你极力向我推荐欢喜团子,不是因为你喜欢吃?"

方泽生说:"我向你推荐,只是因为这团子在楚州十分有名,并非因为我喜欢……"

两人一时相对无语,彼此看了半晌,竟同时笑了出来。

哑书准备的饭菜还没上桌,付二爷就被灌了个水饱,虽然很想留在书房好好美餐一顿,但喝饱之后困意上头,打了两个哈欠,拖着疲惫的身躯回了主屋。

方泽生本也想去休息,但起身之时方昌嵘就拿着厚厚的一摞账本找了过来,只得忙起了正事。

方泽生虽离开楚州一段时间,却早已经将这几个月的事情安排妥当,方昌嵘按照他的吩咐将事情处理得井井有条,倒也不至于在他回来之后无从入手。

方家如今各项产业都陆陆续续上了正轨,茶楼茶铺均恢复了往常的热闹,原先被冯大人亲戚占领的茶田也都归还到方家自己的佃户手里。加之这次以方家为首出使北域茗斗的事情已传得沸沸扬扬,方大当家以技艺碾压北国三皇子的事情,也早在半个月前就以各种形式出现在街头巷尾的说书人嘴里。

方家借着这次东风再次回到大家的视线,新雕出来几百块"瑞草雕莲"还未摆进茶铺就被一些从前的老主顾哄抢一空。

方昌嵘将这几个月发生的事情一件件与方泽生讲了一遍,说到动情之时哽咽不止,方泽生心中也觉高兴,只是面上不表,安慰了方昌嵘几句,便把目光放在了外面的餐桌上。

桌上是哑叔准备好的饭菜,付景轩没来得及吃,此时已经凉透了。

两个时辰后,方昌嵘抱着账本走了。

方泽生将他送到书房门口,看了一眼偏西的日头,又看了一眼主屋,想了想,走进了厨房。

厨房里只有哑叔正在烧水,他虽然恢复了管事身份,却因多年不摸算盘,觉得算账有些生疏。方泽生本想在外宅给他找一间宽大的起居室让他享福，他却觉得还是照顾方泽生最为得心应手，好一通比画才勉强留下。

方泽生也不想让他为难，便让他想做什么就做什么，不要太过劳累就好。

这会儿刚好赶上内宅掌勺的大厨休息，哑叔想自己烧点热水，等方泽生忙完让他清洗一番。此时见方泽生缓步走了进来，忙起身问："少爷饿了？"

方泽生摇了摇头，看了看厨房里面的各种食材，又回想从北域返回的路上，付景轩趴在车里絮絮叨叨想念中原食物的可怜样子，沉思片刻。

哑叔虽然备了丰富的餐点，却少了几道付景轩特别想吃的。

其中有一道名为五香糕，方泽生在腿没受伤的时候，亲自下厨做过两次。

只是他那时坚信相比五香糕付景轩更喜欢欢喜团子，毕竟他每次专门买来，付景轩都会笑吟吟地吃掉好几个，却忽略了付景轩似乎从未主动向他提起那胖团子，加之他本也不是嘴馋之人，除了开口向他要过甜酒，也仅有这五香糕向他提过两次。

方泽生懊悔自己愚钝，怎么就没有尽早发现付景轩心中所喜，还让付景轩误以为自己喜欢吃甜，长久以来一直在迁就自己的口味。于是向哑叔要来一块襻布系在腰间，亲自准备做糕点的食材。

五香糕处处都有，偏偏楚州城的味道与众不同。

许是这里种茶的佃户居多，常有的五香味道里面又多出了一抹淡淡的茶香，所放茶叶不同，五香糕蒸出来的味道也不尽相同。

付景轩第一次吃是在楚州街头，后来回到江陵府左右找不到一样的味道，便去了封信让方泽生帮他带一份过来。谁想信使刚走，方泽生就随着方昌儒登门造访，使得付景轩期望落空，只得捧着在江陵府买来的五香糕唉声叹气。

方泽生不忍瞧他那副模样，拽着他去卖糕点的掌柜家里高价讨了一份配方，跟他一起研究做法。

碰巧那段时间方昌儒要在江陵府多待几日，方泽生除了每日跟他拜访客商，还要蹲在付家厨房研究糕点的做法。付景轩喜吃不喜做，虽然也会掌勺颠锅，但却没有耐心研究那美食的具体做法，品尝了几次失败产物，便拽着方泽生去别的地方玩了。

方泽生一直将这件事记在了心里，回到楚州的第一件事就是把街上卖得最好的几家的五香糕都买了回来，一家一家地尝，终于让他尝出了一点门道。

后来再次前往江陵府，他便将自己亲自做的五香糕带给了付景轩，只是他第一次做成，外形上面多少有些难看，小摊上卖的都是四四方方，他却做得圆圆扁扁。怕付景轩不喜，还另外带了许多加糖的欢喜团子。

他记得那时付景轩兴高采烈的模样，却不知道他到底是为了欢喜团子，还是为了那丑到家的五香糕。

夜色降临。

付景轩躺在主屋柔软的床上睡了整整三个时辰。

若非腹中饥饿难忍，催着他与周公散局，想来他还能再拉着周公闲聊一会。

主屋掌了灯。

付景轩睁开眼睛恍惚半晌，起身看看时辰，来到屋外寻找方泽生的身影。

方泽生并未休息，可书房里却空无一人。

付景轩打着哈欠从书房退了出来，本想问问站在厨房门口的哑叔，方泽生去哪儿了，一扭头，便瞧见方大当家正端端正正地坐在院内的桂花树下。

树下的棋桌上摆着几份餐食，一壶甜酒，两个杯子。

估摸方泽生一直都在等他醒来，等着他一起饮酒吃饭。

付景轩坐在棋桌对面，还未开口说话，就瞧见桌子最中间放着的一盘五香糕。

他随手拿起一块闻了闻，眼睛瞬间亮了起来："你做的？"

方泽生正在为他倒酒，随着酒水落入杯中，淡淡地应了一声。

付景轩二话不说，直接将那刚做好不久还带着些许热气的点心塞进嘴里。

方泽生怕他被烫到，忙说让他慢点。谁知付景轩不仅没有慢点，反而又拿起了一块放进嘴里。

五香糕外焦里糯，混着淡淡茶香，入口香韵绵长。

方泽生端着酒杯怔怔看着付景轩那副眉开眼笑的模样，似乎瞬间懂了，当年他那般高兴，兴许不是为了他带过去的欢喜团子，而是为了那毫不起眼被他做成椭圆形的五香糕。

七夕(番外二)

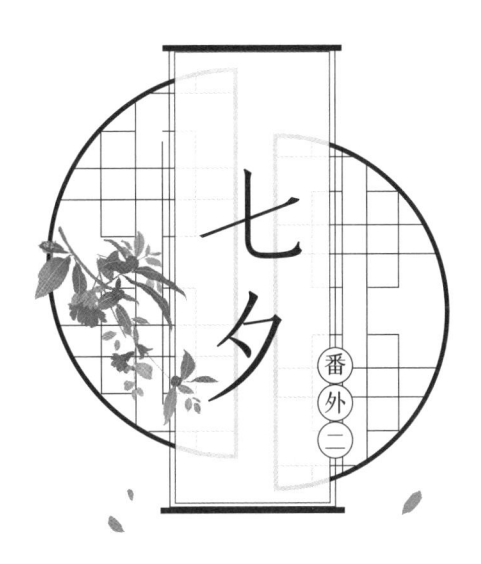

回来得早,不如回来得巧。

入楚第三天,便迎来了一年一度的七夕佳节。

往年到了这日子口,楚州城的商贩都会聚集到鹊桥大街。

鹊桥大街位于楚州城东市,平日也会有些小商小贩,但今晚有花车游街,别的街上的摊贩也会去那儿赶个人潮。

三宝去外邦转了一圈还未收心,这两日总是惦记着想往外跑。

按着付景轩以往的性子,这么热闹的日子肯定是要过去瞧瞧,结果左等右等没等到付景轩主动提起,临近午时,三宝终于憋不住了,趁着往书房端茶的空当,悄无声息地站在付景轩背后等了一会儿。

付景轩自外邦回来后就跟着方泽生一起忙起了方家的事情,城东刚开的那几家新铺需要打点的事情很多,付二爷便给自己揽了些活,和方泽生一起整日待在书房。

三宝眼巴巴地等他空闲下来喝了口茶,趁他喝茶的工夫问道:"少爷不知道今天是什么日子吗？"

付景轩放下茶盏继续翻看备货清单，问道："什么日子？"

三宝立刻说："今儿是七夕啊！周齐说东市那边有灯会，可热闹了！"

付景轩瞥了他一眼："想过去瞧瞧？"

三宝立刻点头。

付景轩故意逗他："七夕佳节都是有情人相会，你孤身一人过去，凑什么热闹？"

三宝眨了眨眼，当即有些着急："谁说孤身一人不能去凑热闹？往年咱们都去了啊，也没见人家笑话咱们？是不是大当家？"

付景轩没想到他会搬出方泽生，还以为方泽生坐在后面书桌提笔写字没听见，扭头看过去，就见方大当家正若有所思地看着他。

付二爷玩闹心起，挑眉一笑，说道："今年就不去了，家中事务繁忙，没有那么多闲散时间……"

"耽误一时半刻，倒也无妨。"

方泽生突然开口，接住他的话茬，在他的眼神注视下，又有些不好意思地扭过头去。

"你只在儿时逛过楚州的灯会，今次可再过去瞧瞧。"

三宝若是不提，付景轩也想等傍晚时分拉着方泽生外出，他双腿刚好不久，想来还没有机会到处转转。

八年前的楚州城和现在相比大不相同，东西市的牌坊全都上了新漆，沿街的小店更是五花八门。

东市入口有一个三丈宽的圆形大鼓，鼓上站着一列美人，手提花篮，载歌载舞。

沿路直走便是大名鼎鼎的鹊桥大街，这条街的半空中建有一条拱形鹊廊，横跨半里，连接东西。往年七夕佳节都会有无数盏花灯从鹊廊上垂落下来，灯面上写着灯谜，每猜对一个灯谜就能摘走一个灯笼，若能连续猜对五十个灯谜，就能被邀请到鹊桥之上近距离倾听桥上花娘演奏。

五十个灯谜听起来数量庞大，但只要稍稍转转脑子倒也不至于那么难猜。

付景轩还记得他与方泽生年幼之时，第一次参加这个灯会，便一起站在鹊廊下面每人猜对了五十个。

廊桥的主人信守承诺将他们带到桥上。

那桥上果然坐着一个蒙面的花娘，见两名少年上去，微微起身行礼，唱了一段放在那时谁也听不懂的曲调。

"似乎没变，又似乎变了一些。"

付景轩与方泽生一同来到鹊廊之下，眼见无数盏花灯从空中垂落，又一同仰起头，看了看鹊廊上面。

鹊廊上的布局依旧没变，还是在廊桥中间摆了一张琴桌，琴桌旁边放着一把琵琶。

付景轩问："你说现如今的花娘，还是咱们之前见过的那个吗？"

方泽生说："应该不是了。"

"也对，听闻花娘的花期都非常短，如今这么多年过去，想来早就换人了。"

方泽生点了点头，站在廊桥下的灯海里面，看着灯面上的一个个灯谜。

这时，一名穿着红翡衣裙，年近三十的掌灯人走过来，问道："二位公子可是要猜灯谜？"

付景轩闻声转头，刚要开口说话，就觉得掌灯人的眼睛有些相熟，他盯着这双眼睛看了半晌，突然问道："这位夫人可曾做过廊上的花娘？"

掌灯人先是一怔，随即也打量了付景轩一番，又看了看方泽生："二位公子可是前几年在灯海中大杀四方，赢了百盏花灯的少年人？"

付景轩哈哈笑道:"正是我俩。"

掌灯人说:"怪不得如此眼熟,原来是遇到了故人。"

付景轩说:"没想到您竟没什么变化,还是和当年一般的如花容颜,刚刚我俩还在说着那时遇到您的事情。"

掌灯人笑道:"公子谬赞,我早已经过了如花的年岁,如今还能在鹊廊做个掌灯人,已是万分感恩。"

付景轩又与她寒暄几句,问道:"今日几时开始猜灯谜?"

掌灯人说:"还有半个时辰。"

说完又看了看方泽生,犹豫问道:"二位公子今次还要参加比赛吗?"

付景轩说:"怎么?有何不可?"

掌灯人说:"公子怕是忘了,你二人那年赢了上百盏扎得最漂亮的花灯,一下子打击了多少人的气势。我们鹊廊一年只有这么一次上客的机会,总是希望比赛的时间能够持续得长一点,尤其是这位公子。"说着再次看向方泽生,"不仅自己能猜,还能帮着你猜,你两人今次如果再来一次,我们鹊廊今年的生意,怕是又要泡汤了。"

付景轩倒是忘了还有这事儿,当时年少,只顾得拽着方泽生在人群里出风头,如今站在生意人的角度看待此事,属实有些不妥。

他笑着对方泽生说:"灯夫人似乎并不欢迎我们。"

方泽生始终没有开口,此时才看灯夫人一眼,说道:"那我能否拿走两盏?"

掌灯人说:"自然可以,公子若是可以猜到谜底,便可将选中的花灯全部拿走。"

当然,她所说的"全部"也只是方泽生口中那两盏,毕竟若是由了他猜,这整条街的花灯都可被他收入囊中。

付景轩本以为方泽生看中了那两盏扎得最华贵的八角宫灯,却没想到他在灯海下转了两圈,只拿了两盏最不起眼的方形灯。

灯面上没有字谜,只分别画了两幅简易的水墨画,其中一个灯上画着一个手捧莲花垂首自怜的美人,另外一个灯上画着几条鲤鱼,看似两者之间并没有太大关系。

掌灯人见他拿了这两盏灯,原本笑吟吟的眼中笑意更浓,没有拿出纸笔让方泽生把谜底写出来,而是笑道:"公子若是喜欢这两盏,拿走便是了。"

付景轩站在一边,还想听听这谜底是什么,却没想到两人不但没有解谜,竟然还在这里打起了哑谜。

方泽生提着花灯让他挑选一盏,他便拿过了那盏绘有鲤鱼的,问道:"这两幅画是什么意思?"

方泽生拽着他往前走:"花车要来了,先过去看看。"

付景轩知他甚多,单从他一个眼神一个表情就能猜出这事儿一定不简单。

正想再次开口发问,就见一个七八岁的小童子好奇地跑了过来,对着两人的花灯研究半晌,又扭头跑到一边,对着一位卖胭脂水粉的妇人问道:"娘亲,那两位哥哥的花灯可有谜底?"

妇人抬眼,刚好瞧见了两盏花灯的灯面,一个是美人手捧莲花,另外一个是鲤鱼,妇人心下了然,笑着说:"自然是有的。"

小童子问:"谜底是什么啊?"

妇人笑道:"以后你就知道了。"

各执己见

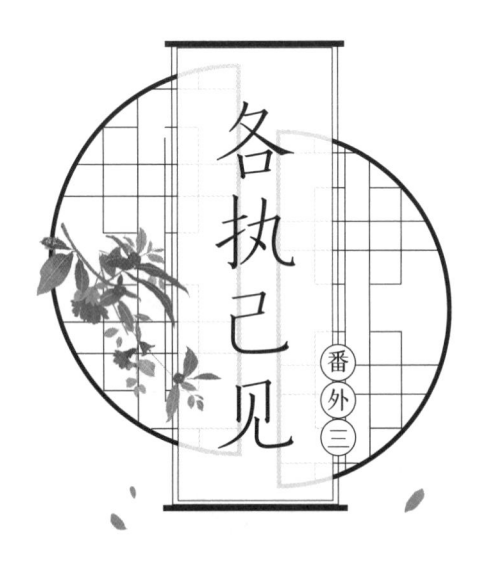

番外三

七夕过后，天气转凉。

方泽生的双腿逐渐有了些力气，每每行走也不再伴着钻心的疼。

即便如此，陈大夫也再三交代，每天最多走一个时辰，万不可再走三个时辰，走多了伤身，需得慢慢恢复，还让付景轩帮忙盯着，不能让大当家急于求成。

寻常人都不会没事走三个时辰的路，更何况方泽生还有腿疾，走起来更是费劲。

但既然陈大夫提出来了，就说明方大当家有过"前科"。

据说付景轩出使北域的那段时间，方大当家恨不得每天走出几十里路，根本不懂爱惜自己的身体。

得知此事，付景轩便限制了他走路的时间，方泽生气恼不过，最近几天正在跟他生闷气。

这人生起气来便是不理人、不说话，独自坐在书房从早忙到晚。若是因为别的事情气两个时辰也就罢了，付景轩也会主动缓和关系。但关于腿疾的问题非同小可，付二爷坚持遵从医嘱，态度也强硬了起来。

三宝拿着扫把站在书房门口，看似正在认真扫地，实则在探头探脑地往里看。

里面的气氛十分诡异，两位主子各忙各的，一个坐在书桌前，一个坐在靠近书桌旁边的小桌前。这小桌子是付景轩方便自己整理采买单的位置，自他从外邦回来就给自己安排了一个负责采买的活计，平时忙忙碌碌，多是用这张桌子。

虽说形容是张小桌，却比方泽生那张桌子小不了多少，两人并排坐着，倒像是儿时一起听学的同桌。

周齐见三宝迟迟扫不净书房前的尘土，走过来帮忙，却被三宝拉着一起趴在书房门口，看起了热闹。

三宝说："你有没有觉得，我家少爷和你们大当家之间有些奇怪？"

周齐说："哪里奇怪？这几天不是正在吵架吗？"

三宝说："什么吵架，这是冷战，吵架都是要张口动手的，你瞧瞧他们两个，哪里有动手的意思？"

周齐说："二爷和大当家之间绝对不会动手，即便是吵架也不会说出伤人的话。"

三宝说："那还吵个什么，我瞧着一点意思都没有。"

周齐说："我看这两人也不像冷战，哪有冷战时还能同处一个屋子的？即便是有，也没有谁家冷战时还为彼此端茶续水的吧？"

正说着，付景轩喝了一口茶，刚将茶盏放在桌上，方泽生便提起茶壶帮他续了一杯，续完也不理人，好似这茶水不是他添的，而是从杯里平白无故长出来的。

付景轩瞥了一眼茶盏也没说话，看看时辰有些饿了，起身迈出书房去小厨房端来两碗莲子羹，路过门口时也没搭理周齐和三宝，径直来到方泽生桌前放下一碗莲子羹，又转头绕到自己的桌子前，品了品味道。

待付景轩进门，周齐与三宝又凑到了门口，周齐说："曾经我爹娘也因为某些事情冷战过，那可真是谁也不理谁，相互都得躲得远远的，更不会吃对方给的食物，恨不得老死不相往来。"

三宝说："那他们这属于什么？我确实没瞧见谁家冷战还能这般相处的。"

周齐说："估摸就是谁也不想妥协，但又不想伤了关系？以我对我们大当家的了解，即便二爷做错了事情，他也不会对二爷恶言相向。"

三宝说："这次可不是我家少爷做错事情，是陈大夫说了大当家不能走太多的路，走多了可是要出大问题的，别看现在恢复得快，到老了以后，都是要还回去的。"

周齐说："但大当家也一直懊恼自己腿脚不便，常常不能跟上二爷的脚步，想要快点恢复呀。"

三宝说："算了，他们两个的事情咱们也管不了，只希望他们赶紧和好，也让咱们松口气。"

又过了两日，两人之间的气氛依旧如此。

接连几天阴雨绵绵，天气越来越冷，哑叔忙活着给两人准备秋衫，生怕更替晚了再把两人冻着。

付景轩虽然怕冷却没有那么不受冻，冷风吹得他难受，但却不会把他吹出个好歹。方泽生就不一样，虽然耐受力比较强，也仅仅属于精神上的，身体上的承受能力跟付景轩相比还差了点火候。加之他很长一段时间为了恢复腿疾不管不顾，不仅去了趟北域，回来之后也不曾好好休息。

陈大夫说了，不是不让他走，只是不让他走太多，平日里坐着马车去铺子里走走逛逛完全没有问题，可这人倒好，白天不让他走，他就晚上爬起来偷偷地走。

付景轩夜里起夜发现他竟不在家里，跑到外宅的后山山脚才把人拉回来。黑灯瞎火他竟然也不怕有什么妖魔鬼怪？付景轩想起这事就觉得气不打一处来，随手抱来一摞厚厚的书挡在了他和方泽生的中间。本想着这几天都不看他了，却突然听到一声短促的咳嗽，似乎怕被人发现，急忙压了下去。付景轩皱眉，双眼不受控制地越过书墙，看到方泽生正抬袖掩着口鼻，偷偷瞥他。

双目对视，彼此都怔了一怔。

片刻又迅速分开，付二爷扭头写字，方泽生犹豫半晌，起身离开了书房。

这一离开，到了晚上也没再进来。

付景轩觉得不对，手握折扇敲着掌心，阔步去了主屋，果然在偏厅的小屋里发现了方大当家的踪影。

消音了几日的两人终于在此时此刻同时开口，付景轩说："你躲这里做甚？"方泽生说："你来做什么？"他不开口还好，一开口低哑的声音就像混着砂砾一样卷进了付景轩的耳朵。

付景轩惊觉不对，皱着眉靠了过去。

方泽生想躲，却又被一阵急促的咳嗽挡住了去路，急忙用袖子掩住口鼻。

付景轩走过去扯开他的手，摸了摸他的额头，大声道："患风寒了？"方泽生摇头："无妨。"付景轩说："无妨什么无妨，跟我出来。"说着将方大当家拽出偏厅按在屋内，又赶忙吩咐三宝去找陈富，自己坐在床上眼睛一眨不眨地盯着他。

方泽生起先还能跟他对视，见他目光灼灼满是怒气，便讪讪转头，看向别处。

付景轩问："何时开始咳嗽的？"

方泽生说："今晨。"

"今晨咳嗽为什么不说？偏要等到身体热起来才叫痛快？"

方泽生没有言语，风寒这事估摸要追溯到他半夜爬起来去后山走路，如果真让付景轩知道真相，想来在完全康健之前是真的没办法多走了。

他知道付景轩担心他，可他也有自己的坚持，不想就这样妥协。

可偏偏陈富医术高超，提着药箱过来诊脉，竟然连病根都给他诊了出来，说定是这两日清凉透脾，吹出了风寒，随即开了一张药方，让周齐去药房抓药。

陈富走后，付景轩站在床前怒火更盛了些，可眼前这人低眉垂眼还染了风寒又让人发不出火来。付景轩叹了口气，本想出门煎药，还没迈开脚步，就被坐在床上的方大当家拽住了袖口。付二爷扭头，刚好瞧见方泽生抬眼。付景轩本也是关心则乱，说了他又不听，才与他冷战多时。

如今大当家给了台阶，便顺势下来，坐在床边说："陈大夫先前说的话你也明白，为何还要半夜溜出去走路，还把自己吹出了风寒？"

方泽生面上冷静自持，手却越发攥紧了："我只是想要尽早恢复，趁着年岁尚轻，和你一起游历大好河山。"

付景轩道："那老了如何？老了你便卧病在床，看我到处野跑？"

方泽生皱眉，明显不愿，妥协道："那每天走两个时辰。"

付景轩说："陈大夫说一个时辰，就一个时辰。"

方泽生还是不愿，讨价还价道："一个半时辰。"

付景轩笑道："大当家的目光为何变得如此短浅？你可不是只有这短短几年光阴，日后我还要在方家长长久久地干下去，等到老了，你甘愿瞧着我和陶先知、胡若松把酒言欢，自己却一个人倒在床上眼巴巴地看着？"

方泽生一想到那样的画面就觉得胸中憋闷，愤愤看了付景轩一眼，仿佛他此时已经跟陶先知等人去把酒言欢了，于是果断放下己见，坚定道："那便一个时辰。"

除夕·轩窗泽雨

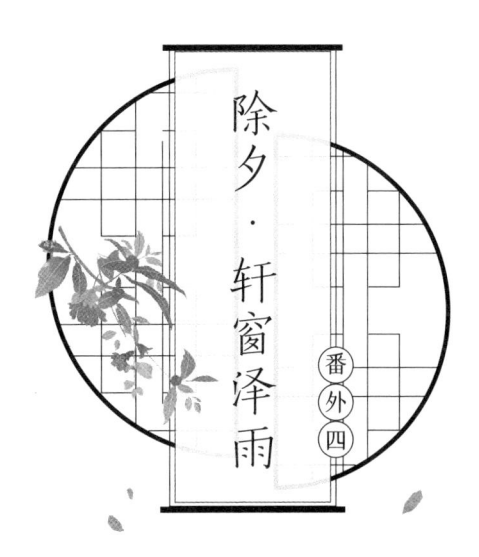

番外四

付景轩十岁这年，刘氏病重。

她身子骨其实一直不好，拖拖拉拉这些年，终于行走不动，倒在了床上。

大夫过来为她诊脉，说她活不过今年冬天，让付尚毅提前准备后事，也好过到时太过匆忙。

付尚毅虽然待刘氏不好，但也不算坏，说让他准备后事，他便大方地掏出银钱想要帮这位与柳二娘平起平坐的如夫人风光大葬。

可除此之外，也就没有别的表示了。

付景轩年纪虽小，却也知道他爹和他娘并没有多深的感情，他娘在这朝北的破院子里郁郁半生，倒不如两眼一闭，回到她心心念念的茶园里去。

付景轩其实早就看开了，也知道他娘身患重病，不可能长命百岁，可真的从大夫嘴里听到"后事"两个字的时候，还是难过了一下。但他没有哭，因为双儿已经哭得很惨了，他还得哄着妹妹，不能哭。

大夫离开以后没几天，刘氏便走了，双儿虽然还未完全懂事，但也知道娘亲永远地离开了她，一双眼睛哭得又红又肿，还在灵堂上晕过去两次。

程惜秋心疼她，把她抱回了自己屋里，转头回来看付景轩，见他跪在地上没有一点儿表情，轻轻地叹了口气。

葬礼结束后，程惜秋想要把付景轩一同接到自己屋里，付景轩看着躺在大娘床上睡得香甜的妹妹，摇了摇头，独自回到了刘氏的院子。

这院子本就疏于打扫略显荒寂，如今少了几口人气，更显萧条衰败。

付景轩独自坐在院门口的台阶上托着下巴，即便付景业主动过来挑衅拿石子打他，冲他扮鬼脸，他也不为所动。

他心里难受，也有些不甘，眼瞅着就快除夕了，他娘即便再想离开付家，为何不能等过了这阖家团聚的日子呢？

自刘氏走后，付景轩便把自己关在了这座院子里，刘氏生前不喜吵闹，更不喜欢旁人伺候，所以院子里没有婢女也没有家丁。

付景轩饿了就自己去小厨房煮点吃的，闲了就坐在院子里看看天空。

程惜秋曾经找过他几次，见他还是不愿搬走，便也就不再强求，只开解他放开心胸，即便没有娘亲，也还有大娘疼他。

付景轩面上嬉皮笑脸地跟大娘道谢，待大娘走了又开始面无表情地看着天空。

他也不懂自己为什么会这样，总觉得哪里都空落落的，心里似是有许多话，但却没地方说。

付景轩往东北方向看了看，心里想，如果他在就好了。

距离除夕越来越近，热闹的鞭炮声已经从江陵府的各个角落响了起来。

双儿似乎已经忘了娘亲去世的事情，绾着漂亮的发髻披着鲜红色的小斗篷，跑到付景轩的面前要拉着哥哥去前院吃饭。

付景轩抱着双儿玩了一会儿，并没有接受她的邀请。

和双儿一起过来的还有付尚毅，他接连忍了付景轩几天，见他还是如此任性妄为，便拉下脸来，不再与他多说。

就这样，直到除夕当天，付景轩都是一个人待在院子里面。

虽然只有一个人，他也早早起床换了套新衣，许是刘氏知道自己命不久矣，早在两个月前，就把两个孩子要穿的新衣服做好了。

付景轩穿着新衣走到院子，见院子里面落了雪，便拿起扫把扫了扫雪，谁想这雪越扫下得越大，最后干脆将他的扫把埋了起来。

付小爷气得吹胡子瞪眼，扔了扫把躲在房檐下。

今天这雪下得可真大，雪花似鹅毛一般，一簇一簇地往下落，他静静看了半晌雪花，似是突然想到什么，转身跑到院子里的小厨房，从厨房里面翻出一个瓷瓶，将瓶口朝天，接住那些纷纷扬扬从空中飘下来的雪。

"嘿嘿，他肯定没有见过这么大的雪，到时我就把这个瓶子给他，让他见识见识。"

付景轩一边自言自语，一边举着瓶子满院子地跑。兴许是见他接满了，一阵寒风吹来，吹得云开雪散，吹出了一个雪后初晴。

付小爷正好站在风口上，被迎面而来的风吹起的雪拍了一脸，他急忙揉了揉眼睛，吐了吐口水，待再次睁开眼的时候，竟然在院子门口，看到了一个熟悉的身影。

他对着那道身影久久没有出声，久到那人一步步走到他的面前，苦着脸一把将他抱住，他才略有些难受地撇了撇嘴，问道："你怎么来了？"

这人便是他最好的朋友——方泽生。

方泽生说："是程夫人给我去了信，说是你娘亲病逝了。"

付景轩没想到他能来，跟他拥抱了片刻，又挂上了往常的笑脸，看似满不在乎地说："走了也好，反正她不喜欢待在这里。"

方泽生看到他眼圈泛红，抚了抚他发丝上沾染的寒霜，温声道："那我来陪你。"

付景轩忍了许久，最终还是在好友面前垂下了眼睛，兴许是怕他瞧见自己没出息的样子，只难过片刻就收敛好情绪，问道："你自己来的？"

"带了两个仆从。"

"那你在这日子口过来，你爹娘可愿意？"

方泽生见他衣着单薄，双手冻得通红，一边脱下自己身上的斗篷给他披上，一边说道："发生如此大事，他们自然不会拦着。"

楚州距离江陵小有千里，方泽生能在这个时候过来估计也是日夜兼程。付景轩心中感动，拉着他跑进屋子。屋里不比屋外暖和多少，他自己一个人住也懒得生火。

方泽生瞧着屋内浮土一片，随手拿起花瓶里面竖着的一根鸡毛掸子，扫了扫灰。付景轩萎靡了几天，终于在今日活了过来，一边整理着床铺上的被子，一边跟着方泽生忙里忙外地收拾房间。

午时左右，程惜秋亲自过来喊两人吃饭，但付景轩还在跟付尚毅置气，死活不愿过去。

程惜秋别无他法，只得安排几个仆人把饭菜端了过来。

两人简单吃过午饭又继续忙活。

今晚便是除夕，院子里竟是连一张福字都没有。

付景轩翻箱倒柜地从屋里找出几张红纸，又在素白的院子里摆上了一张桌案，方泽生一边研墨一边研究着写什么。

付景轩裹着方泽生的斗篷站在一边出馊主意："不如就写，鸡鸭鱼鸟长相守，猪马牛羊总相逢，如何？"

方泽生说："横批是什么？"

付景轩道:"吃饱喝足!"

方泽生说:"不妥。"

付景轩说:"如何不妥,人生的乐趣便是吃饱喝足,来年我什么都不想,只要吃饱喝足便就开开心心。"

方泽生提笔蘸了蘸墨汁,没理付景轩那满口胡诌,默默写道:

轩窗泽雨长相知,

清风明月总相逢。

付景轩笑道:"横批是什么?"

方泽生放下笔说:"吃饱喝足。"

付景轩哈哈大笑:"那我可就赖上你了,日后无论我混得如何,是地痞无赖还是劫匪流氓,你都不可嫌我,吃饱喝足带上我!"

方泽生无奈道:"怎就如此笃定你日后会成为地痞无赖?你这样挺好的,聪明伶俐,就算不走仕途不考科举,也必定会是一个文雅的大家公子。"

付景轩道:"也就只有你会这样说我。"

方泽生说:"我说的是事实。"

入夜,江陵府灯火通明。

程惜秋知道付景轩铁了心不想跟付尚毅同桌,也担心父子俩在团圆饭的饭桌上吵起来,便差人过来问问付景轩想吃什么。

付景轩交代了几样食材,跟着方泽生一起在堆满了积雪的院里架起了一个暖炉,又在炉子上面放了一个浅口的铜锅,铜锅内是翻滚的沸水,两人均披着厚厚狐皮袄坐在软乎乎的垫子上。

这时,夜空中又飘来几簇雪花,雪花落在桌面上的茶碗里,浮在茶面些许,片刻便与茶汤融为一体。

付景轩端起茶碗看了一眼方泽生,学着大人模样以茶代酒,敬了他一杯:"愿年年有今日,岁岁有今朝。"

除夕·岁岁年年

番外五

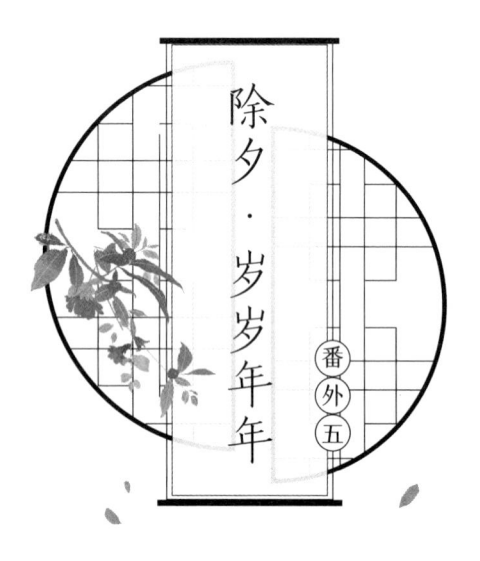

付景轩从梦中醒来，还在回味儿时的那一段过往。

虽然除夕那晚他与方泽生说了许多年年岁岁永不分离的吉祥话，却谁都没有想到，在那之后的许多年，他们再也没有见过，更别提一起过除夕了。

去年应该是他来到方家要过的第一个除夕，但因为天家的关系只能跟着陶先知等人前往北域茗斗。

今年倒是没事，应该可以踏踏实实地跟方泽生好好团聚一下。

付景轩从床上坐起来，打开床边的一个柜子。

柜子里面放着的都是他从江陵府带来的东西，除了一些简单的衣物以外，还有一个四四方方的小盒子，盒子雕花精美，正前方挂着一个袖珍铜锁。付景轩从某件包裹里面找出铜锁的钥匙，轻轻打开盒盖儿，取出了两副对联。

方泽生外出归来，顺便在街上买了几张红纸，眼见除夕越来越近，本想亲自写上几副对联，刚一进内宅大门就瞧见对联已经贴上了。

他心猜是付景轩所写，走近瞧瞧内容，当下便红了脖颈，那对联字迹尚且稚嫩，词文对仗也不算工整，正是他十岁那年在付家院子里面写下的那句"轩窗泽雨长相知，清风明月总相逢"。

儿时心境清明，用词也糙，意思直白明白，任谁都能看懂。但如今方大当家性子变了不少，再回首看到儿时所作，便觉得有些不好意思。

他红着脖颈，付景轩便趴在窗户里面看着他笑，笑得他属实面子挂不住，轻咳一声唤他出来，一起去忙些别的。

腊月二十八。

小厨房里的大师傅已经开始筹备除夕要吃的食材，方家人口不多，主子只有两位，大厨正琢磨着菜单，就透过厨房的窗子看见哑叔从外面带进了两个人。

嗯？应该是三个人？

一男一女，还有一个襁褓中的小婴儿？

哑叔将两位大人领进院子，笑吟吟地比画几下，先示意两人站在此地，又匆匆跑到书房，把付景轩还有方泽生请了出来。

付景轩看清来人，明显一惊，急忙撩起衣袍下摆跑到院中，对着那抱婴儿的女人道："双儿！你怎么来了？"

来者正是付家的五小姐付双儿，与她的丈夫康林。

双儿丰满不少，曾经纸一样苍白的脸庞也变得红润许多，她满脸笑容地与付景轩行礼，开口喊了一句"二哥"，眼圈便红了起来。

付景轩本想抱抱妹妹，见她怀里抱着孩子，便只是轻轻帮她擦了擦眼角。

双儿离开付家以后便与康林一起去了一处距离江陵府不远的镇子，付景轩早在妹妹对康林动心的时候，就已经帮着妹妹瞧好了这个人的人品，筹划两人出逃又帮着两人谋好了后路。双儿和康林所在的镇子也有付二爷的一些朋友，平时去信让朋友帮忙照顾，也方便知道妹妹与妹夫的情况。知道他们在镇上开了一家小店，日子过得非常不错。

前阵子从北域回来，付景轩专门给双儿去了一封信，仅问了问他们的近况，倒是没想到他们会亲自过来。

许是离开付家少了父亲的管制，双儿的性子也变了不少，她见方泽生站在付景轩身后，主动打了个招呼。这事若是放在以前，她定是要扭捏半天，不会如此大大方方。

方泽生点了点头，抬手让双儿与康林进门，又安排哑叔准备茶点。

双儿此次前来，一是想念哥哥，二是想和康林出门逛逛，两人到了镇上就开始为生意奔波忙碌，如今终于闲了下来，思量一番，决定今年来楚州过年，顺便看看楚州的大好河山。

付景轩自然欢迎，本想亲自带着妹妹出门游玩，却见妹妹稍有些为难地看了看怀里的婴儿："出门闲逛就我和康林两人便可，二哥留在家里，帮我看看孩子如何？"

付景轩眨了眨眼，还未听懂其中意思，怀里就多了一个白白胖胖的奶团子。

这奶团子十个月左右，双儿说已经断了奶水，若饿了便喂他一些米糊或是羊奶，夫妻俩准备齐全，将喂奶的器具一同递给付景轩，头也不回地携手出门。

付景轩垂眼看了看那正在睡觉的奶团子，扭头看向方泽生："是叫我舅舅吧？"

方泽生应了一声，也走过来看了看。

这孩子长得可爱，时不时还会发出几声梦呓。

付景轩虽是第一次带孩子，倒也不觉得是什么难事，转身将孩子抱到书房，继续与方泽生忙起正事。

半个时辰后，一声清脆的啼哭响彻内宅，付景轩忙丢下账本跑到榻前，看见自己的外甥睁开了眼睛。

付景轩自诩沉着冷静，思维敏捷，但此时面对外甥啼哭也瞬间没了丁点办法。

不得已，只能向方泽生求助。

方大当家也不过比他年长几个月而已，同样第一次面对这样的场面，哪有什么高妙办法。他缓缓走到床榻旁边，淡淡瞥了外甥一眼，本思忖着如何应对，就见小外甥竟然莫名其妙地噤了声，付景轩还以为成了，却没想到小外甥只噤声片刻，再次号哭起来，甚至相比之前哭得更加惨烈了。

付景轩不解，急忙翻找双儿为他留下的包裹，幸好包裹里面有一个拨浪鼓，付二爷如获至宝，晃着拨浪鼓吸引了小外甥的注意。哭声停止，终于让两人松了口气。一阵手忙脚乱后，哑叔也过来帮忙看看，比画着说是孩子饿了，帮着喂了一点羊奶。

吃饱喝足的小家伙终于来了精神，不哭不闹还"咿呀咿呀"地跟付景轩说话，付景轩觉得好玩，便拉着方泽生一起逗他，结果方泽生一靠过来小外甥就开始撇嘴，方泽生一离开又开始眉开眼笑。

付景轩觉得奇怪，便问哑叔。

哑叔想了想，偷偷地比画道："估摸是被少爷吓到了。"

吓到了？

方泽生如此丰神俊朗的英俊模样，怎么可能吓到小孩？

付景轩不信，又让方泽生来来回回地试了几次，果然方泽生一站过来小外甥就要撇嘴，百试百灵。

方泽生似乎也意识到自己遭了嫌弃，沉默半晌，转头走出了书房。

临近傍晚，双儿和康林回到家中。

大厨确认这三口之家要留在方宅过年，便又在菜单里面加了几道菜品。

对于白天的事情付景轩百思不得其解，吃饭时问双儿，为什么外甥看到方泽生会觉得害怕。

双儿眨着一双杏核大眼，看了一眼面无表情的方泽生，悄声说："二哥没觉得泽生哥哥对待旁人一向很冷淡吗？"

付景轩说："有吗？"

双儿道："怎么没有？不喜说话还不爱笑，整日板着一张脸，即便那张脸长得再俊美，也刻满了生人勿近。我年少的时候虽然爱慕他，却也不敢当面跟他讲话。还有陶先知、若松哥哥，哪个不是躲他远远的？"

这么说来似乎也对。

付景轩仔细想想，年幼时的陶先知总是趴在他耳边偷偷地说方泽生虽然端雅，却太过冷淡，待谁都是一副拒人千里的模样，冻得人人不敢靠近。

那时他觉得陶先知满口胡诌，毕竟他第一次见到方泽生时，方泽生便是在山风里对着他笑。

那笑令人如沐春风，见之难忘。

吃过晚饭，双儿与康林留宿外宅。

付景轩与方泽生一起将二人安置妥当，沿着外宅的荷塘往回走。

临近年关，宅院内已经挂满了灯笼。

除夕当晚。

掌勺的大厨将一道道精心烹制的菜肴端上了主桌。

有了双儿、康林和小外甥的加入，年夜饭的饭桌上热闹了不少。

佳节团圆，方府欢声笑语。

门外的春联又由方泽生重新写了一副。

上联为：年年岁岁常欢喜，

下联为：岁岁年年久相知。

你不愿见我
我总得想办法见见你啊.

图书在版编目（CIP）数据

澹酒煮茶/ 一个米饼著. —武汉：长江出版社，2023.4
ISBN 978-7-5492-8737-6

Ⅰ.①澹… Ⅱ.①一… Ⅲ.①长篇小说－中国－当代
Ⅳ.①I247.5
中国国家版本馆CIP数据核字(2023)第045331号

本书由一个米饼委托天津漫娱图书有限公司正式授权长江出版社，在中国大陆地区独家出版中文简体版本，并取得其他衍生授权。未经书面同意，不得以任何形式转载和使用。

澹酒煮茶 / 一个米饼著

出　　版	长江出版社		
	（武汉市解放大道1863号　邮政编码：430010）		
选题策划	漫娱图书　唐新雅		
市场发行	长江出版社发行部		
网　　址	http://www.cjpress.com.cn		
责任编辑	李剑月		
特约编辑	许斐然		
总 策 划	重塑工作室	开本	889mm×1230mm　1/32
装帧设计	殷　悦　李梦君	印张	8.25
印　　刷	恒美印务（广州）有限公司	字数	213千
版　　次	2023年4月第1版	书号	ISBN 978-7-5492-8737-6
印　　次	2023年4月第1次印刷	定价	48.80元

版权所有，翻版必究。如有质量问题，请联系本社退换。
电话：027-82926557(总编室)　027-82926806 （市场营销部）